再婚进行时

婚姻是一座围城，需要用心去经营

幸福的婚姻各有各的成功，不幸的婚姻都有相似之处

李 榕 著

中国文史出版社

第1章

根据巴普洛夫原理，欧阳手机一响，高飞准会胃疼。

究其根源，外科医生欧阳锦程生得一副好皮囊，在博普爱医院，他受到老中青幼四代女性的欢迎，所经之处必是莺歌燕舞，一副"博览群芳，普天下莫非吾爱"之势，全然忘了自己还有个重要身份是某人的丈夫。

特设手机铃响个不停，欧阳停了车，手机紧捂住耳朵下车接听，声音低似耳语。

副驾上的高飞冷眼旁观这份神秘与躲闪，夫妻间处久了，不必开口，"肢体语言"皆演绎殆尽，来电人无疑女性，特设铃声彰显其特殊身份。

古话说过女子无才便是德，其实男子长踏实点那也是积大德了。

高飞她妈不止一次敲打过女儿：欧阳你得看牢点儿，他那不爱着家的毛病跟高国庆一模一样，遗传都没那么像！

高国庆高国庆高国庆，打从高飞记事起，她爹高国庆的名字像一串永不消逝的电波。遥想当年，高国庆还是名仪表堂堂的中学教师，每天收拾得像新版二十元钞票。高飞七岁时，高国庆跟着路口摆摊的女裁缝跑了，走时带走了家里所有的钱，连手纸都没放过。高飞一直纳闷，高国庆多讲究的人，皮薄肉细又爱捯饬，洗把脸都还冷热水交替着，那个女裁缝脸像被什么动物坐过，鼻塌眼小的……他是看上她哪点了？

高飞正胡思乱想着，车身猛一震，车被一辆过路车给擦了。

肇事车急停住，司机蹿下来，缩着脖子一脸猴急："你说怎么办吧！"

高飞对这种事没经验，欧阳接电话接得影踪全无，她摸不准："叫警察吧？"

司机头摇得像新换了电池似的："我没时间等交警，这样，"他掏了一把钞票塞到高飞手里，一看钱不多，他脱了衣服，"回头我把钱给你送来，衣服也给你！里面有我名片……"话音未落，他风驰电掣般呼啸而去。

高飞从没见过这么碎的钱：两块、五块的，还有一把钢镚儿，满满一捧不知有没有五十块。

博普爱医院食堂的早点远近闻名，早晨七点半就聚满了嗷嗷待哺的良民，两个窗口都排了长队，每天只有吃饭和开会的时候才觉得这里人才济济。

按惯例，高飞占座儿，欧阳锦程负责采买。他向来对"请勿喧哗，耐心排队"告示视而不见，直奔队伍最前头，食堂大师傅则老远探出脖子热情招呼："欧阳大夫，您吃什么？"

沈心风风火火冲进来，白大褂都没来得及扣上，一屁股在高飞对面坐下，脖子一梗，直眉瞪眼宣告："我跟石磊分啦！"

沈心身材修长眉目清秀，马上奔三十的人，相亲无数皆过眼云烟，石磊是她唯一挺过了三个月的。高飞一时不知道该说什么，安慰人从来不是她的强项。

欧阳端着早点过来，热干面、豆浆、鸡蛋，未卜先知地买了三份，其中一份推给沈心，沈心也不客套，化悲痛为饭量，埋头痛吃。

欧阳和高飞都在外科，沈心原本也想去外科，无奈大外科主任秦明朗挑剔刻薄，一张脸成天黑得跟黎明之前似的，沈心瞧着心里发怵，胆儿一缩选了内科。

早上九点一刻，两辆救护车相继呼啸而至，几个浑身沾满白灰的伤者陆续从车上被抬下。据说工程队施工时顶棚塌了，当场伤了四个，高飞一早两台小手术全部延后，全体配合抢救，伤得最重的患者是工程监理黄成，头部重创。

黄成苏醒时听到他妈特有的哭声，如怨如诉，在小小的病房里发出裸眼 3D 立体环绕特效。

他想安慰两句，但嗓子干哑，半天吐不出一个整字儿，黄母见状紧握住儿子的手颤声说："成子，妈在这儿呢！"

黄成赶紧哼一声表示自己没事了，他的助理小刘办完住院手续进来，小姑娘二十出头，熟练地拧把热毛巾给黄成擦脸。黄母睃了眼小刘，滋生了某种想法，笑眯眯问道："姑娘，多大啦？"

黄成刚动过手术，麻药劲还没过，听到他妈熟悉的腔调却清醒了好几分。他妈一贯警钟长鸣，生怕路过的野兔不小心吃了他这把快四十的窝边枯草。

小刘答道："二十三。"

黄母对年龄满意，接着问："家是哪儿的？"得知小刘是外地的，黄母便扭脸不再理她。儿子绝不能找外地媳妇，家里有个大事小情儿啥忙都指望不上，没事的时候家人哗哗地上门。黄成从小听话，好好学习不早恋，专心工作不胡混，于是婚姻大事拖到了而今。

一名白净的小护士进来换吊瓶，黄母起身道谢："您救了我儿子，您就是他的再生父母，这辈子下辈子我们都忘不了您！"

年轻护士被老太太逗乐了："该谢的是高大夫，要不是她，您儿子早就没了。"四名伤者送进来，比起其他三人黄成还能说话，头上没有明显流血，急诊医师初步判断他的伤势最轻，高飞却建议他最先检查，检查结果证明了她的判断，为黄成的手术争取了宝贵时间。比起冰冷的仪器，人的经验与直觉有时起到意想不到的作用。

黄母赶紧向护士身后搜索："哪位是高大夫？"得知高飞下班了，黄母扭头很坚定地对儿子说："记得好好谢谢人家！"

黄成迷迷糊糊地想：她姓高啊。生平第一次，他离死亡那么近。前一秒他还镇定自若谦让其他工友先做治疗，瞬间坠入无尽黑暗，他像溺水的人拼命挣扎，惊慌中只有一点若即若离的微光，他喊不出，身体也不属于自己似的。

听得见我吗？她问。她的声音很轻，像水滴掉落湖面，恐惧中的他努力找寻着那声音，拼了命想浮出黑暗。活着的感觉真好，他打心眼里由衷感慨。

麻药完全消散后，黄成记忆复苏，一早他赶往工地的时候剐蹭了她的车，还别说，他们真有缘。倘若她坚持报警，按照正常程序来一遍，他就赶不上那倒霉的意外事故了。

高飞此时在KTV包房里连打了两个喷嚏。

沈心说，一个喷嚏是有人骂你，两个喷嚏就是有人惦记你。高飞苦笑，这世上惦记她的只有她妈。

包房里欧阳正和护士小美挤在一堆深情对唱，不知道的还以为他们是一对新婚夫妇。小美刚来医院不久，家在外地举目无亲，欧阳怕小姑娘伤

怀，特意召集了科里一帮同事给她庆生，礼物预备了一堆，给人家感动得热泪盈眶。高飞不爱这份热闹，忙了一整天，脊背僵硬，她只想回去泡个澡然后舒舒服服平躺在自家床上。但不来又怕人误解自己不大度，干脆拽来落单的沈心，两个人缩在灯红酒绿的包房暗处说私房话。

欧阳边唱边掏出自己的手机，瞅了一眼断然扔给高飞，原来是高母来电，她妈的声音透着严重的不高兴："我不舒服！"

高飞讨厌手机，有了它谁都能找着你，她不买手机不用手机，但不代表她妈找不着她。她妈退休前也是大夫，副高职称，对什么病都有自己的一套理论心得，但每天不让高飞回去一趟就浑身不自在。

高飞取了包，对着沈心的耳朵交代："我先走一步，你帮我盯着点欧阳！"沈心愕然看着高飞，不敢相信她把这么艰巨的任务交给自己了，这一大活人怎么盯？

回到娘家，高母的面色比高飞还红润呢，开门时故意看她身后："我女婿呢？"

高飞深深叹气，她妈和欧阳是一对天敌。打从高飞和欧阳认识起，老太太就认定欧阳不是过安稳日子的主儿，坚决反对两个人交往。欧阳心知她妈烦自己，反正是娶她闺女又不是娶她，本着见一面少一面的原则，敌进我退，敌退我进。高母却不同，自从高飞不顾反对跟欧阳结了婚她就隔三岔五打电话，用各种理由递话欧阳过来，想替女儿好好管教这个不羁的家伙。

没看见"亲爱的"女婿，高母严肃起来："你别说他又加班，刚才你们是在外面唱歌吧，如果欧阳不去，你根本就不会去那种地方……"

又来了又来了，高飞浑身发冷，羡慕起至今单身的沈心，至少她不必面对这么洞悉一切的妈也不用烦恼那个滑不留手的丈夫。

沈心要是知道高飞羡慕自己会立马跌坐在地。沈心的情史用两个字即可勾勒：相亲。她和男人的关系基本上一个模式：认识，约会，分手。虽然她不愿承认，但她始终忘不了初恋，那还是大学一年级的事，十年过去，她自认为已经放下了。

聚会散时，沈心酩酊大醉，她负责紧"盯"的欧阳只好像扛煤气罐将沈心扛回家。沈心家是老式小区，没电梯，大冷天的欧阳给累出一身汗。

一进门，沈心"哇"地吐了欧阳一身。

欧阳整理完从洗手间出来，原本瘫在床上的沈心惊坐而起，眼睛直溜溜地盯着他看，片刻，她眼里汪出泪来，委屈得像个初生婴儿。

欧阳知道她又失恋了，劝慰说："至于吗，不就是失个恋？"

沈心嘴一瘪，带着哭腔说："我失恋，怪谁啊，都怪你！"不等他说话，她直着脖子狂吼，"我喜欢你！欧阳锦程，打从第一面见到你，我就喜欢上你啦！这么多年，谁都不知道，高飞不知道，我妈不知道，我谁都没告诉！"

欧阳目瞪口呆地盯着她，他们第一次见面，什么时候？他没印象，对他而言，沈心只是高飞身边的一个影子，淡淡的，若有若无。记忆里他俩说话都没超过十句。

沈心第一次见到欧阳锦程是在大学迎新晚会上。当时她太害羞，没敢向他要联络方式，总以为在一所大学里，肯定还会再相见，没想到的再相逢竟是五年后。那天一群实习生呼啦啦参观博普爱外科，正逢其时，欧阳从手术室大步走出，口罩上方的眼睛炯炯有神，当他拉下口罩时，所有人都屏住呼吸。沈心全身的血液都凝固了，是他。

但没想到他爱上的却是高飞。

高飞放下电话，欧阳电话不通，沈心电话也处于无人接听状态，当然她也没指望沈心能盯得住他。

高飞深深陷到沙发里，身心冰冷。他们婚后貌似恩爱，没吵过架。不吵，不等于没矛盾，这样的晚归太多次了，她多问两句他就嬉皮笑脸地蒙混过去。他的手机随身携带，接电话总避开她。

她不敢过分追问，生怕捅破了这层窗户纸，他们之间就什么都不剩了。

你怎么能嫁给欧阳这种人呢？沈心不止一次质疑。欧阳长得帅，又超乎寻常的热情，外形和个性都容易给人好感，让她觉得那么不可靠。

结婚三年，他们没要孩子。他们的夫妻生活正常，每周两到三次，每次"过生活"欧阳对避孕工作做得滴水不漏，哪怕是意乱情迷时他也没忘记抽身翻找避孕套。

高飞小心试探过："欧阳，我们要个孩子吧？"

欧阳大不以为然："你自己都还是个孩子呢！要孩子干吗，累！俩人过

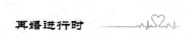

日子多简单，你说是不是？"高飞承认，自己生活能力差，没方向感，记性好忘性大，不会下厨，和人打交道也远不及欧阳圆滑周到。

这理由看似合理，可高飞总觉得哪儿不对劲。欧阳家在上海，欧阳却很少提他的家人，高飞也从没见过，包括婚礼。婚后高飞提议去上海探望他父母，欧阳一句话推脱了："没必要吧，他们都挺忙的！"他一年回上海几次，说走就走，说是探望父母，却不约她同往。

在他那貌似光明的种种理由背后，她感到欧阳并不喜欢家庭，不愿意承担责任，不愿被困住。有一次高飞故意将家里的避孕套全藏起来了，没承想他翻身下床，从钱包里翻出了一个……什么，已婚男人会随身带着避孕套？具体一琢磨，高飞就更绝望了。

如果真有时光机，她希望回到两个人认识之前。高飞的人生黄金时刻就是大学期间，还记得刚入学那天，学校办迎新晚会。沈心打扮了足足两小时，每根头发丝都欢天喜地的。高飞穿着她妈手缝的一件白布裙出场，沈心看了给吓坏了，抓着她的裙子惊呼：这麻布袋子还在呢？这么重大场合你也敢穿出来！？

衣服用料就是医院里用来做床单的那种，软塌塌的，初看是淡黄色，但越洗越白。被沈心一说，高飞心里虽忐忑，却不肯换上沈心那露肩膀头子的花裙子。两个人走在一起，宛如紫薇和金锁，一小姐一丫鬟。

晚会后是舞会。震耳欲聋的音乐声里，大家都张着嘴蹦啊叫啊，恍如一只庞大的海鲜池子，廉价的汽水在彼此手中传递着，沈心喝多了，不停地跑厕所。有个男生上前和高飞搭话，高飞生平第一次陷入疯狂人群，想逃都找不到生路，对方对她伸出手来，她头都不敢抬。高飞从小被母亲管制得严厉，高中时曾有男生夜晚在楼下叫她，她奔下去和人聊天，当时大家都在备战高考，疲惫的心渴望交流，回到家她母亲一板凳扔过来，砸断了她的腿，她是拄着拐杖进的考场。从此后她再不敢跟任何男人讲话。

那个男孩的手向她固执地伸着，她紧盯着地，只记得他脚上的匡威鞋。

早七点的晨曦从蕾丝窗帘花纹间隙里溜进，轻佻地抚摸过欧阳轮廓分明的脸。欧阳醒来，揉揉眼，意外地打量眼前陌生的房间，一时没弄明白状况。

欧阳一抽胳膊，一旁的沈心惊醒，她愣愣看着欧阳，以奇怪姿势靠拢在一起的两个人俱是一惊，然后欧阳居然一言不发，跑了！

沈心木然坐在床上，记忆"哗"的一下子全复苏了，醉酒、吐、狂吼、哭闹，手被玻璃碎片意外割伤、包扎……这一夜乱纷纷的那些居然不是梦！

完了，完了，她对着他胡说八道了些什么啊！

沈心将被子猛拉到头上，发出一声绝望的呜咽："没脸活啦！"为了补救，她赶紧给欧阳拨发信息，这事儿一旦传出去，她没脸见人了。

高飞醒来看见欧阳衣服笔挺，问他："你啥时候回来的？"

欧阳随手一划拉："深夜一两点吧……"

他刚才人在路上时，沈心信息追来，他回复得简单粗暴：滚边儿去！他生自己的气，被她一通闹腾后他怎么就迷糊着了；他生沈心的气，这么大人了，胡说八道什么啊？以后见面多尴尬。连带着，他也生高飞的气，都结婚了，成日回娘家像话吗？

高飞冷着脸出门，拒绝上欧阳的车，两个人一同出门，分头上班。欧阳没意识到这算什么事，不就是晚归吗？

但欧阳不知道高飞生气的起因，高飞发现自己怀孕了，已经一个多月了。

第 2 章

沈心听到王苹苹在后面叫她，她立刻加快了脚步。

她没能成功逃脱，王苹苹上前一把拦住她，半是撒娇半是亲热地挽住沈心的胳膊："躲什么啊，我又不是老虎。"

沈心只得站住："是王大夫啊，我发现您去了外科进修之后个儿都长高了？"王苹苹是消化内科医生，但就是不爱待在一线干活儿，满院里找地方进修，现在正在外科混着。

王苹苹不计较她语气里的嘲讽："听说你和男朋友分手啦？"

沈心心生反感，谁嘴这么欠！整个医院沈心最烦王苹苹，她就是一只

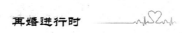
笑面母老虎，不仅有着极敏锐的耳朵四处探听别人隐私，还极有想象力地夸大其词，这也就罢了，竟然老以媒人自居将沈心当"礼物"介绍给各种闲杂人等，简直了！

黄成醒来，他妈赶紧伺候儿子吃喝。黄成一眼瞅见椅背上搭着自己的外套，认出就是他的衣服，他知道她来过了，心里先一喜，紧接着一空，问他妈："妈，高大夫来过了？您怎么不叫醒我啊！"

正在这时，王苹苹拽着沈心进来，早上王苹苹跟着主任查房来过，无意得知黄成是装修公司的金牌监理，对黄成展示出极大热情，一天来嘘寒问暖了好几次。

王苹苹将沈心推到黄母面前，一副得胜回朝的模样："伯母，这是我们内科的沈大夫，她知道您儿子受伤了非要来看看。"

沈心大惊失色，明白自己又被王苹苹这厮给卖了，王苹苹超用力地把沈心摁到椅子里："我们沈大夫可是医院的院花！"

院花？沈心被这莫须有的荣誉压得脸变了形——

"年年先进，业务素质一流，脾气也温柔！"王苹苹如同追悼会致辞，同时对沈心介绍黄成，"这位是黄工……"

沈心被黄家母子俩四只眼睛盯着，只能没话找话："皇宫？哈……这名字真富贵。"她尴尬得要命，干笑了两声。

王苹苹不无骄傲："黄工可是金牌监理，在家装业是首屈一指的专家，著名的青年才俊，有房有车还有公司……"

黄成完全不知王苹苹的这位"青年才俊"是谁，一脸迷茫。

中午沈心坐在食堂里的时候，想起王苹苹恨不能吃了她，医院大了什么病人都有，王苹苹刚买了套房，一听"皇宫"是装修公司的，小算盘就谋划上了。送礼费钱，一听说对方没对象，赶紧送一大活人去，一毛钱都不用花还落个热心快肠的好名声。这种人，怎么不去死！

欧阳端着午餐坐到沈心面前，就像没事人一样寒暄："酒醒啦？"

沈心一激灵，差点心律失常："你没，没说出去，什么吧？"她，沈心，医院两届辩论会最佳辩手竟然结巴了……

欧阳好生劝慰道："你啊，往后这酒就少喝点，说话也注意点，有的没的乱说，自己开心了，扎老心了……"他越说，沈心的头越低，都快和盘子里的包子肩并肩了。

高飞端着吃的侧身过来，她甫一坐下就注意到沈心包扎过的手腕："手怎么伤了？"

沈心和欧阳俱是一惊，相互对望一眼，又赶紧将目光挪开了。

这时欧阳手机响起，高母来电，要他俩今天务必回去一趟。

高飞决定了，回娘家路上和欧阳谈孩子的事，不管他怎么想，这孩子她要定了，她甚至悲壮地想：哪怕是离婚，她也要这个孩子。半路欧阳接个电话，开开心心地开溜了。

高飞在路边望着欧阳的车扬长而去，心情格外茫然，手机铃声又是那位"神秘女人"，回娘家的路好漫长。

为避免尴尬，她在楼下超市买了些补品，谎称是欧阳送的，她妈看都不看，冷笑一声："他买的？"她妈火眼金睛，高飞只能沉默是金。

高飞妈留高飞吃饭，她妈家里很少开伙，饭菜都是从楼下饭馆里订的，丰盛地摆了一桌。看菜的数量高飞觉得她妈还是期望欧阳能回来的，毕竟，老人家太孤单了。高飞想，如果知道自己要当外婆了，她妈会高兴吗？高飞拿不准。

饭吃完了，高飞妈的唠叨也进行了一轮，高飞打电话要欧阳来接她。

欧阳电话里显得特诚恳："我现在还在赵志诚老师家呢，待会儿我还得向他请教点事儿……"赵老师是医院里的胸外科主任，前年退休了。

高飞妈一听，勃然大怒："他胡说八道！赵老师女儿生孩子，他们夫妻俩去美国伺候月子去了！"欧阳万万没想到赵志诚是高飞妈的老熟人。

谎言遍布的日子，还怎么过下去？

欧阳比高飞先到家，一进门就嘘寒问暖的，高飞没理他。

欧阳知道高飞还在气自己昨晚一夜未归，他决定坦白算了："妹子您别生气，我昨天晚上就是送一喝醉酒的回家，那人其实你也认识……"他一直叫她"妹妹"，赔小心的时候叫"妹子"，生气的时候便直呼全名。高飞曾质疑过，恋爱的时候可以这样，结婚了为什么不称呼"老婆"？

沈心也曾说，真浪漫，韩剧里的情侣都是互相叫对方哥哥妹妹的。可他们不在韩国，有句老歌"你究竟有几个好妹妹"。

听到他的昵称高飞来了气，甚至怀疑他这样称呼是不是别有企图，她想怒吼一声：我不是你妹子，是你老婆！高飞粗鲁地打断他："我不想听你编故事，没兴趣！"

欧阳觉得事态有点严重了，坐正身体，很认真地宣称："我没跟你开玩笑，说的全是真的！"

他的字典里有那个"真"字吗？高飞心酸地想，是不是他觉得自己特蠢，特好骗？

欧阳完全不得要领，她怎么啦？又被她妈给洗脑了是不是？两个人第一次大吵特吵，他们没有吵架的经验，但都莫名带着股怨气，你来我去地吵得心力交瘁。

高飞的气一直带到床上，被子裹着她单薄的身体，有意远离欧阳。以欧阳的经验，夫妻没有隔夜仇，更何况，他们之间也没啥具体矛盾，黑暗里他试探着伸手向她，被他一碰，她像青霉素过敏一样跳起，贞节烈女般怒喝一声："别碰我！"她手脚并用起身去客厅睡沙发。

怎么啦！还不到生理期，这股无名火打哪儿来啊！欧阳懒得理她了，这小女人都是被他惯出的毛病，好像他越低声下气她就越来劲了。

欧阳承认自己撒谎了，他刚才其实是去见大学同学了，一名女同学出差经过，两个人碰了个面。

高飞一夜没睡好，魂不守舍地经过走道，有人喊她，她茫然四顾，发现是她的一位病人，高飞强打精神："好点了吗？"

黄成看情形等她很久了，他略带羞涩地从兜里摸出一个信封："您救了我的命，这是我的一点心意。"

以他的经验，进医院多少都要表示点"意思"，这跟进庙送香火钱、车过高速 ETC 收费一个道理，只不过，医院这地界一次就够了，这辈子最好都甭来了。

高飞想起他修车费都还没付完呢，这钱算修车还是修人的？

黄成看她的笑容立刻就明白了，赶紧声明："这一千块，不知道够不够修那车的……"

高飞心思都被他看穿，忙说："不用，我那车没什么事，你好好养病吧！"

如果不是欧阳着急接电话，车停得居中，他的车也不会刮上，这事就此作罢。她转身就走，黄成捏着手里的信封不知所措，望着高飞的背影表决心般说："那我以后会报答你的！"

高飞听到了，虽然心情不太好，嘴角还是绽放出了一丝苦笑，怎么报答？我救了你的命，难不成你想以命抵命？

欧阳也没睡好，高飞讲道理讲不过他，冷战他敌不过她。一出外科大楼他看见牛一鸣那谄媚的笑就更犯晕了。

牛一鸣是他的中学同学，圆乎乎的脸上一双天真无邪的大眼睛。人如其名，上学的时候成绩老是最后一名。这几年他发财了，老爱黏着欧阳。

欧阳皱眉问："牛老板大驾光临，有什么指示啊？"

牛一鸣无奈地一耸肩："人一倒霉喝凉水都塞牙，我工地出了点事儿差点出人命，我这不给你交住院费来了吗……"

欧阳这才知道外科那个脑袋受伤的黄成是牛一鸣的手下。

牛一鸣想起来都后怕："差一点就死了……"

欧阳幸灾乐祸："他要死了还得判你几年呢！"

生意人都有几分迷信，牛一鸣一瞪牛眼："你盼我点儿好行不行啊！"见欧阳白他一眼，他立马露出讨好的神色："听说夏天来了？"夏天就是欧阳出差经过的女同学，牛一鸣的女神，无奈人家心仪的是欧阳，没正眼瞧过老牛。

欧阳看到牛一鸣那酸溜溜的劲都好笑："别乱想了，我是托她帮我找人。"

牛一鸣根本不信，找人？夏天肤白貌美腿长，一张标准网红脸，当医生真有点可惜，她到现在没找人，大家都懂，她还心心念念惦着欧阳。

回家路上夫妻俩都不说话，欧阳估摸再过一天高飞的气就该消得差不多了，只要她妈不瞎掺和，高飞其实就是一个特单纯特好哄的孩子。

上电梯时楼管大姐多了句嘴，把欧阳的小期望全灭了："你们当医生的可真辛苦啊，前天我上早班，正看见你打车回来……怎么，你们夜班都不能睡觉啊？"

高飞再度被击中了，大姐早班是六点半，欧阳又撒谎了，他根本不是"深夜一两点"回家的。高飞悲痛欲绝地看了欧阳一眼，那冰冷的眼神一下子让欧阳找到了丈母娘的神韵。

高飞进屋将钥匙一扔，掉地上了也懒得捡，欧阳自知理亏，弯腰捡起钥匙特好脾气地说："又乱扔钥匙，回头又该找不到了。"

高飞心头火起，连喝几口凉水都不制怒："找不到了更好，我就不回来了！"

欧阳烦了："不就是前天那点事儿吗？干吗老揪着不放啊！"

高飞怒目圆睁："不说前天，昨天呢？你真的去赵老师家了吗？"欧阳一愣，不知道自己又在哪儿出现了漏洞。

高飞紧盯着欧阳的表情，一丝错愕都没放过："人家赵老师一周前就去美国了！"

欧阳即使被揭穿也能面不变色："是，我撒谎了，可谎言有时候是善意的。都生活那么长时间了，我是什么人你还不了解吗？我对你是百分之百信任，你对我总是疑神疑鬼！"欧阳觉得自己问心无愧，谁都有点小秘密小隐私，他知道高飞不喜欢他跟女的黏糊，他自问自己还是挺注意影响的，小美过生日他找一群人聚，就是怕高飞误会。但他不想把夏天扯进旋涡，那是他的底线。

高飞心想，合着到最后还成了我的不是？她偏不上当："你对我百分百信任？你如果真信任就该跟我说清楚！"她明白，他根本就说不清楚。

欧阳心说：这还没完了！

夜晚，高飞直接就到沙发上睡了，欧阳听着她的呼吸声觉得心烦，这几天降温，她身体弱，赌气最后倒霉的还不是她自个儿？

欧阳气呼呼冲出去，连被子带人抱起来往卧室走。

高飞误以为他打算行使丈夫权力，气得差点背过气去，尖叫道："放手！你放手！"

欧阳板着脸说："要睡屋里睡去，沙发我来睡！"

高飞拼死挣扎，欧阳没想到她瘦小的身躯里突然爆发出那么大股力，他没能 Hold 住，高飞摔下，发出不可思议的重响，然后，她整个人蜷缩成一团。

欧阳傻了，不知道这一切怎么发生的。

高飞感到身下一热，心知不妙，闭着眼痛苦地说："叫救护车……"

第3章

　　欧阳人还在病房门口就听见高飞她妈掷地有声地训斥着女儿："还有脸哭，自己怀孕都心里没数！"

　　高飞不是她妈的对手，现在不是，将来更不是，她告饶："妈，我累了……"

　　欧阳在门口进也不是退也不是。高飞妈就跟长了后眼似的，猛回过头，凌厉的眼神扫视着他，炮火精准定位："你当丈夫的等到老婆流产了才知道她怀孕，我都不好意思说你们，一对混蛋！"

欧阳觉得这事儿自己最冤，看到高飞苍白的小脸，他将这口气强咽进去，堵得胸口生疼。对于这个厉害的丈母娘，他无从辩解，高飞妈像个行走的×光机，什么到她那儿准能立现原形。

　　沈心知道消息的时候高飞已做完手术回家了，她敲开门一见到欧阳的脸色就知道自己来对了。以前两个人恋爱时沈心是他们的联络员，两个人高兴还是闹别扭，沈心很多时候比他们自己还清楚还着急。

　　高飞见到沈心勉强坐起，沈心心疼地埋怨："怀孕了我都不知道，嘴够紧的。"

　　高飞眼神闪过一丝伤痛，静默片刻，说："别提我了，你现在怎么样？"

　　沈心昨天上夜班前还相了一个亲，还能怎么样，继续相呗！

　　厨房里传出欧阳忙碌的声音，沈心故意大声说："唉，我要找个欧阳一半儿好的就行！看人家，有长相有才华，武能开刀文能下厨。"

　　她不知道自己拍在马蹄上了，高飞不接话，小脸绷得更紧。

　　饭菜上了桌，欧阳有一手过得去的厨艺，不过他们大多在食堂吃。他用青瓷小碗盛了碗排骨藕汤，小心翼翼搁在高飞面前，半讨好半是献宝的口气："这汤只有一碗啊，沈心，没你的份。"

　　沈心用唱歌般的声调说："我有自知之明，高飞，这辈子我是没你这份福气喽！"

这句话再度刺到了高飞，高飞推开汤，闷头吃白饭，欧阳有点不悦，欲言又止。

空气里飘满尴尬因子，沈心觉得自己有义务活跃气氛："欧阳，你这做菜的手艺跟谁学的？赶明儿你开个餐厅，我给你跑堂。"

欧阳闷声说："没人教，自学成才，你喜欢吃，多来。我家妹子吃得少，每天都有剩的。"

电话铃声响起，大家都安静下来，高飞很敏感地瞥了欧阳一眼，又是哪家"妹子"来电了。

欧阳去接电话，他被高飞死盯着，如芒在背。科室小护士们爱找他帮忙，修个电脑什么的他都有求必应。这种事儿一多，高飞就变脸，即使她没说什么，欧阳也压力山大。

欧阳对着话筒含糊说道："抱歉我去不了，你另找人看看，我没时间，这几天都忙。"

他挂了电话，高飞却不领情，冷笑一声："想去就去！"

沈心被屋内的气氛憋得发慌，她不知出了什么事，在一旁干着急。

欧阳一脸讨好："沈心你看，她赶我走，你替我好好批评批评她。"

高飞最恨欧阳这种四两拨千斤的技巧："别当着人面演戏，没必要，出去吧，省得在家难受。"

欧阳果然原形毕露："高飞，你这是什么话？这不沈心在这儿吗，正好她做证，我身上到底哪颗细胞写着要出去了？"

沈心听他直呼其名，知道事情闹大了，起身倒水递给高飞，回头对欧阳开火："你是男人不是？她说你两句你顶什么嘴？何况她身体不舒服，顺着她你会死啊！"

欧阳委屈道："我哪儿没顺着她了？她都是没事找事！"

高飞爆发了："对，是我找事！嫌我烦？离婚！"

时间尚早，酒吧没什么客人，夺门而出的欧阳自斟自饮，垂头丧气。

牛一鸣走过来拍拍他肩膀："兄弟，大白天就喝上啦？"

欧阳斜了他一眼，无论他到哪儿，牛一鸣总能找着他。

老牛是一快乐单身汉，有个感情不稳定的女朋友。穷的时候女友特不待见他，老挑剔他这个那个，三天两头跟他闹分手，牛一鸣没少低声下气觍着脸哄，还干过当街捧花下跪的下贱举动。后来牛一鸣发了，女友态度大变，急催着两个人盖章认证，牛一鸣之前受了刺激，老拖着。俩人的关系是这么拉锯式的。

牛一鸣没见过高飞，欧阳不让见，嫌他俗，拉低了自己的朋友圈档次。

老牛很好奇："跟我说说，你到底喜欢她什么啊，难不成跟一天仙似的？"他琢磨，听这名字就好看不到哪去，女人，不叫丽啊娜啊，叫什么飞……

欧阳从丹田里叹口气："你别刺激我了！从前还约等于天仙，现在变得跟她妈特像，整一个灭绝师太二代！"

了解到高飞提出离婚，牛一鸣嗤之以鼻："居然敢提离婚？离了婚找谁去？当自己明星啊？天后啊？男的都想找个比自己岁数小的，那年龄大点的男人结过婚大多有孩子，她难不成给人当后妈去？"

高飞挂了她妈的电话，一脸凝重。

沈心小心问："你妈又训你啦？"

对高飞来说，她妈训她是家常便饭，小时候，她要是贪玩忘记做作业，她妈大嘴巴扇她，她曾不止一次怀疑过自己是不是从垃圾堆里捡来的。她不怕挨打，只怕她妈提高国庆，高国庆就是潘多拉盒子，一开启只有悲伤和怨愤。

沈心若有所思："欧阳见过你爸吗？"沈心是唯一对高飞知根知底而不会对人提及的。以前上学的时候一个女同学知道了高飞的身世，大惊小怪到处说，高飞甚至为此转了学。

高飞苦笑："我都快二十年没见过他老人家了，欧阳能见着吗？他一直以为我爸死了。"

沈心若有所思："对了，欧阳的爸妈你不也没见过吗？是不是也死了？"

"别瞎说，我跟他爸妈通过电话。"高飞觉得自己和欧阳某些方面挺相似，俩人都不爱说家里的事，"结婚度蜜月时我想和他去上海顺便探望一下，没去成，他自己倒突然回了趟上海，还当他家里有事呢，他妈来电话我才知道他压根就没回家！后来我问他，他说去参加同学聚会，他上海的同学大部分北上，留本地的没两个，怎么聚？"

沈心赶紧帮忙疏导："人少就不能聚会啦？你和我，不也是聚会吗？"

高飞似乎有所醒悟："我跟他不像过日子的，倒像合租房子的。"

沈心说："找机会和他好好谈谈，别老那么呛他，他的脾气你又不是不知道，吃软不吃硬，别再提离婚了，特伤感情。"

高飞咬牙切齿："我是真想离。"

黄成头上还裹着纱布就被王苹苹催着去量新房了。助理刘欣一肚子气，王苹苹真是个人才，装修呗，老是跟黄工胡掰扯介绍对象，哪一点都不像个大夫，像中介大妈。

黄成仔细复测完住房面积："这两天我先把平面图给您出了，等我出院后施工队再进场。"

王苹苹如影随形，不停给他洗脑："我们这样的，弄套房子可太不容易了，您可得多费费心，对了，沈大夫你觉得中意不？"

又来了，刘欣一听王苹苹提这茬就禁不住翻白眼，忙插嘴说："王姐，您装这套房子的预算是多少啊？"

王苹苹听而不闻："沈医生啊父母都在深圳，她有套自住房……"

黄成想起什么，他停下手，脸上闪过一丝羞涩："那个高大夫，给我做手术的，我想谢谢她，要不是她我就没命了，你说我要不要给她送点什么？"他住院后高大夫来查过几次房，每次她旁边都有一堆人。所有人里她最瘦小，胳膊细得跟筷子似的，不戴口罩的时候脸上总笼罩着一层淡淡的哀伤。他想跟她说点什么，但就是张不开嘴，想着出院后再也见不到她了，他拖拉着不肯办出院手续。

王苹苹一愣："高飞？"院里她最烦的就是高飞，外科唯一的女医生，秦主任的爱徒，啥了不起啊，下巴成天翘天上去了，"送什么送，这就是她的职责。"

黄成对王苹苹的敌意感到奇怪，讷讷地说："也不是这样说。"

王苹苹几乎是嚷了起来："她就是会当人面表现，什么真本事都没有，仗着科主任袒护，她跟她那个老公傲得跟二五八万似的，就像医院是他两口子开的似的！"

听到高飞有老公，黄成整颗心一沉，像被人突然摁进了水里，上不来气。虽然他也猜想过高飞应该不乏人追求，但没想到人家已婚了。他心里笑自己：以为人人都跟自己似的，婚姻大事至今悬而未决？而且，就算她未婚又怎么样，难不成就能看上他？

一早高飞被一名女病人投诉了。

科里有规定，不管有理没理，投诉就要扣五十。她是个中规中矩的医生，不迟到早退，从不越雷池半步。人在家中坐，祸从天上来。

小产后她恢复得不好，常常整夜不能合眼，和一个戏精生活在同一屋檐下，天天是演出，只差观众和掌声。

欧阳一脸正气，他不用开口高飞就知道他要以师兄的口吻教训她了："怎么会被病人投诉？你知不知道现在医院有规定，凡是投诉就得扣奖金，还会留下不良记录，以后评先进晋职称都受影响，你怎么搞的？"

她刚来医院时，欧阳就特爱训她。那时她还以为他看她不顺眼，见着他的影子就心慌。那时沈心不止一次提醒她："哟，咱院的形象代言人瞧上你了哎！"

高飞大不以为然。

直到有一天，她们几个实习生在食堂吃饭，欧阳端着一碗红烧肉大步走来，旁若无人地将整碗肉倒进她的饭盆，他说："多吃点，瘦得跟小鸡仔似的！"

一旁艳羡的目光差点将她烧成灰。是，那就是他的表白方式，就像现在他对婚姻的方式，都和她所预想的大不同。

现在的高飞已经不吃他这套了，她用力撕开方便面，往里加开水。

欧阳皱皱眉："泡面能有营养吗？现在你身子虚，更要多注意点。"见高飞不理不睬的他更气不打一处来，"你到底哪根筋不对啦，跟你说了该在家里休息非得闹着上班？你能不能理智点，别这么情绪化？"

他烦高飞找他别扭，她不像别的女人，生气了会发泄，她就会闷着。她的气又来得特别持久，要让她去抗日，她能战斗好几个八年。

高飞烦他："闭嘴，让我消停点。"家里有他就够了，单位也有，还让人活吗？

两个人同一个科室，在科室里均将对方当空气，连带旁边同事也很尴尬。回家路上又接上了火，进屋的时候边换鞋边吵。如果不是没带家门钥匙，高飞早就一怒跳车了。之前高飞把钥匙落她妈家了，在她妈和欧阳之间，两害相权取其轻，她选择回自己家。

欧阳粗声大气地说："我知道孩子没了你难受，这孩子以后会有的，你老拉长个脸，谁受得了？"

高飞站定，她仰起尖尖的下巴颏，斜睨着他："我不难受，没孩子更好。"

欧阳怒道："高飞！"他的大嗓门吓了他自己一跳，赶紧低下姿态来，"妹妹啊，我知道你在说气话……"

高飞深吸一口气："不是气话，你本来也不想要孩子，孩子没了，正合你心意。"

欧阳被高飞的逻辑惊呆了："我什么时候说不要啦！"

高飞又开始不淡定了，嘴哆嗦起来："你忘了？你一直都说不要不要！"

欧阳有些语塞，他说过这话吗？好像也许大概吧……那都是什么时候的事，他自己都没印象："那是没孩子时候的事，你要说你已经有了，我自己孩子我能不要吗？"

高飞冷笑一声："现在开始说风凉话了？我好奇一下，欧阳锦程，像你这样的，不爱着家也不喜欢孩子的，你结婚干吗？"

欧阳想揍人，他憎恶她那受害者的姿态："哦，合着结婚就得天天窝家里？合着结婚就是为了生小孩，你俗不俗啊！"

"照你那意思，结和不结就得一样自由，没啥责任和义务？"

"不自由，毋宁死！"

高飞明白了，他永远以自我为中心，他的宇宙里不该有她："我给你自由！你能不能给我句真话，我们结婚前一天，说好一起去买戒指，我在商场等你两个小时，你去哪儿了？"

那是她的心结之一，临要结婚的人突然不见了，问他也是含糊其词。她当时曾经想过他们是不是不适合？但为了这么个理由就分手似乎小题大做了。现在，她必须一探究竟。

欧阳没想到她翻旧账，脸变了一下："我说了，那天临时有点事儿……"

高飞没放过他的表情变化："到底什么事！？"

高飞从来没有这么偏执过，欧阳没来由地有种绝望感，婚姻真他妈是操蛋的坟墓啊！将一只万花筒变成一台光电显微镜。

欧阳态度消极："都过去那么久了，你这突然一问，我哪儿想得起？"

高飞就知道他会这么说："远的想不起了？好，那说近的，上礼拜你一夜未归，到底人在哪儿？给你时间，好好编。"

他忽然醒悟过来："我编什么编？我啥时候编过？"他几乎就要脱口说出真相，那天是一个女孩得知他结婚的消息，哭成泪人似的，他能不安慰吗？本来高飞妈总叨叨他不可靠，让高飞知道这个插曲，婚肯定结不了。

所谓一夜未归，是跟她的好闺密沈心在一起，你高飞不信我难道还不信沈心吗？但他实在是漏洞百出，不是一句两句就能全撇清的。

俩人吵累，双方都有偃旗息鼓的意思，却没留神这时候高母从房里出来。他们傻了，刚才吵得浑然忘我，竟然不知道家里还有个可怕的旁观者。

高飞追悔莫及，该先去她妈家拿钥匙的。

欧阳愣了一下，拔腿就走，留下高飞一个人面对她妈，她妈目光炯炯紧盯着她："结婚前不见人，还一夜未归？合着他骗你，你就骗我？"

第 4 章

高飞坐在沈心家门口，活像条流浪狗，看到沈心出现，高飞勉强挤出一丝笑："拉我一把，腿麻了。"

沈心边开门边埋怨："你给我打电话啊，干吗干等着。"

高飞叹气："我不是没手机吗。"

一进门，沈心赶紧拧把热毛巾给高飞擦脸，高飞捂着脸，怕自己失声痛哭，半天没动弹。

沈心的家就是高飞的防空洞，但凡有什么不舒心，她就直奔这儿。

家里电话没人接，身在酒店房间里的欧阳不确定高飞是在家不肯接电话，还是出去了，他只好不停拨打，指望高飞能接听。

牛一鸣推门进来，手里抱着一箱啤酒。

老牛逮着欧阳不开心自己就跟过节似的，只有这时候，他就可以陪欧阳顺理成章不回家了。他在酒店开了个套房，要欧阳放心住，住一辈子都行。

牛一鸣欢喜得像过节："我跟老婆请好假了，今晚陪你，你是不是特感动？"

欧阳神烦："她不接电话。"

牛一鸣成竹在胸："我告诉你，你越哄她就越来劲，甭理她，过两天自己想通了就好了。"欧阳深以为然。

牛一鸣抛给他一听啤酒，欧阳接过却不喝。

欧阳在发呆："我明天有手术，不能喝酒。"

牛一鸣讨好地："知道！我这不是想哄你开心吗。"

欧阳若有所思："牛一鸣，如果，我是说如果，有一女的喝醉酒了，我把她送回家，结果一不留神我在她家睡着了，结果就一晚上没回去，那女的……"

牛一鸣洞若观火："一听就是假的！怎么，送人到屋了就赶紧回自己家啊！"

"因为她醉得太厉害……"

牛一鸣说："醉得再厉害也不能睡一起吧，别跟我说你跟她分床睡的，啥事也没有，你就扯吧！反正我不信。"

分什么床，就一张床！两个人衣服都没脱——欧阳想，连牛一鸣这智商都不信那就不好办了。

悠扬舒缓的乐曲声中，高飞和沈心头并头躺在沈心的床上，每人敷一张面膜，活像一对摆在盒子里的日本人偶。

高飞连十五分钟都没法扛住，猛掀开面膜大叫："我必须离！"

沈心像对待婴儿一样轻拍高飞的胳膊："嘘——嘘——"

"这日子我是一秒钟都没法再过下去了。"高飞毛骨悚然，她绝不能像她妈那样过完后半辈子。

沈心只好掀了面膜："淡定！你不是你妈，欧阳不是高国庆，他不能，他不敢！"

"他有什么不敢？我告诉你，出去吃饭，我去趟洗手间的工夫，就有个妖女坐他身边和他有说有笑的——"

没错，欧阳这厮是挺招人的。但这算问题吗？谁让他有姿色，有才华，还有张甜得不怕得糖尿病的嘴。沈心好生劝说："这只能证明欧阳倾国倾城闭月羞花，只能证明现在人间尚有妖女出没。你借他俩胆他也不敢做出什么出格的事儿！"

沈心总把人想得太美好了，欧阳除了不着家，还爱网聊，他的朋友圈里女多男少，这也是高飞讨厌手机的一大原因。

高飞翻个身，发现沈心已经沉沉睡去。真会睡，高飞羡慕她，如果自己能像沈心这样无忧无虑的该多好，高飞又失眠了。

欧阳也没睡着，旁边床上牛一鸣倒是四仰八叉，鼾声如滚雷。

他觉得高飞就是受她妈的茶毒太深了，对男人满腹牢骚，脾气又拗，每次她闹都是好言好语地哄着，这次他不想了，借牛一鸣的话说，"必须把她给拧直了。"

一早欧阳接到夏天的电话，说他要找的人有眉目了，要他赶紧回趟上海。欧阳掉头去科室请假，迎面遇见了高飞。

欧阳看也不看她："跟你说一声，我明天要回趟上海。"公事公办的口吻就跟交代护士医嘱一样。

高飞语气也是淡淡的："是吗？"

他小心瞅瞅她的脸，觉得她应该消气了："快的话礼拜四就回，要是有什么事耽搁了，就下礼拜回。"

"请这么久的假，秦主任给批吗？"

"他爱批不批！"

高飞反感地看着欧阳。她明白，他对什么都无所谓，工作也好，家庭也罢，都随着自己的性子，完全置他人于不顾。

欧阳到家时，高飞正趴在饭桌上奋力写着什么，欧阳见高飞没理自己，自行回房收拾行李。

这次远行让双方冷静冷静也好，他打算回来后再找时机和高飞深谈。他边收拾边想，关于沈心，关于夏天，关于他必须要找的那个女人，以及他的全部，事无巨细，他理顺了，和她全盘托出。他的故事很长，不知道她有没有耐心听。

高飞将写好的东西递给欧阳，欧阳瞟了一眼，懵了，竟然是一份《离婚协议书》。

他心里轰然响起一阵闷雷，瞬间失去了听觉嗅觉，好半天他回过神来，愤怒在心里迅速积聚，离婚？离婚！死女人来真格的？

高飞依旧平静得可怕："你看看有什么需要改的，没什么意见就签字。"

经过几夜无眠，她彻底想清楚了，这种痛苦该结束了。

欧阳强忍怒火，仔细读了读将协议放在桌上，没出声。

高飞盯着他的一举一动："有意见吗？"

欧阳手指把玩着笔，却不下手，讽刺她："你就这么急不可耐啊，不是有人等着娶你吧？"他在想，她发什么疯，不就芝麻绿豆大点事儿吗？

高飞忍住回怼他的冲动，吵了几天，她没精力了："别磨蹭了，签吧。"她都有种给他跪下的冲动，离吧，合则聚，不合则去，你不是要自由吗，签字了你我都自由了。她亟须一次完整的睡眠，亟须不再胡思乱想，亟须不再心如刀割。

欧阳干脆将笔放下了，高飞瞪大了眼。

他托词："等我从上海回来再说，你也不急这一时半刻吧。"

高飞沉不住气了："你明天晚上九点的火车，明天白天我正休，咱俩赶紧把事办了，从此你爱去哪儿去哪儿。"

欧阳火了，这女人一犯倔跟头蠢驴似的："你这决定你妈知道吗？"

高飞定定看着他："我结婚的时候不也瞒着她吗？我俩的事不关她。签字吧。"

他俩恋爱的时候她妈曾经放过话不认这个女儿，但始终没倔过自己孩子。高飞和欧阳偷拿了结婚证，过了仨月才回门，高飞拉着欧阳买了一堆保健品，欧阳敲门敲了差不多一小时，她妈才开门，给他们一人倒了一杯茶，勉强认了这个女婿。

驴如果敢跟高飞比倔，能立刻变作阿胶。

欧阳吞了口唾沫，事到如今，只有对不住沈心了，他清清喉咙："其实那天晚上……"

高飞懒得听他撒谎："我不关心这个。"别编了，她的心在号叫，放过我吧。

见她如此决绝，欧阳心凉了。他在高飞的咄咄逼人下一挥而就，她如获至宝地拿起协议书："行，明天一早我们就去民政局。"

第二天从民政局快步走出时，高飞一脸严肃，旋风似的跳上一辆出租，留下一行烟尘。

欧阳赶出来时已经看不见高飞的背影了，他将手里的《离婚证》狠摔在地。

老牛信誓旦旦告诉他离婚手续复杂，需要双方开证明，需要各个单位调解。结果他和高飞一去民政局，年轻的办事员二话没说就给办了，前后就十分钟。他竟然信了一个连婚都没结过的人关于离婚的经验。

终于离了，高飞独自坐在街头长椅上，看着过往的人流和车流，手里紧紧攥着《离婚证》，印象中《离婚证》是绿色的，没想到居然和结婚证一个颜色。

结束了，终于结束了。

第二天高飞在食堂里端着碗粥刚坐下，沈心一屁股坐到她面前，气呼呼的："一大早找不自在，差点没跟她吵起来！"

高飞稳稳当当睡了一夜，胃口不错地吸溜着大米粥："又是谁惹了沈大小姐啦？"

沈心挥舞着小拳头，好像敌人就在眼前："王苹苹那货！她居然编排你离婚了！"

高飞的手一抖，粥洒了出来，她慢吞吞擦掉痕迹，消息真快，仅一夜工夫她离婚的消息就传出来了。她劝说自己，没事，这不是自己盼望着的结局吗，可是不知为什么，内心有一股悲凉，是的，她是一个离婚女人了。

沈心气不打一处来："什么玩意！成天缠着我要我和那个黄工约会……"她一副欲呕的神气，"她肯定是古代一媒婆穿越来的，满口胡话，别提有多恶心！"

沈心和王苹苹彼此看对方不顺眼，区别在于，沈心讨厌的人干脆就回避，但王苹苹的本领在于，哪怕她再讨厌谁只要有利用价值就往跟前凑，实在是一朵万里挑一的奇葩。

高飞终于没食欲了："别说了。"

沈心疑惑："你不气啊？"

高飞小心选择语气："沈心，她没说错，我离婚了。"沈心嘴张得可以塞下一只碗了。

消息传得很快，外科上下都知道了。

欧阳查完房在办公室补写病历，小美护士进来，轻手轻脚将一袋食物放在他面前。欧阳来不及吃饭的时候护士们都会自发给他买吃的，这已经

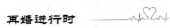

是外科的惯例了。以前高飞对欧阳微弱抱怨过,她抱怨的时候欧阳哈哈大笑,在他看来,这也算件事儿?一个科室的,互相关照有错儿吗?

欧阳看到食物头也没抬:"哦,是你啊。"

小美护士的眼睛里似乎别有内容:"你中午没吃饭吧,我给你买了快餐,趁热吃。"

欧阳何等聪明,很快领悟到了对方的心意,他的笑容收了起来:"不用了,你留着自己吃吧。"

小美体贴地说:"你下午不还连着两个会要开吗?没胃口也得吃点,别饿出病来。"

欧阳笑笑没说话,小美欲说还休地:"听说——"

欧阳警觉起来,他继续低头写病历,粗暴地打断对方:"别道听途说,没有的事!"

小美一愣,讪讪地走了。

欧阳补写完病历,抬起头看到那袋食物,随手扒到一边。

关于俩人的离婚原因,外科里传出多种版本,其中流传最广的就是欧阳有外遇了。欧阳长得就是一副"我有外遇"的形状,冤不了他,何况刚离婚就急急去了一趟上海,大家揣测是不是小三要扶正了?

沈心试图弄清楚两个人离婚的原因,她打电话问欧阳,无果。

高飞住到了沈心家,她没勇气告诉她妈离婚的事。欧阳从上海回来后直接住牛一鸣那儿,紧接着又去了杭州参加学术交流,两个人办完手续后一直没碰面。挺好。

第 5 章

高飞总说解脱了,沈心却觉得没那么简单,除了离婚当天的完美一觉,后来的睡眠一般,一夜醒几次,气色黄黄的,若不是化妆品遮着,没准就被立马收住院了。沈心决意和高飞好好推心置腹一番,一下班就奔菜市场买了只活鸡,在厨房里殊死搏斗了三个小时,终于端出一锅汤。

高飞之前已忍无可忍吃掉了两包饼干，此时非常配合地闻了闻香味，然后冲沈心竖起大拇指点了个赞，只尝了一口，她面部就拧成一团："没熟——"

"哟！"沈心决定从此作别短暂的厨师生涯，"还是出去吃吧！"

高飞对比沈心再想想自身，开始犯愁："你说我俩是不是特没做饭的才能？这样下去指不定会饿死呢……"

沈心潇洒地一挥手："我俩是做大事的，不拘泥这点小节！"

两个人换了衣服准备出门，一开门，俩人都吓一大跳，高母从天而降。

沈心平时鬼神不惧，这时结巴起来："伯、伯、母。"

高母踱进屋，眼睛锐利地环视着房间，两个人跟小时候一样，均一副大难临头的模样。

高母幽幽说道："找我闺女可真不易。"

沈心内心斗争了一小下，决定临阵脱逃："我出去买点东西！"屋里剩下母女二人，她妈安然坐下，高飞则像犯人一样站在她面前，高母冷冷地说："你想躲到什么时候？"

高飞战战兢兢："我给您倒杯水！"她一提暖瓶傻眼了，没水，电水壶也不知道搁哪儿。

高母质问："欧阳什么时候回？"

高飞小心应对："第一站去杭州，最后一站是去广州，大概七八天吧。"她手心在冒汗。

"开学术会议？你怎么不去？"

面对她妈的咄咄逼人，高飞支吾道："秦主任安排的……"

高母颇有深意地一笑："我可知道跟他一起去的还有一个女的，市肿瘤医院的，你知道吗？"她母亲一直以各种方式展示自己的明察秋毫，让高飞意识到她选丈夫的眼光多么有问题，对自己的丈夫多没有驾驭力。

高母洞若观火："他肯定没跟你提吧？我告诉你，那女的可对欧阳有点意思，俩人开会都是坐一起，住房也是隔壁挨隔壁，他们……"

离婚对她来说像一场六级地震，废墟满地，她得自己弯腰去一点点收拾干净。

高飞大声宣布："他们不关我事。"终于说出口了，从今以后，他晚归他招蜂引蝶他夜不归宿全都跟她没关系了，"我们离婚了。"

高母嘴里喃喃重复着："离婚！？"她咀嚼着两个陌生的字眼，表面波澜不惊，半晌才一字一字问："这就是你能想出的最好办法？如果腿上长疮了，是不是只能锯腿？"

这是一回事吗？高飞想反击，但终究放弃了抵抗。

沈心应高主任召唤来到大内科主任办公室。

大内科主任办公室在消化内科病区的最顶头，里面挂满了"妙手回春"等锦旗，它们庄严肃穆地俯视着一张办公桌一张电脑桌，以及中年秃顶的主任医师高曙光。

高主任和沈心的父亲私交不错，父母随她哥嫂去深圳定居后，托高主任多照顾女儿。高主任的确对沈心"照顾到家"了，他老想将沈心介绍给他儿子高英武当女朋友。

沈心特讨厌高英武。如果说喜欢一个人不需要太多理由，讨厌一个人也是。就拿他的名字来说，人一点不英武，他的小名叫"昊子"，这个倒很贴近他的外形。

高主任正在键盘前挥舞着他的肥嫩的爪子，一见沈心就露出慈父般的笑容，伸手给她抓了把零食："小沈！吃点松子儿，这是我出差从东北带来的。"

沈心也不客气，接过来放进口袋，准备带回家给高飞共享："谢谢主任！您找我有事儿？"

高主任带着歉意说："哎呀，我最近太忙了，又是报告会又是对外交流，一直都没怎么和你聊聊，我好久没见你父亲了，他最近身体好吗？"

沈心赶紧扮乖巧："托您福，还不错，还不错。"

高主任惭愧地摸摸余额不足的脑袋："他去深圳的时候还托我好好照顾你呢，我这有负重托啊！"沈心内心感谢她哥接走了爸妈，否则高主任天天带着他家英武来串门，她还活不起了。

沈心转动着眼珠子找说辞："哪能呢！你对我比春天还温暖，比秋天还体贴呢。"还好她及时收嘴了，差点就把雷锋日记给背了，"对待敌人就像秋风扫落叶那样无情。"

高主任终于言归正题："你伯母也老念叨你呢，小时候还经常来家玩，现在大了反而不来往了，这就是你不对啊。今晚来家吃饭，你伯母给你包茴香馅饺子。"

沈心就像接到鸿门宴的请帖似的，一阵狂摆手："今晚不行，我有事儿。"

高主任完全不理她的拒绝："你能有什么事儿！对了，你昊子哥今晚也在家，你们年轻人应该有话题，哈哈，记得啊，晚上过来吃饭！"

沈心一脸苦相从主任办公室出来，像一下子老了十岁。

到家还没来得及吐槽今天的糟心事，高飞正垂头丧气收拾着自己的行李，沈心大失所望："非走不可吗！"

高飞也不想啊："老太太催着呢，不许我住你这儿。"

沈心真诚地说："唉，要不是我也怕你妈，我早就跟她据理力争了。"

高飞想起什么："你晚上不是要去高主任家吗，快去吧，别让领导等你。"

沈心哀鸣一声，高飞知道高主任别有用心，开玩笑说："那韩剧里，男主角和女主角一开始就都讨厌对方，结果都成了。"

沈心更不以为然："那是韩剧，咱国产剧里男女主角就得一见钟情，然后中间出现你妈那样的大反角横加阻挠，再出现一有钱老板插一脚，最后历经磨难终成眷属。"

高飞有点担心："那你怎么应付？你敢得罪高主任吗？我可听说他记仇。"

沈心志得意满："不敢！我只能智取。"

高飞好奇心来了，完全忘记了自己的现状："怎么个智取？"

"抓紧相亲！赶紧找一替身，让高主任彻底死心。"

高飞还当她有什么妙招，密集型相亲，沈心每年总要闹上这么一出，最后总无疾而终。沈心已然排好了时间表，一周见七个。

接下来的一周沈心将自己的班余生活安排得滴水不漏，偶尔高飞遇着她，她都是日理万机的神气，边跑，边涂着口红："来不及了，来不及了！先行一步，回头再联系！"

高飞下班后临时处理了一个病人，公交没赶趟，她看看表，这个点路上容易堵，不知道下一趟车什么时候能来，不如走着回去吧。

高飞走得急，一不留神撞上一个人，对方喊了声"高大夫"。

黄成今天办了出院手续，临走前去办公室找过高飞，她在是在，但办公室里进进出出一派繁忙，他没说上话，特意等在下班路上。

黄成热心说："我送你回家。"他今天没开车，寻思着打个车送高飞，"你住得远吗？"

　　高飞误解了黄成的意思："有点远，你有事忙你的去。"

　　黄成忙说："我没事！我昨天去你办公室找你，他们说你不在……"他真恨自己这张嘴，笨。他其实挺想请高飞吃个饭什么的，又怕高飞拒绝。

　　高飞又误解了，正色问："找我有事？"

　　黄成期期艾艾地说："我的命是你救的……"

　　高飞认真看了黄成几眼，可能是跑工地的原因，黄成皮肤黢黑，五官受到鼻子的强烈吸引，往中间皱缩，面相长得比实际年龄老，加上衣着随意，六成新的夹克袖口都脱线了，毛衣也起球了。她懂沈心为什么不喜欢他了，沈心是"颜控"，只信眼缘。高飞笑笑，对他说："别提这个了，这就是我的本职工作。"

　　黄成无端地紧张，他习惯摸出香烟，高飞看了他一眼，他一激灵，忙把烟塞了回去。

　　高飞内心隐约有点小感动："您抽，没关系。"

　　黄成忙撇清："我戒了……"他的心脏跳得忽深忽浅，他不知道自己是不是受伤后遗症，高考时都没这么紧张过。

　　家里没个男人，东西就容易坏，高飞新买了个工具箱修理衣柜门，叮当了一小时毫无起色。

　　高母坐在沙发上读报，气定神闲得像包工头："什么时候弄好？"

　　高飞很不自信地："说不准，第一次干木工活，没经验。"

　　高母看着高飞笨手笨脚的，暗叹了口气，说："我今天和欧阳通过电话了，等他回来我们三个人一起谈谈，看看问题主要出在哪儿。"

　　高飞大惊失色："您给他打电话干吗？"她心里直冒冷气，她妈总会以"我都是为你好"为前提做些出其不意的事，要命的是事后才告知她。

　　高母一副理所应当的样子："和他谈复婚啊！"

　　高飞差点就给她妈跪了："您和他——谈复婚？我没听错吧？"当初明明是反对他们结婚，现在离都离了，她又想干吗呀！？

　　"别跟我瞪眼！欧阳如果犯了错，就事论事纠正错误督促他改，得给他机会！既不能放任自流，更不能一棍子打死。"

高飞失声叫道："妈！我俩的事您别掺和！"

高母却更加理直气壮："你是我女儿，我是为你好！"

高飞一迭声地央告："求您了！我和欧阳锦程已经完了，以后他是他，我是我！"她不知道她妈听懂没，索性都说开，"您这样做，我的脸都没地方搁！妈，我不是您，我没您聪明，没您有后眼，我也没您执着。我决定的事，就绝不回头！"

第 6 章

内科下午开民主生活会，有几个话痨总管不住嘴"补充两句"，散会的时候已经临近沈心和介绍人约好的时间。沈心一脱工作服就以百米冲刺的速度飞奔。

冲进了咖啡厅她放眼一瞄，说好的六号桌旁端独自坐着一名男子。

沈心理了下头发，一脸歉意上前，男子抬起头，眉清目秀，看上去挺年轻，看见她，男子显出几分意外。

沈心矜持地说："你好！抱歉要你久等了！"

男子有点懵懂："啊？"沈心发现他的睫毛很长，瞳仁很黑，长得还挺不错。

沈心大方伸出手来："我是沈心！"

男子略微迟疑，但还是伸出手："我是，王健。"他的手指修长，声音也挺好听，沈心觉得今天来对了，至少这一个小时的相亲时光不会枯燥无趣。

沈心翻看水单，她在这家相亲不下十次了，已经相当熟悉环境："我就来杯蓝山吧。你呢？"

王健好脾气地说："我都行。"

沈心打量着他，想起介绍人说对方个子不高，不高是怎么个不高法？

一米二是不高，一米六也是，王健坐着，上半身看着正常，不知道腿是有多短，她直截了当问："你个子多高？"

王健愣了一下，生平头一次有人问他这个问题，他老老实实回答："一米七六。"

沈心思忖片刻，那估计是她记混了，今天和明天各相一个，其中一个矮，一个有点"毛病"——这是介绍人的原话，介绍人笑嘻嘻地把头发一撩："他别的都不错，就是有点'毛'病吧！"沈心见他戴着个棒球帽，索性大胆建议："不好意思，那帽子能摘下来吗？"

王健顺从地摘下帽子，他的头发很浓密，啥"毛病"都没有，也许是戴着假发？如果是假发也太逼真了？她去拔根头发会不会显得自己才有毛病？

王健小心捏着帽子，见她沉默不语，有点忐忑："我现在能戴上帽子吗？"

沈心强忍住笑："可以。"王健赶紧戴上帽子。

沈心终究没憋住笑，这人也太可爱了吧，王健被她的笑声感染也跟着笑了起来。

王健由衷地说："没见过你这么爱笑的……"

沈心进一步了解："你做什么工作的？"

"交通警察。"

"站马路中间的？"

"那是指挥，我属于交巡队的，是巡逻警察和交警合并的一种……属于一警多能，一警多用，明白吗？"

沈心懂了："就是骑摩托的那种警察？"

王健大笑，觉得这女孩挺有意思。两个人谈得正热乎，电话响起，沈心的手机那头传来介绍人的责备声："怎么回事啊？人家等你半小时了，你到底去是不去啊？"

沈心莫名其妙："我早到了啊，正和人聊着呢！"

"你和谁聊着呢？"

沈心理直气壮："王健啊！"

介绍人惊讶得声音都变尖了："谁是王健？"

沈心意识到什么，一看桌牌：十六号！赶紧回过头，不远处六号桌边一名秃头男子正如饥似渴地盯着咖啡厅大门。

沈心挂掉电话，有点尴尬地看着王健，跟人瞎扯半天，居然弄错了对象："那什么，我坐错桌子了，后会有期啊！"她蹑手蹑脚地离开，像没偷到油的耗子。

和秃头热情聊完，沈心婉言谢绝了对方看电影的进一步邀请，如释重负走出咖啡厅。她意外看见王健站在路灯底下。路灯下，他显得身材更高大，肩膀很宽，臀部窄窄的。倒三角体型，沈心脑海里冒出一个词儿。

看到她，王健笑了，露出一口白牙，笑容就像未被污染的林间空气。

沈心大方打了个招呼："你相亲相得怎么样？"

王健摸摸头，有点不好意思："没怎么样。"他的相亲对象像做政治审查一样，将他的个人简历细细问了一遍。

沈心不知为什么有些开心："节哀啊。"说完就哈哈乐了起来，她发现自己今天笑得有点多，快乐的份额超标了。

王健语含深意地说："今天是我生平第一次相亲。"

沈心同情地说："多相几次，失败多了，就会习惯的。"

王健忍不住乐了："你呢，怎么样？"

沈心一愣，这才意识到他是特意在这里等自己，心底一暖："还不知道呢，还得考虑考虑。"

果然，王健坦然说："别考虑了，你觉得我怎么样？"

建材市场太大了，高飞逛得眼晕，买个水龙头都不简单，型号、款式、材质……选择越多她越糊涂。

不远处，黄成正陪着王苹苹挑选建材，给王苹苹装修是对黄成的一大考验，她总希望又好又便宜，说起来简单，实际操作起来很难。王苹苹先给黄成一点示好："昨天我几个要好的姐妹过来看，都夸这活做得地道，说她们装修还是找你。"

黄成当然不会当真："行啊。"

王苹苹进一步笼络："你和沈大夫到底怎么样了？"

"没戏。"黄成对医生都挺敬重的，印象中的医生应该都像高大夫那样，淡淡的，特有距离感。这个王大夫太黏人，他老大的不适应。王苹苹却不见外地拍打着黄成的肩："人家可是张开一个黄工闭口一个黄工老念叨你

呢，没事，我再帮你约她！"

黄成一般不爱把话说死，但为免除后患必须坚决："真的不用，我们不合适！"他看到前面高飞的身影一闪，还以为自己眼花，"那不是高大夫吗？"他不禁喜出望外，她也在装修？

王苹苹轻蔑地扫了一眼："她装什么修，刚跟她老公离了……"

高母意外看见高飞从外面领进个陌生男人，她上下打量一番，三秒内判断出这是个没有花花肠子的实诚男人。

黄成一见高母，毫不吝惜地给高母来个九十度鞠躬。高飞刚要介绍，他抢先开口："高大夫是我救命恩人，为了报恩，我来帮她修水管，阿姨，您好！"

这个没羞没臊的表现让高飞吃了一惊，忙撇清："不是救命恩人……"她也不知道该怎么介绍才好，"嘿！妈，回头跟你解释，哪，就是厨房里的水管。"

黄成直奔厨房去，高母放心地坐下继续读报，很快黄成就出来了，他的袖子和裤腿被溅出的水淋得湿透了："弄好了！高大夫。"

黄成告别时，高母头也没抬，敷衍着哼了一句："吃个饭再走吧？"

黄成本来半个身子都出门了，一听这话两眼一亮，返身应道："行！"高飞莫名其妙地回头看着她妈，她妈也一脸意外。

菜下锅，先是一阵刺耳的嘈杂声，然后是一阵训练有素的颠锅动作。黄成系着高飞的花围裙在厨房里蝴蝶闹春似的忙活起来。

客厅里高飞和高母面面相觑，自己主动进厨房的客人这还是头回见。

高飞直犯嘀咕："吃什么饭，您都不会做饭！"

高母一脸不可思议："我就随口客气客气，谁知道他居然答应了。"

饭菜上桌，不得不承认黄成真有两把刷子，色香味俱全，重点是食材就捡冰箱现成的，高飞觉着他八成在新东方厨师专业学校进修过。

高母边吃边和黄成聊上了："你兄弟姐妹几个？"

"三个，我是老二。"

"父母都是干什么的？"

"父母都退休了，父亲退休前是造船厂工会干事，母亲是船厂食堂的炊事员。"

一旁高飞简直听不下去，她妈和欧阳没这么说过话，一桌上吃饭的机会更是不多，这么慈眉善目的，还是她亲妈吗？

高母过了片刻语气温和地问道："你多大了？"

黄成有点羞涩地低声答道："快三十四了。"

高飞呛住了，她妈没理会她，继续给黄成夹菜，黄成忙起身给高飞倒水，已是在此认祖归宗不拿自己当外人的姿态。

高母像主持医院专题报告会一样，继续下一个重要议题："结婚了吗？"

高飞听不下去了，她猛站起，脸冲着门也不看黄成："天不早了，我送你回去。"

晚上高飞她妈不知道在找什么，一直在屋子里走来走去："我原来那个收音机你记不记得放哪去了？"

高飞一脸莫名："不是坏了吗？您都有新的了还找它干吗？"

高母气定神闲地说："黄成说能帮我修，我给他试试。"

高飞放下手里的书，用陌生的眼光打量了下母亲，语重心长说："妈，他就是普通一病人，您对他是不是太热情过分了？让别人误会。"

高母扫了她一眼，有点心虚："误会什么？"

高飞坐直了身子："你问他家庭情况，那是礼节吗？"

高母还在强词夺理："我看这孩子顺眼，多问两句怎么啦？"

高飞声音也提高了八度，以往借她三个胆儿她不敢这么跟她妈说话的："您不是教育我和人交往要注意分寸吗？您今天显得特没分寸，希望以后多注意点啊。"

高母居然没生气："嘿！你居然还教育起你妈来了！"她翻出了收音机，露出满意的微笑。

高飞深吸一口凉气："您不会真的要他帮您修吧？"

医院食堂里，难得今天就餐的人不多。

沈心轻盈"飘"到高飞面前，满脸春色："一起吃啊！"她眨巴眨巴大眼睛，肤色白里透红，浑身都是精气神。

高飞上下打量沈心："精神不错啊。"

沈心声调如唱歌般："何止！"

两个人一人端一碗面坐下，沈心将自己碗里的牛肉全夹给高飞。

高飞用筷子拒绝："我不吃牛肉！"

沈心坚持："我减肥呢，别浪费。"

以前沈心跟高飞说过，如果一个女孩热切地想要减肥，就是热爱生活的标志。

沈心伸长脖子，神秘告知："我昨天大有收获啊。"

高飞额手相庆："相中了！？"太好了，终于等到这一天了！沈心这么多年，终于迈出关键的一步——第一次相中了。就连石磊她都是没相中，凑合着相处的。

沈心做出胜利的手势，高飞看了眼手表，时间有限，她急不可耐："我还有三分钟接班，言简意赅点。"

沈心抓紧说重点："小我五岁，交巡警，那叫一个年轻貌美！"

高飞有点迟疑："小这么多？不太好吧……"虽说现在流行姐弟恋，但差异大了，能有共同语言吗？

沈心翻了个白眼："怎么不好？你买牛奶不得买最新出厂的吗？新鲜啊，有营养啊！"

高飞嗔怪地瞪了闺密一眼，又开始满嘴跑火车了。

沈心手指点着高飞离去的背影，十分得意，旁若无人大声嚷嚷："嫉妒吧？"

高飞回头看她那得意劲，有点哭笑不得，大声说："快嫉妒死了！"

沈心得意地做出"去吧去吧"的手势。

沈心哼着歌刚走进内科，突然瞅见王苹苹的背影，她赶紧闪躲，可抵不住王苹苹眼贼尖："沈心，我等你好久了！"她亲热地挽住沈心，"今晚有空吗？"

沈心努力挣脱，两个人像太极高手一样纠缠："今天晚上我有事！"

王苹苹厚脸皮地说："那就明天晚上，"她将一张电影票塞在她手里，"进口大片，特精彩！"

以沈心对王苹苹的了解程度，这电影票就不可能是她自己掏钱买的。沈心冷漠回复："我不爱看电影，你自己留着吧。"

王苹苹一点都不介意她的冷淡，故作神秘贴耳对沈心说："人家钻石王老五特地要我约的你！自从上次见过面后，他对你朝思暮想……"

王苹苹呼出的热气触到沈心的皮肤，沈心登时起一身鸡皮疙瘩。

王苹苹继续蛊惑："机不可失，人家可资产百万啊！记得去啊！"

沈心捏着手里的电影票，生无可恋，到底这厮什么时候才会放过自己！等到她家装修完了的时候，指不定给自己继续介绍家电部的经理，家具城的员工——总之她家缺什么，沈心就是她家的免费赠品四下放送。

午休时高飞弄明白了沈心的"艳遇"是怎么回事儿："知道了，虽然是相亲，但他不是给你预备的那位。"

沈心两眼放光："你不觉得这很奇妙吗？你不觉得很浪漫吗？"

她满心期待高飞的肯定，高飞热忱回应："还行！"

沈心对高飞的反应不满："你怎么这么老气横秋的，没睡好？手术不顺利？"

高飞叹口气，由衷地说："沈心，我要是像你那样有套自己的房就好了，和我妈住一起特，特憋得慌，有点像监狱。"

沈心建议："你还是搬来和我一起住？"

高飞眼睛一亮，又迅速黯淡了："算了，那我妈哪能饶我？想到再过几个小时又要见到我妈，我就觉得眼前一黑……要不晚上我去看场电影，看到晚上九点再回去，那时候她估计睡了。"

说起电影，沈心想起王苹苹给的票："给，七点开场，估计看到九点没问题。"

第7章

傍晚时分的电影院门口，黄成西服笔挺站在门口，表情僵硬，满心无奈。

出门时他被他妈重新"包装"了一遍，打扮得跟新郎官似的，弄得路人经过身边都恨不能掏出个红包。他看了眼手表，电影就快开场了，一对小情侣牵手从他面前跑过，时间不早了，不知那位沈大夫到了没有，黄成懒得跟对方电话联系，爱来不来吧，礼貌性等一下，最好不来，他就乐颠颠地回家打游戏去。这时他看见了高飞。

高飞穿件深色的外套，因为最近又瘦了，外套显得空荡荡的。

电影开场了，高飞直奔入口，进门随便找靠门的边座坐下。电影是刘亦菲版的《三生三世十里桃花》，并非"进口大片"。

黄成轻轻坐到她身边，高飞聚精会神地看电影，目不斜视。黄成借着银幕上的光亮仔细打量着高飞，这是他第一次距离这么近看她，在或明或暗的光线变化中，她的皮肤映射出一种晶莹，他轻轻呼吸着她的光，有种模糊的幸福。

黄成手机突然响起，高飞听见铃声不满地回头瞪他，认出他，她吓一跳。黄成起身接电话，过了一会儿他回来，低声对她说："你妈没带门钥匙。"

高飞莫名其妙："我妈？我妈！"她的声调情不自禁提高了，"她给你打电话！？"周围有人发出不满的嘘声，高飞赶紧压低声音。

黄成低声："是啊，她问我能不能找到你，我告诉她我正和你一起看电影呢。"

他这是真实诚还是装天真啊！她简直怒不可遏："你真这么跟她说！？"

高飞起身跑出了电影院，黄成紧随其后："我送你，我开车来的。"

高飞上车后还一脸的官司，质问："我妈怎么有你电话？"

黄成说："是我告诉她的，不过，"他讨好地说，"你妈记性真好，我都没看她拿笔记下来，还以为她没记住。"

高飞冷冷地说："那是你少见多怪。"她妈是什么人，过目不忘的本领，小时候每天考她功课，什么时候考过，考过什么内容，她妈了然于胸，所以高飞全然不敢偷懒，上厕所的路上都用来背课文。

高飞瞟了眼黄成，发现他笑容满面。

高飞声明说："我妈可能没告诉你，我结婚了。我有老公。"

黄成迅速看了她一眼："知道。"高飞松了口气。

黄成含笑说："那不是已经离婚了吗？"她的心再度提到了嗓子眼。

高母在紧锁的家门口急得团团转，一见黄成如释重负："我炉子上还烧着开水呢！"

高飞责怪地说："您真是！"她掏兜，又傻眼了，她也忘带钥匙了！俗话说得对，憨母和傻儿，天生是一家。

高母生气了："你怎么回事！我是上年纪了，你还年轻怎么这么糊涂！？"高飞无从辩解，今晚一通埋怨是跑不掉了。

黄成赶紧两边劝慰："没事没事！"他左右一勘探立刻有了主意，"我从隔壁阳台爬过去就行。"

高飞当下拒绝："那怎么行！万一掉下来还得了，我们打119吧。"

黄成很自信："不用！"他敲开了隔壁的门，"阿姨，您好，我是对门的，门钥匙忘了，想从您这里借个道儿成吗？"

高飞惊讶地看到对门居然开了门放黄成进去了，没多久她家的门就开了。

高母笑容满面："哎哟，幸亏有你啊！"高飞都不记得她妈什么时候笑得这么真切过，高母赶紧进屋去看她的炉子，高飞冷着脸对黄成说："谢谢。"

黄成发现她不高兴，也不知道自己哪里犯着她了，有点尴尬。

见他还站着不走，高飞一狠心，断然说："我就不送了。"她关上了门。

黄成在门口呆立片刻，半天没法挪动脚步，他从来没有这么沮丧过，像刚参加完冰桶挑战，从头到脚拔凉，估计到明年底心都暖不过来了。

时钟指到晚上十点，黄母在客厅里一面看电视一面缝制拖鞋，黄父在一旁已经睡着了。

黄母推醒黄父："回房睡去。"

黄父揉揉眼睛："成子还没回啊，这都几点了？"

黄母乐滋滋："睡你的吧，儿子今天看电影。"在他们那个年代，两个年轻人如果去看场电影，这事儿基本就算成了。

黄父恍然大悟："哦，原来有活动，难怪你今天一个劲儿傻乐，告诉你实话，你这儿子情商太低，没女人缘，眼光又太高，不实际，这辈子难找媳妇。"这黄家二老的日常就是一部互怼史。

黄母烦了："乌鸦嘴！是你亲儿子啊，你这么咒他！"

黄父嘿嘿笑："期望越低，失望越小。"儿子三十出头还找不着对象，老伴负主要责任，要本地的，有知识有文化有涵养，还得性格温柔精明能干的。难！

这时黄成开门进来，他拖着脚步，驼着背，看上去很疲惫。

他妈闻声迎出来："怎么这么晚？吃了吗？"

黄成闷声说："没。"

"给你下碗肉丝面啊？"

"行。"

黄母扭身进厨房,一面忙活一面对外喊话:"成子,今天你二伯父送了一箱大枣来,你要不要给上次救你命的大夫送点儿?"

不提高飞还好,一提更堵心,他装没听见。少顷,黄母端面条出来,黄成埋头呼哧呼哧大吃。

黄母继续刚才的话题:"枣儿不错,又大又甜,虽然值不了什么,多少是个意思。"

黄成拉着脸气呼呼地说:"我不去。"他想不明白高飞怎么说变脸就变脸了,更不明白的是,按他以往的脾气如果受到这样的冷遇他掉头就走,这辈子老死不相往来了,可他还是惦记着她。哎!

黄母仔细掂量了一下:"那还是请人吃饭?人家可是救了你的命哪,咱得记恩!"

黄成似乎有点动心:"吃饭——"他很快否定了这荒谬的想法,"人家不会来。"

"你都还没请怎么知道呢?去问问吧,人家实在不肯好歹你也尽了心不是?"黄母生了两儿一女,最优秀的就是小儿子,最操心的也就是他,人在社会上历练,基本的人情世故他还是欠缺得很啊。

黄成心思又活动了:"也成。"

黄母看儿子的气色和缓些,赶紧追问:"你和沈大夫的事到底怎么样了?要抓紧啊!"

黄成轻描淡写说:"吹啦。"

黄母有点失落:"怎么吹啦?不是去看电影了吗?" 黄父不失时机地嘿嘿笑了两声,证明自己乌鸦嘴的光荣称号实至名归。

夜深了,黄成靠在床头胡思乱想毫无睡意,他觉得高飞应该不讨厌他,但她对自己始终保持着距离。他不知如何开口请吃饭,想到会被她回绝就一筹莫展。

他妹妹黄蕊打着哈欠进来,她坐黄成旁边,眼巴巴瞅着黄成发呆。

黄蕊在这个重男轻女家的地位极低,在家住阳台,吃饭坐桌角,是底层困难群众的代表,黄成见她还不睡觉得奇怪:"干吗?"

黄蕊委屈地说:"我都睡下了,妈硬扒拉我起来,我奉命来探听你的状况。"

黄成低吼:"正烦着呢,睡觉去!"

黄蕊可怜巴巴地坐在黄成的椅子里，没挪窝："哥，有事跟我说啊，别一个人闷着，是不是人家没瞧中你？"

　　见黄成不否认，黄蕊有几分明白了，开始了政治思想工作："不是我说你，其实哥你捯饬捯饬也挺不错的，你就是太不修边幅了，这样子不容易受女人待见。"

　　黄成听着似乎有了点启发，将高飞对自己的冷淡归结为自己的外形不走心，他好受多了。

　　黄蕊趁热打铁："比如你这头发，现在谁还在家里让妈剪头啊，以前那是家里穷，现在不至于吧，你省那俩糟钱脸面可都丢尽了。"

　　黄成打量镜子里的自己，似乎有所醒悟。镜子里的他头发乱蓬蓬的，最近忙，他都没时间去理发，每天早晨用洗脸水随便胡撸一把就出门。

　　"还有你身上这件，没记错的话是大哥结婚的西服吧？这件虽然新的，但不合身，谁要看得中你那才是奇了怪。"

　　黄成坐直身体："这么严重？"

　　"真的很严重，很严重，要不这样吧，我明天替你挑几件衣裳，这头也带你去剃剃，谁叫你是我最亲爱的哥哥呢！"

　　第二天黄成赶紧去发廊剃了个五十元的头，衣服新买了一身，衣领硬得让他身体僵硬，一见高飞走出医院，他浑身血开始倒流，鼓起好几年的勇气走上前。

　　高飞今天胃病犯了，她请假提前回家，出门见到黄成，她不禁露出不耐。

　　黄成一接触到她冰冷的目光，顿时矮了半截："我正好路过……"

　　高飞不客气地说："我自己有腿。"

　　黄成大受打击，喃喃道："我懂。"

　　高飞烦躁地说："不，你没懂，我们就是一陌生人的关系……"她当然明白他的企图，她已经很过分了，不明白他怎么今天又出现了，非逼人说出伤人的话，太可气。

　　黄成步步后退，样子显得可怜巴巴的："我懂，真的。"他脚下绊了一下，差点摔倒。

　　高飞松了口气："你懂就好，再见！"她的胃痛加剧了，她瞥了他一眼，扭头向车站走去。

高飞为自己对黄成的态度深感不安，她从来没有这么尖锐过这么无情过。但也只能这样。她和黄成是两种人，不可能有任何交集。

"你们这就叫一级护理吗？怎么到现在都没人来给我剪趾甲？这是什么医院，服务也太不规范了吧？"第二天高飞一接班，在走廊上就听见了一个尖锐的女声大加指责。

外科新收了一个女病人，上官飞燕，女，二十二岁。身材小巧，看上去还不到二十，发色红似炼钢的炉火，手指脚趾涂着多色指甲油，她耳朵总是塞着霍尔磁性开关耳机，将年轻的护士怼得脸通红，还特别喜欢拿生僻的医学知识考医生。

林子大了什么鸟都有，在医院干久了，遇到的病人形形色色，高飞已经见怪不怪了。之后她听说这个病人来头不小，家里有钱有背景，说白了就是个任性富家女。上官之前在医学院读到大二，后来因病休学，医学知识半生不熟。护士们神烦这种半懂的，暗地都盼望着欧阳赶紧回来，欧阳肯定能对付。

下班时高飞答应了沈心去帮忙参看新男友，沈心要求她穿那件巨丑的黑呢外套，好衬托一下自己的"年轻貌美"。高飞不记得衣服放哪儿了，趁欧阳出差还没回家她溜回去翻箱倒柜，正找着，柜顶一包东西突然滑落，狠狠砸了她一下。这时，一双大手接住了她。

欧阳。

高飞怔住了，呆呆看着欧阳。

他也静静注视着她，离婚一个多月了，对他来说这一个月比十年还漫长，近得不到十厘米的距离，他们间隔着鸿沟。

高飞嗫嚅着："我怎么没听见，你什么时候进来的？"趁着主人不在偷溜进来，这种行径在国外应该算私闯民宅吧？

欧阳倒是若无其事："你没关门。"他环视着被翻得乱七八糟的房间，"找什么呢？"

高飞不安地解释："我的黑呢子外套。"欧阳准确地从抽屉里找出来，高飞松了口气："就是它。"

欧阳却没打算递给她："你穿这件最难看。"

这件衣服当初试穿的时候他反对过，但高飞当时着了魔，就是喜欢这种"极简美"。花了笔不菲的银子买下之后就穿过一次，左右邻居都说她穿上后特像她妈。

他身上的体温汩汩地传递过来，她骤然心慌，以往他每次出差归来两个人当务之急就是解决思念之情，她不敢相信自己对他还有不可描述的念头。

高飞接过衣服慌张道别，欧阳在身后叮嘱道："走时关好门！"

她刚关上门，忽然想起了什么，正要掏钥匙开门，门却开了，她的包从里面给递了出来。

"谢谢！"没等她话音落下，门在她眼前关上，高飞叹了口气，悄然离开。

欧阳将自己行李从箱子里一件一件拿出来。

他原以为离开一段时间后他的心情已经全部整理好了，但当他拖着行李从出租车上下来下意识看自家的窗口，看到灯亮着，他内心抑制不住地一阵狂喜。她回来了，他会一把抱住她，狠狠将她揉进自己的胸膛，埋怨她的无情，然后原谅她。

他目睹她受惊的表情，就明白自己是自作多情。

此时，他注意到床上一叠高飞的衣物，他一把抓起来塞到柜子里，它们委屈地揉成了一团。过了一会儿，他将它们重新取出，重新整理整齐放回格子。

它们散发着她的气息，那样浓烈而真实，好像她从未离开过。

高飞一见到王健就觉得沈心太胡闹了，太年轻了，一张圆脸纯净无瑕，眼睛清澈如春天的湖。这个年龄显然还在窥探人生，根本不会有成家的打算。

高飞大大方方地走到这个年轻男孩面前："王健吧？我是高飞，沈心有事会晚到一会。"

王健一笑，嘴角分别有两个浅浅的小窝："你和沈心说的一样。"

高飞乐了，觉得和对方的距离一下拉近了："估计没说我什么好话。"

王健真诚地说："她说你漂亮，有气质。"

王健和沈心在一起无话不说，说得最多的就是高飞，王健小时候搬过几次家，经常转学，他没什么朋友，挺羡慕沈心和高飞的关系。

王健手机响起，他接电话后递给高飞："沈心找你。"

沈心声音从电话里传出，神神秘秘的："我小声点说话，你听得到吗？"

高飞不无疑惑，电话里沈心低声说："你和王健多聊会啊，我有点事儿，现在还不方便离开……"

高飞狐疑："什么事？"

沈心声音低得几乎听不见："姨妈给我介绍一对象，人还没到，我得见一眼再找理由开溜……"

高飞大惊："相……"她意识到王健在，忙压低声音，"你疯啦！"

沈心一点羞愧心都没有："我那不是之前就安排好了的吗？本来拒绝的，姨妈太为难，我就勉强应付应付，我人就在附近，所以，你就和王健多聊会儿，别让他到处乱走，万一撞见就惨了！？"

高飞开始流汗了："我可没这能力！"

高飞挂了电话后坐立不安，王健关切地看着她："沈心说她临时有事，晚半小时来。"

高飞讪讪地，不知说什么才好，王健看她表情凝重，体贴地说："你要有事就先走吧，我就在这儿等她。"

高飞苦着脸说："她要我就待在这儿。"沈心让她守住王健，她倒觉着自己像个人质。

欧阳忽然撞见高飞和一个至少小她五岁的少男在咖啡厅里大方聊着，心如同被一把手术刀切过。婚前高飞和男人都没什么接触，除了病人。她情商低，不懂眉来眼去。而现在，刚离婚的她和一个年轻陌生男人的距离不到一米，谈笑风生。

欧阳坐到高飞背后的咖啡桌旁，他可以清楚听见高飞和对方的对话。

"你多大？"

"过了年就二十三……"

"年龄相差也太大了吧？"

"年龄不是问题，我喜欢年龄大点的，成熟。"

服务员给他们上了两大杯冰激凌，欧阳坐不住了，上前将冰激凌从高飞手中拿开，他温和地告诫王健："她胃不好，不能吃这个。"

王健意外地看着从天而降的这个帅男人："你哪位？"

欧阳答道："我是她前夫。"

他怎么不说是"她哥"？她起身离开，欧阳紧跟："哟，这身衣服还是穿出来了，你可不是一般的固执。"

"知道，穿着显老。"

欧阳不无讽刺："年纪差太多的男人不合适你，和他在一起衬托得你更老，完全两代人。"

高飞发现他误会了，懒得解释："三代人都不关你的事。"

欧阳发现他太小看高飞了。离婚这事对于自己而言如同非法强拆，他这边满目疮痍百废待兴，高飞那儿却是砸烂一个旧世界改造一个新世界，霓虹闪烁歌舞升平。

他第一次感到，自己真的要失去她了。

黄成一进家门看见沙发上放着一只桃红大背包，包上还挂着各种卡通玩具，就知道是嫂子来了。他嫂子是朵开不败的塑料花，和他大哥黄河刚认识时还是一个仅仅喜欢画个粗眉毛、红嘴唇的俗女人。结婚生子后眼睁睁看她蜕变，如同回光返照，开始了逆生长。街头小姑娘穿啥，她就敢穿啥。

黄母的声调明显带着鄙夷："你嫂子等给你介绍对象呢。"

嫂子掏出一摞艺术照，扇形打开，如同给秦王献图的荆轲，黄成敷衍地翻看，他真心佩服起嫂子，那一个个睫毛像马桶刷子的，脸上涂满双飞粉（备注：建筑材料）扭捏作态的女人，她竟能凑齐成一个组合，着实不易。

嫂子指着一个貌似退休领导模样的："年龄二十九，怎么样，长得很漂亮吧……"

黄母忍不住插嘴："离过婚的！我儿子怎能找个二手货呢？"

嫂子听了一撇嘴："短暂婚史！成子，你说，现在谁没点过去？拿过结婚证也不代表什么是不是？"

黄母恨不能击鼓鸣冤："我儿子大学毕业，有房有车有事业！我儿子条件好着呢！"

嫂子快笑死了："哟，还有房有车，就一二手房，两居室，里面住着一大家子！开二手车，还是一皮卡，长得也困难，那好的凭啥看上他啊，您哪，就该实际点，适当降低点条件……"

黄母勃然大怒："合着我们住二手房开二手车还外带找个二手媳妇？"

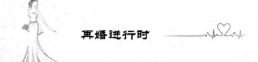
她们争得带劲，黄成趁机撤退回自己卧室了。

黄成躺在床上，外面婆媳俩人战火纷飞，黄成心想，得亏高飞没瞧中自己，否则他妈这么反对离过婚的非将她吓跑不可。

他嫂子辩论失败，气呼呼地跑进，将手里拿着的照片"哗"摔到黄成床上："成子，不管怎么样都得见见，人家可费了老力气了。"

黄母的声音从外面传来："我就不信还兴生拉硬拽的？成子，甭理！"

大外科主任秦明朗召唤高飞，高飞有点忐忑，一般犯了大错儿的才会被秦主任训话。

见到她，秦主任的表情还算平和："高飞，最近身体怎么样？"

她放心了："还行。"

秦主任难得和气："身体最要紧，你别马虎大意，下个月科室有个海南岛疗养名额，你去吧。休息一段时间可能对你比较好。"

高飞大喜过望："谢谢！"随即她有些不安，"我资格浅，这种事应该轮不到我，不合适。"她在心里暗暗算了一下，要轮资格排序她前面还有三位"老人"呢。

秦主任大手一挥："没什么合适不合适的，我特地多要了个名额。"秦明朗留学日本，著名脑科一把刀，在医院的威望甚高，既是脑科主任兼任大外科主任，同时是医院副院长的有力竞争人选。

秦主任对高飞的偏爱是自手术台上开始的，在高飞之前，脑外科没有收过女医生，外科医生是个力气活儿，有时手术长达十几个小时，没有强大的体力支撑再好的技术都白搭。

秦明朗自带杀气，在医院，敢和他正面冲突的人更是没有。高飞还在实习期的时候，有位病人因伤大出血，需切除右肾。手术台边高飞坚持要检查后再动刀，病情十万火急，指导医生大光其火，一旁监看的秦明朗也觉得这个年轻女子目无尊长。但是没想到一检查，真发现病人先天缺少左肾，大家事后都不自觉出一身冷汗。这个年月，敢顶撞上司且有几把刷子的年轻人不多。秦明朗亲自点名让高飞进脑外，还特许她在外科其他科室轮转学习，科里的进修一般都优先考虑高飞。很快科里就有谣言传出，说秦主任和高飞母亲是同学，高飞有点好笑，她妈退休多年，和秦主任就不是一个年代。

高飞知道科室的人对她意见很大，进修的机会她当仁不让，但是疗养这种一旦插队遭人嫉恨后患无穷，她顿了顿，说："心领了，我还是不去了。"

上官聚精会神地玩着手机游戏，欧阳走进病房的时候她头都没抬一下，欧阳笑眯眯地说："睡衣真好看，很配你。"欧阳一回来就听说了17床的英雄史，没事就摁铃让管床医生高飞去受她的质询。喜欢考医生是吧，没关系，他欧阳锦程，打听打听，名牌医学院优秀毕业生，全年奖学金获得者，天生不惧考试。

上官瞅了他一眼，露出几分好奇："你也是医生？没见过医生染发的……"欧阳不禁失笑，他的发色天生浅，像发廊染过的栗色洗过几水后的效果。初进医院时秦明朗看不惯他，非逼着去染黑，欧阳也辩解，当下剪了个板寸给主任看，发根就是这个色。主任自知理亏，后来对他的穿着打扮没质疑过了。

上官继续玩游戏，凭直觉来了句："你是不是受了什么感情刺激？"

欧阳故意压低嗓门："还真被你说对了，我失恋了……"

这种没啥正经的医生一般是实习生，临床医生大都拉长着脸，像病人个个都欠费似的。上官忽然想起什么："我管床医生高大夫呢？"每张病床都有固定的管床医生负责，除非不当班，其他医生不会插手。上官特爱出题考高飞，外科除了高飞其他个个是孔武有力的汉子，她能想象到高飞在外科如何被众星捧月，难倒高飞让上官有种莫名的成就感。

这时，一名西装笔挺的男人进来，手里拎着大包小包，对上官的态度很是恭敬："这是董事长让我给您送的营养品，我放哪儿？"

上官明白，这意味着她爹不过来了，她上幼儿园第一天，她参加高考的那两天，全是父母以外的人陪伴她。

晚上，护士例行测体温的时候发现上官不在病房，她什么都没拿，包括手机。太不正常了，护士通知了高飞。

欧阳找到一家新锐酒吧，一眼发现正在痛饮的上官飞燕，她喝高了，对着酒杯上自己的影子在傻笑，欧阳走过去坐在她身边："喝了这杯就跟我回医院。"

上官斜睨着他："告诉你，这手术本小姐我不做了！"

欧阳直接拿开她的酒杯："身体是你自己的，你有自主权，想怎么折磨就怎么折磨。"

上官酒醉心明:"你这是——激将法?"

欧阳被这个鬼里鬼气的女孩弄得有点烦:"现在你的管床医生正满世界找你呢,丢了病人她要扣奖金,你呢,要走也该走得潇洒,直接办个出院手续就行,不要拖累别人。"见上官若有所思的样子,他的语气温和下来,类似哄小孩,"我带你回去,至于手术,你爱做不做。"

上官上上下下打量着他,眼神很无礼:"虽然你长得还中看,说的话可不中听啊,我就不办手续,扣她奖金?跟我没关系。"

欧阳反而被她这句话说乐了:"幼稚了不是?不就是做手术父母没在身边吗,你就这么糟践自己?这世上,靠谁都不如靠自己,就算父母在你身边该扛的还得扛,我要是你,先把身体养得棒棒的,就是斗气,也得是喘气的才能斗吧?"

上官不爱听:"说完了没?"

欧阳更进一步:"没完啊,就你父母这样有钱的混蛋,你要有个三长两短,他们肯定再生一个,现在科学多发达,试管婴儿、代孕,别以为自己多独特多重要……"

上官异样的眼光看着欧阳,她长这么大没人对她说过这种话。她父母都忙,忙着谈生意忙着融资忙着享受生活。他们给她安排保姆司机,安排钢琴课芭蕾舞,学英语有外教,上大学她独自租一个公寓,有专人打扫卫生和做饭。但她脆弱的时候,他们一个个都不在身边。眼前的男子说话锐利,但眯眼一笑的样子特魅惑人,眼底却暗藏伤感,她明白了一件事,虽不知他经历了什么,但他跟她一样孤独。

上官试探着说:"其实你还是很关心我的,对吧?"

欧阳一扬眉毛:"你说呢?"

上官故意说:"如果你追我的话我还是可以考虑的。"

欧阳哈哈大笑:"你还是别考虑了,我结婚了。"

上官飞燕的手术顺利结束,上官父亲的秘书和上官母亲的助理手术后给整个外科大派礼物,没参加手术的小护士们也人手两份高级化妆品。高飞把礼物转手给了小美,小美已然忘记自己曾被上官气出的眼泪,欣喜若狂拆开礼物,竟然是高级燕窝,OMG,也太阔绰了!

术后上官飞燕缓缓睁开眼睛,麻药的劲儿过去了,她感觉到了疼痛,这疼痛竟然让她有种踏实感。

欧阳和阳光一同进了屋。

上官不由眼一热。她没想到醒来第一眼看到的是他："你怎么来了？"她的声音沙哑，像刚牙牙学语的婴孩，不再那么玩世不恭。

欧阳温柔地说："祝贺你，手术很成功，我来看你有什么需要。今天你父母给我们买礼物了，大家都有份，谢谢了。"欧阳收到的是一款钱包，他打算在网上转手卖掉。

上官很坦率地说："不客气，都是他们公司的产品，不花钱的。"

欧阳低声自语："你家挺有钱啊。"听小护士说，就两套化妆品就价值六百多呢。

欧阳想起小时候自己的一次阑尾炎手术，他独自一人躺在医院，躺了一整天没吃东西，还是隔壁床的家属帮忙煮了一碗面，什么都没放，就那么囫囵吃了，盐搁多了，齁得很，从此他不爱吃盐。

上官咬牙切齿说道："在我最需要的时候一个都不在。"

欧阳轻轻说："你没法安排别人什么时候该来什么时候该走，你能安排的只有自己，什么该遗忘什么时候该放手。"

上官盯着他，病房的灯光很好地勾勒出他的轮廓，这好模样适合挂墙上。她的怒气渐消，顿了顿，她温和地评价："说得貌似深刻。不过，你想放手什么？"

欧阳走出医院大门听见背后喇叭响，牛一鸣的车滑过来，估计一直在门口守着呢。

欧阳无奈地笑："牛总，这一大早您打算奔哪儿发财呢？"

牛一鸣兴致勃勃地："走，早茶去！"

"别！我刚下夜班，想好好睡一觉呢！"

牛一鸣精神来了："想睡觉去我的宾馆找我啊！咱去开个房。"这话听着真别扭，老牛生拉硬拽非要欧阳去他公司谈事，欧阳头次走进牛一鸣的"鸣成"公司。

欧阳四平八稳坐进老板椅里："你办公室里怎么两张桌子？"

牛一鸣给欧阳冲咖啡："我合伙人，他负责工程设计和施工监理！"黄成大部分时间在工地，牛一鸣就建议他和自己共一间办公室，开源节流嘛。两个人你来我往的，倒是很少碰面。欧阳提议，他姓黄，你姓牛，应该叫

"黄牛"公司，名气更响亮。

牛一鸣没心情唠嗑，直奔主题："我老婆想给你做媒，把她妹妹介绍给你！"欧阳知道老牛急着找他肯定不是唠嗑，但没想到又是这种事。

欧阳差点跳起来："不是吧？还没死心？你小子跳进火坑不够还想拉我进去？"以前牛一鸣就不由分说给欧阳介绍过这位，欧阳当时正追高飞呢，死活不同意。女孩就直接找上门来了，差点把欧阳跟高飞搅黄了，知道他们要结婚了，又鼻涕一把泪一把地缠着他没完，欧阳那天失踪了两小时就是死劝活劝，欧阳打心底怕了她。正因为如此，欧阳从不敢让牛一鸣和高飞见面，怕小子说漏嘴惹高飞生气。

这时黄成走进来，看见屋里有人只和牛一鸣欧阳点点头，便坐到电脑前专注工作。

牛一鸣继续他的话题："你先别拒绝，先瞧上一眼看我说的是不是实话。"

"你开了公司不算，还想开个婚介啊？"

牛一鸣索性单刀直入："别跟我扯远了，你和高飞离婚多久了？该往前走啦！"

黄成意外听到高飞的名字，还以为自己耳鸣了。

上官毫不掩饰对欧阳的好感，每天送欧阳一束玫瑰，还送派克钢笔、爱马仕皮带等等。小护士们私下里议论纷纷，都觉得下一场戏就是这名富二代拿着大钻戒跪下来向欧阳求婚。

欧阳等病房没人的时候将礼盒还给上官："送手表可过分了，我要是收下了就属于受贿了。"他连之前的钱包都一并送回。

上官耸耸肩："你那手表太旧了，都没法用了，这个也不贵，两千块而已，我怕你不收，没敢买贵的。"她撒谎了，这款表要四万块，她怕吓着他。

欧阳心说你当我傻子啊，名表我没有买过，还没见人戴过吗，他客气地说："心领了，顺便说一句，花啊什么的胡闹了就算了，你乱花钱这就是不对。"

上官弱弱地哼了一声："我花钱我乐意。"

欧阳叹口气："你看，你又只顾自个儿高兴不管别人死活了。"

上官利落地说："我喜欢你。"

欧阳脸上却没有露出她期盼的表情，依旧波澜不惊，就如同她说了句"我饿了"一样："知道，其实我也——挺喜欢我自己的，每天照镜子的时候我都爱死我自己了，不过我结婚了，没资格喜欢你……"他油嘴滑舌的样子挺讨厌，讨厌在上官这里是当反义词用的。

上官得意地说："我知道你离婚了。"从护士的议论中，她知道欧阳离婚都俩月了。

欧阳严肃纠正她："暂时离婚，暂时！"上官第一次听到一个人能将离婚界定为"暂时"的。

高飞站在过去的家门口，掏出钥匙，咬咬牙，开了门。

高飞打开行李袋，将自己的衣物一股脑儿往里塞，手碰到那堆叠得整整齐齐的衣物，她为自己的粗暴默哀了几秒，继续用力塞进衣袋。

欧阳进门时，发现地上整理好的大包小包，欧阳心里一寒，这天终于来了。他尽量装作若无其事："都整理好了？"

高飞本来掐好不会遇到他的时间段才过来拿东西的，但这些家当比想象中的耗费时间，她背起大包小包："嗯，全好了。"

欧阳犹豫片刻："耽搁你点儿时间，咱俩谈谈……"

高飞勉强问："你想谈什么？"

欧阳轻声问："住你妈那……还习惯吗？"他不能想象高飞如何和那个厉害老太太共处一个屋檐下，想想就心生畏惧，进而怜惜。

高飞表情有些黯然："都住了二十多年了，怎么不习惯。"她妈每天的唠叨像洒水车的音乐，既然无可退避，索性麻木了神经。

欧阳挺有感触："你妈那人，忒精了，嘴厉害，和她相处不容易。"

高飞反感他的语气，脊背一挺，当即反击说："只要她不撒谎，相处也不难。"

高飞话里带刺，欧阳强忍不快："你就好钻牛角尖，高飞，做人不能太执拗了。你得学着拐弯，学着替人想想，我或许有不对，但你就一直都对吗？"

高飞倔强地说："有的弯能拐，有的没法拐。"

欧阳急了："不能什么事都怨别人，我到底犯了什么天杀的错儿你这样不依不饶的？主要原因就是你就不信任我，疑神疑鬼，我觉着你以前挺好的！宽容、大度、真诚。不信任他人源于自己不自信。"

高飞苦笑说："说来说去，反倒成了我的错？我承认，我的确不是一个自信的人，这点结婚前你就知道了，我当然有错儿！我最大的错，就是明知道咱俩不是一条道上的人还是抱着幻想结婚！"高飞知道两人谈不拢，她转身出门，关门前不忘将门钥匙掏出放在门口小桌上。

欧阳转身发现门口的钥匙，明白高飞再也不会回来了。

上官拨打欧阳的电话对方始终不接，她索性发了个信息："我没吃晚饭，在医院附近的金桥大饭店等你。"

过了片刻欧阳回复信息："我没空。"

上官倔强地回复："我等你！"

欧阳没理，这小女孩太任性了，已经招人厌了。

第二天上官突发肺部感染，高烧不退。

高飞闻讯赶到病房时发现欧阳早已守在上官飞燕病床前，正在对护士下着医嘱。

上官微弱地睁开眼，手抓住欧阳的手，声音突然哽咽了："我猜，我一睁眼就能看见你……"她的苦肉计成功了。

高飞眼见她的小手紧紧抓住了欧阳的手，他没推开，怜惜地注视着对方。高飞心中新伤并着旧伤复发，眼前一黑，跌跌撞撞退了出去。

第 8 章

牛一鸣历尽艰辛拿下了一个两百万大单，客户要求签合约时黄成必须在场。牛一鸣立马将黄成从工地召回来，黄成一脸不爽。

牛一鸣签的这合同一点都没顾虑过工程难度和自身能力，黄成嘴都说出茧来了，他意识到和牛一鸣这种好大喜功的人开公司是个天大错误，找错搭档和找错老婆不知道哪种更扯淡。

会议桌边双方正友好会晤的时候，黄成手机铃声大作，牛一鸣狠狠瞪了瞪他，还以为他会识趣关机，谁知黄成竟然自顾接听了电话，表情显出紧张："哪、哪家医院？"

他当即起身对客户道歉："我家老人住院了！改天再谈！"走时比来时的动作迅速多了。

高飞听说她妈晕倒了，慌慌张张赶往急救室，在门口差一点摔一跤，黄成及时伸手搀住："别急，已经救过来了。"

高飞不明白黄成怎么会出现在这里。

高母脸蜡黄躺在病床挂着氧气，虽然见多了生老病死，但第一次面对自己亲妈，高飞浑身乏力，脑子一片空白，黄成则忙进忙出，买来脸盆毛巾，还打好了开水。

和母亲的管床医生谈完话之后，高飞默默坐在走廊里落泪，母亲老了。虽然几乎天天见，她没仔细打量过母亲。曾经光洁的额头上皱纹遍布，两颊不知何时长了老人斑，犀利的双眼也浑浊了。她意识到，这个世界上她只有这个亲人，如果母亲没了，她就孤苦伶仃了。她越想越悲。

黄成忍不住伸手将高飞轻轻搂在怀里，她的肩膀好瘦，他安慰说："没事了，已经没事了，"他低语着，"我在呢……"

那瞬间，他觉得她就是他的家人，他想守护她。

黄成因为放客户鸽子和牛一鸣大吵了一架，黄成想，翻脸也好，正好散伙。结果合约黄了好几天牛一鸣也没提散伙的话，黄成自己反而有些不好意思了。

刘欣的实习期满了。之前她不止一次问黄成的意思，黄成都没有挽留。刘欣心里有数了，临走前来和黄成告别。

小姑娘一个字接一个字地告诉他："我喜欢你。"

这是黄成这辈子第一次被人告白，黄成模糊地想，还是年轻好啊，喜欢谁就能厚着脸皮说出来，他这个岁数却是不敢也不能了。两个人对视片刻，黄成坦然说："我俩年龄差距太大，不合适。"

刘欣急了："年龄不算问题！"

黄成不想刺激小孩子，他们这个年代的孩子都只顾着自个儿："我还有事，就不送你了。"他转身出去了。

同样觉得年龄不是问题的沈心遇到了问题，和王健交往似乎没有她想象中那么"正常"。

首先，要王健来接她下班这件小事总无法如愿，沈心很是奇怪，这有

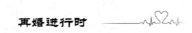
何难？但王健站在医院门口的浓荫下，一脸的扭捏，左顾右盼，探头探脑的，不像警察，像贼。

直到沈心下夜班回家时，她在公车上忽然看见王健手里牵着一小姑娘的手有说有笑在马路上经过，沈心的心像被无水酒精泡过一夜，冷飕飕的。

她二话不说，掏出手机拨通王健的电话，当电话那边端传来王健的声音时，她迅速说："你们挺配的，祝你们幸福！"挂断电话后，她果断将王健拖进黑名单里，公车载着她直奔黑夜，完全无视路边一脸茫然的王健。

沈心觉得恋爱这事就像一场重感冒，总会有鼻涕眼泪的时候，熬过这段时间就痊愈了。

高母病了的消息欧阳稍后才知道，他不能想象高飞这么个不能干的人如何独立支撑，特意嘱咐高飞："需要帮忙就吱一声啊。"

高飞看了他一眼，眼光陌生，以前叫欧阳和她一块儿回去看她妈，他总推三阻四，都离了突然冒出来这份关心，就像冬天的扇子夏天的火炉，还是趁早收起！

病房里，高母还在安睡，枯干的头发乱纷纷散落在枕头上，依旧憔悴。隔壁床病人是新来的，对着刚走进的高飞友好地笑笑："她儿子刚走开一会儿，你是她儿媳妇吧？"

高飞声明："我是她女儿。"

隔壁床想当然地说："哦，那刚才的就是你哥吧，真不容易，他一直照看着老太太，不知道有多细心，不像我那俩笨儿子……"

高飞这才发现床头柜上的碗筷都洗干净了，正好黄成推门进来，手里拎着水果，看到高飞他满脸是笑："来了？"这语气这口吻难怪被人误解。

想起自己对他曾那么无礼过，高飞内心歉疚不安："我在，你回去吧……"

黄成从抽屉里取出高母的药一样接一样地吩咐："医院一早给的药，这是晚饭前吃的，吃半片，这个是每天都要吃的，一天三次，一次两片，我刚给她吃过，晚饭后再吃一次……"

高飞掏出钱包："对了，你帮忙付的住院押金，是多少？我给你。"

黄成忙阻拦："没事……"他抓住了她的手，随即一惊，赶紧把手缩回，样子有点傻。

高飞坚持将钱塞给黄成，他不善推脱，便接过来，习惯性当面数了数，高飞看到他认真点钞的样子有点失笑。有一刻她想，如果自己在欧阳之前认识他，会接受他吗？绝对不会。

　　黄成问她："你还没吃饭吧？"

　　高飞来得急，确实没顾着饭点儿，打算待会儿回食堂吃。

　　黄成脸突然涨得通红，突然说："你要是想谢我，请我吃顿饭就行。"

　　两个人一同走进医院旁边小巷子里一家"358小饭馆"，墙上菜谱价格大多是三块五块八块，挺便宜，她打量着餐具，显然都没洗干净，再一看桌子积的油腻，有点不适感。

　　黄成点了两菜一汤，上菜时服务员的手指插在汤里，高飞赶紧移开视线。

　　黄成和高飞面对面坐着，他抑制不住地开心，不时给高飞夹菜，高飞只吃了两口白饭。

　　黄成看她完全不吃菜，意识到自己选错了饭馆："不合胃口？"

　　高飞有点不好意思："你吃吧，我吃不下。"

　　黄成不解。

　　高飞吞吞吐吐："这餐具油腻腻的。"她想，这个价位成本都赚不回，老板能用什么油可想而知。

　　黄成本人对吃喝不讲究，只要能塞饱肚子就成。这家他来过一次觉得味道不错，现在一看档次太低，不适合约会："要不再换家店？"

　　高飞赶紧摇头："没必要，你就别管我了。"她觉得自己有点作，"一连着都麻烦你好几次了，真不好意思，谢谢你了。"

　　黄成忙说："没事，我有空！有事就给我打手机……"他忽然发现一个大问题，高飞不用手机，这个时代还有谁不用手机？这姑娘太特别了。

　　下午高飞要回病房上班，她联系护工的时候黄成赶紧拦住了，他推掉所有事又陪了一下午床，等回到家时已经是深夜。他进门的时候发现一家子都没睡，都在等他。

　　黄母满脸止不住的笑意："其实我儿子一捯饬还挺像那么回事！你们说，是不是和电视上那谁谁有一拼？"黄成这两天出门的时候都是穿的新衣，皮鞋也是擦了又擦，头发上还不忘抹了点黄蕊的发蜡，当妈的一瞧就喜上心头。

黄父不忘补刀："是有点《江姐》里面甫志高的味儿。"

黄母没情绪和老伴计较，掉头对儿子的背影嚷了一嗓："对了成子，明天大伯父的小四儿结婚，你记得收拾收拾一块儿去啊。"他们家亲戚多，每逢大事小情都是全家出动，似乎只有这样才能证明一家人的团结。

黄成的声音从屋里飘出："我明天有事儿！"

黄母不高兴了："这可都是提前跟你说好的，我们全家都去，你大舅开一大巴士来接我们，你不能不去。"

黄成突然想到了什么，出了卧室："明天全家都去？几点的喜酒？"

"中午十二点开席，我们十点半就得出发……"

黄成估摸得到下午两三点才完事，顿时面露喜色："知道了，你们去吧！"

黄父悄悄对黄母："古怪！"黄母深有同感。

第二天高母办理出院，黄成鞍前马后安置好老太太，他主动说要请高飞吃饭，高飞怎么可能让他买单，她准备好好回请一次。

一下车，她发现黄成载她到了一个住宅小区。黄成从车后座拎出事先买好的菜，他介绍说："这是我家，我亲手做给你吃，家里做，比外面干净。"

高飞给吓了一跳："怎么是你家，我可不去！"

黄成赶紧拦着："我一早去买的菜，你看……"菜还真不少，估计一家三口吃三天的量。

高飞不肯上楼，黄成恳切地说："没事，我家没人，全家出去喝喜酒去了，得下午四点才回，我做饭利索，一会儿就得，进去吧，别在外面拉扯啊？"

高飞看他急得满头大汗，有点不忍，勉强答应。

黄成家很干净，虽是老房子，但地板擦得跟窗户一样亮，东西也收拾到位，没有一丝灰尘，一看就知道主妇是个能干人。高飞她妈不能干，家务都是随便对付，高飞也没有做家务的概念，地拖拖，屋子擦擦，就行了。欧阳更是个科技狂，洗碗用洗碗机，擦地用擦地机，洗衣自然用洗衣机。两下对比，高飞觉得似乎这样的才更像家。

不到半小时，黄成端上了六菜两汤，颜色鲜艳，热气腾腾，高飞惊奇不已："就这一会儿工夫，像变魔术似的，这都你做的！？"

黄成也不居功："那个肉丸和花生米都是我妈事先弄好的，鸡是半成品，只有鱼是我现做的，你怕刺儿，我把刺儿都剔了，就这个菜费点工夫。"那是一碟松鼠鳜鱼，酸酸甜甜的，脆嫩爽口，高飞从没吃过这么好吃的菜。

黄成给她盛了满满一碗饭，舀了勺红彤彤的辣酱："多吃点！这是我妈自己做的辣椒酱，下饭！"

高飞一吃，眼放精光，辣椒里面有一丝丝回甜，太香了！她赞叹道："好吃！你妈真能干！我妈不会做菜，从小带我吃食堂。"

黄成赶紧说："爱吃以后我天天给你做！"是的，他愿意。他喜欢看她细白的牙齿咀嚼着，喜欢看她欢天喜地的，他愿意给她做一辈子饭。这个时代，他这个岁数，他的表白。

高飞一时不知道该怎么接话，有一丝丝感动，又有点讪讪地。

正在这时，黄家的大门突然大开。如同戏园子开场，一堆人鱼贯而入，打头的正是黄家父母。空气凝固，所有人惊呆，最惊的当然是高飞本人。一堆人堵在门口，大家齐刷刷地瞅着她，她像误入羊群的骆驼。

原来，写喜帖的错将阴历写成阳历，害得所有亲戚全白跑了一趟，大家也不愿就此散去，提议不如找一家聚会打牌，闹上一闹，也不虚此行。

黄母没认出高飞，只见一位漂亮姑娘正坐在自家桌上和儿子亲亲热热一道吃饭呢，她喜出望外，心里直夸成子真长脸，高考时闷不作声考上一本，毕业了闷不作声自己找了工作，工作一段时间闷不作声开了公司，现在又是……

黄成二伯母以前练过运动员，一个箭步蹿上前抓住高飞的手："哟！这是成子的对象吧？这模样长得，跟林青霞似的！"她的手大而有力，高飞有种被擒拿住的危机感，她无助地看向黄成，黄成不满地嘟囔着，妄图突出重围带着高飞逃离。哪那么简单，黄成大嫂不甘示弱，用力推搡了把小叔子："还跟我们保密呢！怕我们吃了她啊？"她带头将黄揪到边上"审问"，其他几个女眷包围着高飞嘘寒问暖，高飞先想刨个洞把自己藏起，更恨不能插翅从窗户啪啦啦逃出。

黄蕊最后一个进屋，认出了高飞，难掩吃惊，二哥住院的时候她陪过床，即使高飞脱下了工作服还是挺好认的。小姑娘没有戳破，只暗暗替二哥的未来揪心。

黄成送高飞走了没多久，亲戚们散去了，黄母收拾碗筷的动作也格外松快。

黄父又忍不住给她泼冷水："人家就和一朋友吃吃饭，看你兴奋得跟拿了五一劳动奖章似的。女孩长这模样，成子哪儿招呼得住？瞎乐什么！"

黄母一想，也是啊，那女孩模样周正，皮肤细嫩，儿子那表情就跟见了仙女似的，说一句话瞅一眼她的脸色。这样的，是有点罩不住哇。

黄成正在房里换衣服，见他妈推门就进，有点不耐烦："我这换衣服呢，您进来干吗？"

"嘿！你这浑小子，有了对象连你妈都不认了还怎么的？换衣服有什么怕的，我是你妈，你身上哪个零件我没看过？"黄成懒得跟她多说，草草披了衣裳准备出门，他妈扯住他："我觉得你这对象看着眼熟，她是干吗的？"

黄成心虚："医……"他迅速改口，"一普通服务员……"

黄成暂时糊弄过去了，第二天一早就想起来了："那不就是高大夫吗？"

高飞下班回到家，正预备下厨房，她妈淡定地说："黄成来过了，买了菜。"

高飞回想起在黄成家里遇到的那场闹剧，没敢跟任何人提起："他还做了饭吧？都说过了等我回来弄，干吗劳动他。"

高飞当然知道黄成什么做派，进门就往厨房跑，做好饭后推说有事，拔腿就走。那天回来的路上两个人谁都没说话，直到楼下，黄成才小声说了句"再见"。她没手机，他联系不了她，就瞅空来一趟，遇见就遇见了，没遇见也不多话。这个人和别人不一样。哎，她也没什么"别人"，拢共只一个前夫。

高飞坐下来吃饭，菜都是她爱吃的，正预备大快朵颐，高母幽幽说了句："那天看见高国庆了，变得我差点都不认识了。"

吃饭的时候还要听到这个人的名字，高飞尽量让自己的声音不带极端情绪："那就只当不认识。"

高母自顾唏嘘道："估计过得也不如意，他这人，如意的时候绝想不到咱娘俩；要不如意了，指不定还厚着脸皮来找你！"高飞心想，他敢！

见高飞不置可否，高母问："你和黄成到底怎么回事？他有那意思，你呢？"

高飞郑重声明："只要您不再麻烦人家，我和他连基本朋友都算不上，对了，赶明我买个手机，您再有事就打给我，别再跟人打电话。"

高母教育她："你多少年都是急脾气，我告诫你，以后无论什么事学着深思熟虑，成熟点！"

成熟？过了这么些年还念叨高国庆，到底谁不成熟？这话高飞当然不敢说出口。

高飞下楼，一眼看到黄成的皮卡停在路边，黄成一见高飞赶紧从驾驶座上下来，就像逢春的枝头不由自主笑容绽放："我过来看看，伯母恢复得怎么样。"

高飞提前打了腹稿，准备见到黄成的时候认真说说，你忙你的，别老来我家，见到黄成一脸欢欣鼓舞，心里有些不忍，边走边说："走的时候路上开车当心！"

黄成赶紧应了一声，高飞的态度明显比之前温和了，他心里稍微踏实了些，呆看着高飞的背影消失了才慢慢醒过神来。

高母开门一看是黄成很高兴："这孩子，跑一头汗！赶紧坐下，我给你倒杯水！"

门被敲响了，黄成以为是高飞忘了东西，赶紧开门，门外却是个高大帅气的男人，他不禁一愣。欧阳见一陌生男人出现在高飞家，一脸莫名，也不跟对方多话，视线越过对方头顶直接冲屋里喊了声："妈，我来了！"

前任女婿的出现并未让高母有丝毫慌乱："哦，是欧阳大夫啊，高飞上夜班去了，你有事儿吗？"

欧阳将怀里的鲜花靠墙放下，低头找拖鞋，发现黄成脚上穿的正是自己的，他干脆不换鞋了，直接进屋，熟练地找出柜子里的花瓶将花插入，同样不拿自己当外人。

黄成明白了对方身份，站一旁很尴尬，走也不是留也不是，站也不是坐也不是。

欧阳端端正正坐在高母对面："我刚听说您病了，我特地来看看。"

高母不看欧阳，只招手示意黄成坐下："小病，不碍事，还劳你过来，给你添麻烦了。"

欧阳感受到前丈母娘满满的恶意，强忍不耐，依旧笑眯眯地："您这话透着见外，有事只管吩咐，高飞工作忙，身子薄，又没个兄弟姐妹，您就拿我当儿子使唤。"

黄成悄悄打量着欧阳，之前没细瞧过，只觉得这男人块头不小，现在看看，五官俊朗站高飞身边两个人那个登对。当下一比，心有戚戚焉。

高母眼底的暖意匆匆一闪即逝："我有这心也没这福分啊，你能来看我我就谢谢不尽了，东西可得拎走，我没理由占你便宜不是？"

欧阳再度挤出一脸笑："您看您，以往您没事一天给我打五六个电话，现在有事了反而不支配我了，我父母不在身边我就拿您当我家人了，我有不对您尽管给我上课，我听！"

高母声音轻得几乎听不见："不敢。"欧阳的笑容瞬间在脸上都冻住了，他再也坐不住了，站起身："那我先走了，您注意休息。"

高母不忘最后补刀："黄成，替我送送欧阳大夫。"

夜深了，高飞在值班室里还在忙碌，门被敲响了，一只麦当劳的纸袋先一步闪亮登场，在门缝里挑逗地左右晃动。

高飞乐了："沈心！别装神弄鬼的，进吧！"

果然是沈心，她将外卖推到她面前，嘟起嘴抱怨："我叫王健送我，这小家伙，死活不肯多骑一步，就送我到路口，你说怪不怪？"沈心之前电话通知王健分手，到家就把与王健有关的东西一收拾扔进垃圾桶，紧接着王健就找上门来，澄清路上牵手的人是他表妹，人家只是个子挺高，其实还是未成年人，路上怕走丢了才牵着的，绝对没有其他意思。为了证实他所说的真实性，他还带来了表妹身份证复印件，沈心立马冲下楼，真是好险，垃圾车刚到，垃圾桶还没来得及清运。

高飞懂她，这是假责怪真炫耀："你也是！总是差遣他做这做那，典型以大欺小，过分了啊！"高飞是真的在劝沈心，太过分，买卫生巾这样的事也都叫王健去，臊得人家脸红。

沈心明显乐在其中："他乐意，你管不着！"

欧阳突然推门闯入，沈心见他阴沉着脸，赶紧找借口避开。

他发出连串低吼："真小看了你！一个接一个，你这还川流不息了，估计早就预备好了，只等着我签字了，我一直当你是迷糊蛋，合着最迷糊的是我自己！"他路上憋了一肚子气，咖啡厅里坐着一位小鲜肉，家里还守着个老腊肉，高飞，你行。

高飞没明白三更半夜欧阳跑病区来发什么癫儿，她慢条斯理吃她的夜宵。

"我今天见识过你新男朋友了……打听一下，这是第几号？咖啡厅那个排几号？"

高飞明白了，他和黄成遇见了："欧阳锦程，你是不是忘了我们已经离婚了，你总还记得离婚的原因吧？"

"不就是我一晚上没回来吗！？一夜未归的男人多了去了，难不成都是干了见不得人的事？"

她讨厌他一脸的无所谓："仅仅只是一夜未归那么简单吗？你含糊其词，你信口雌黄！你拿人当傻子，你自作聪明！我再说一遍，如果不是有什么见不得人的原因，你为什么一再掩饰？"

"归根结底，你还是不信任我！"

高飞不明白，他们之间还有什么必要争吵："曾经我非常信任你！无论你去哪里，无论你和人搞什么暧昧，我都百分之百相信你！不过，那种日子已经结束，我永远也不会再信你！我们离婚了！离婚了！离婚的最大优点，是我不用在信你还是不信你之间琢磨来琢磨去，这让我觉得特别舒坦！"

欧阳咬牙切齿说道："我告诉过你那晚上我去了哪里，我可以找人对质。"他的证人刚才就在现场，随时可以传唤。

门外，沈心的手机失手掉在地上，在夜晚空旷的走道上发出不可思议的巨大响声，沈心呆若木鸡。

门外的响声让高飞和欧阳意识到沈心的存在，争吵戛然而止。

高飞有气无力地说："你走吧，我觉得我们真没必要再吵了。"

欧阳打量着她，她神思倦怠，现在他说什么她也不会听了，他一肚子的话只能暂时强忍："我们再找时间谈谈！"

欧阳出去了，高飞疲惫地坐回椅子里，每次和欧阳"谈"完，损伤性堪比一场浩大的战争。她撑住头，这种痛苦什么时候才是个头儿？

沈心追了出去，欧阳的车停路边，他到小商店买了烟和打火机，点着了烟。

沈心上前抓住烟狠狠扔地上："你坦白告诉我，你们离婚是因为我吗？"

欧阳情绪已经平复了几分，但手还在抖："百分之八九十吧。"这话有夸大的成分，潜意识里，他对沈心愤懑难消，你凭什么喜欢我，你凭什么告诉我，你凭什么耍酒疯？

沈心惊讶得半天合不拢嘴："你跟她实话实说不就完了！我醉酒，你送我，你不放心我，就没回家。这还不简单吗，你可真是！"

这种在好人家里长大的孩子就是这么自我，这么天真，欧阳嘲讽地看着她："我说了，你认为她会信吗？"

沈心更奇怪了："她干吗不信！我是她最好的朋友！我绝不可能做什么对不起她的事！"

欧阳摇摇头，他们显然不在一个对话层面上："你是太自信了还是笨到尽头了？就算她信你不等于相信我！我送你回家为什么不和她打个招呼，而且，我干吗不送完你就回家？"

沈心瞪大眼："也对啊！你干吗不事先给她打个电话报备？而且，干吗没回去……"

欧阳快被她气晕了："你难道忘了自己当时什么德行吗？我有空打电话吗？你寻死觅活的！我上一天班外带喝了半瓶酒，回头还得扛着你，给你包伤口，我容易吗我？"

沈心努力想让自己从罪恶感里挣脱出来："但你也得实话告诉她，越掩饰结果越糟！"

欧阳冷笑："等她吃了亏就知道了。"无论小鲜肉还是老腊肉，这个世界上能给高飞幸福的，只有他。

第 9 章

本以为下了夜班后再去食堂人会少点，可高飞端着滚烫的粥硬是没找着座儿，看情形周边的大爷大妈们都来光顾了。欧阳远远冲她招手，像没事儿人一般。高飞一缩头装没看见，欧阳却抢步上前接过她手里的托盘来到自己位置上。

坐在附近的人都饶有兴味地投来八卦的目光，高飞浑身不自在，她昨晚跟她妈通过话了，了解了欧阳和黄成遇见的情景，虽然她妈过分了，但还能如何？既然决定了动手术，下刀就得稳准狠，这点她妈更老练。

欧阳的表演还没有到此结束，他将身后的购物袋拎出来放到高飞身边，高飞含着粥扫了眼："什么？"

"你去年看中的那件外套打对折，我遇上了就给你买了。"

见他态度亲密，高飞的不良情绪急剧飙升："你这是故意找不自在？"

欧阳坚定地告诉她："只要你一天不结婚，你还是我欧阳锦程的老婆！"他决定了，要重新找回她，她是他的，永远都是。

欧阳潇洒地一抹嘴，走了，留下高飞瞪着外套。不离婚她就是妹子，离了变老婆？果然离婚是正确的。

黄母费尽周折终于打听清楚高飞的来历，外科大夫，二十九岁，离异。

黄母嘎嘣脆地告诉儿子："离婚的，我不同意！"

黄成像打了激素的："离婚的怎么啦？人不缺胳膊不少腿，各方面都不错，凭什么不同意？"

黄母加重了语气："二手的就是不要！"儿子从小都听她的，从没违抗过，她语重心长循循善诱，"儿子！她是救了你的命没错，咱感谢她。你是这条件，找啥样的不成？咱不找她，听妈的，妈给你找新的！"

"什么新的旧的？我觉得她就挺好！"

黄母张口结舌，这还是她亲生儿子吗？一夜之间，那个一团和气，对她唯唯诺诺的乖孩子变了！

好死不死，这时黄成嫂子兴冲冲进入，还高举着手机，估计刚通完电话。

黄成嫂子亢奋得像捡一大元宝："真的假的？成子，听说你找了个二手货？"

真是好事不出门，坏事传千里啊，黄母悲痛地看着儿子。

黄成嫂子得意地冲着黄母："我那天怎么跟您说的，她那模样的怎么可能看得中成子？肯定有问题，我给成子介绍对象您跟我别扭，什么二手货不要，要找好的！结果弯来绕去，还是二手货！"

黄母被大嫂一激，蹦起圆滚滚的身子冲到窗户前，大家伙儿全被她吓得站了起来，黄母推开窗，身子探出一半，颤悠悠地叫道："都别拦着，谁拦着我跟谁急！成子，你跟妈保证，跟那女的断绝来往，听见没？"

黄父知道老伴真急眼了，不再贫嘴了，大声提醒儿子："成子，赶紧表态。"

黄成又惊又怒："妈，您这是演哪儿出啊！"

黄成嫂子这会儿还不忘火上浇油："不是吧成子？你想亲眼看自己妈跳

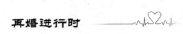

楼啊！"

黄成被逼无奈，他的唯一选择是飞跃上了窗台："我跳楼行了吧！"在众人一片惊呼声中，黄成跳了下去。"轰"的一声黄成掉在一楼顶棚上，将棚子底下棋的几个老头吓一跳，他连滚带爬掉到地上，一跛一跛地走了。

他家住二楼。

黄成嫂子冲着窗外嚷嚷起来："从二楼跳到一楼算什么啊，有本事从一楼跳到二楼啊！"

黄母受刺激了，一拍大腿坐到地上号啕大哭，谁都劝不住。黄成嫂子难得勤快一次递上一个毛巾，黄母擦了把脸，觉得味儿不对，一瞅更悲："这是擦脚的！"

黄母一宿没合眼，连累黄父也跟着失眠，第二天她早饭都没顾上吃就上医院去了，等了没多久就瞅见了高飞。

黄母也不多废话，嗓门如长号般嘹亮："你跟我儿子到底怎么回事？"

走道里的人都驻足观望，高飞满脸尴尬，忙声明："我和他就是普通朋友。"

黄母却没有那么好糊弄："有普通朋友随便上人家家里的吗？"面前的女人外表不像坏人，是长得好看，难怪儿子喜欢。但她绝不心慈手软，老黄家的希望就在这儿子身上了，"我告诉你！我儿子拖到现在没结婚没错儿，但不是给二手货预备的！你趁早死了这份心！"

是啊，大千世界，你去哪不好非去人家家里！为这事高飞在心里怨怪自己好几回了，耳根子太软，活该啊高飞！

高飞忙一迭声地表明立场："您放心！我没那打算，您儿子跟我不会有什么的！"

小美护士瞅情形不对赶紧帮高飞解围："高大夫，秦主任找你！"

高飞逃了，黄母还没说完，对着她的背影嚷嚷："把你的小算盘都收拾收拾啊！你这样的我见多了！别没事勾搭我儿子，就算你肚子里有了黄家的骨血我也不会让你进我们黄家的门！你听清楚了！？"她不仅仅是嚷给高飞听的，也是嚷给自己听的。

高飞被黄母的话惊得魂飞魄散，"肚子里有了黄家的骨血？"这老太太的想象力惊天地、泣鬼神啊！她放弃了辩白，夏虫不可语与冰，还是省省吧，有些人这辈子都不会再见面的。

晚上沈心邀高飞和王健一起去 KTV，高飞气得胃疼，哪儿都不去。黄成知道他妈去医院找过高飞，心里暗暗叫苦，好容易高飞不讨厌自己了，没想到被他妈一键复原。他赶到医院，高飞见到黄成冷如冰霜。

黄成小心翼翼地问："我妈来过？"如果不是看在他为她做过那么多，高飞真不想跟他说话。

"她胡说了些什么？"

高飞字正腔圆说："她要我别勾搭你，所以以后你别来找我了。"

黄成黯然："你这是……"

高飞为防万一，决定话说得再狠一点："虽然我只是个二手货，不过我也挺挑剔的，你不符合我的条件。"

她说得没错，眼前浮现出高飞前夫的身影，黄成更难受了。

为表决绝，高飞再撂了一句话："响鼓不用重槌敲，你是聪明人，我的意思你都明白。"

黄成心头一震："明白。"

高飞松了口气："明白就好，以后，我们就是陌生人了。"

黄成看着高飞决绝的背影，突然恶狠狠地一跺脚，说："你信不信，我们肯定会在一起的！"

唱完歌的沈心审视着丰盛的菜却没有动筷子，王健很奇怪："吃啊，不是一直心心念念要吃这家的羊排吗？这会儿怎么不动筷子了？"

沈心长叹一声："这么多好吃的，咱俩吃不完吧？打包回去变冷了也可惜……"

王健明白了她的真实想法，笑了："又想撺掇你那闺密出来吧？"

沈心使劲点头："你真是我肚子里的蛔虫，不是绦虫！"

王健惊叫："恶心不恶心啊！"沈心刚给他补习过有关寄生虫这课的知识，他们的约会内容基本上互相交换专业知识——虽然没啥意义，但有趣啊！

沈心赶紧给高飞打电话："……就是上次咱们经过的那家餐厅，很高级的，你来嘛，打个车！别窝家里，出来出来！"

沈心得意地挂上电话，笑眯眯地看着王健。王健不无醋意："我都怀疑，你是对我的感情深还是对高飞的感情深？"

　　沈心惊讶："你傻啊你！当然是和你的——感情浅！我们认识才多久，我跟她认识快一辈子了，她是我唯一的好朋友！"

　　王健假装不悦："这话可伤人啊！"他内心很羡慕沈心和高飞，从小一起长大彼此没有秘密，互相支持互相爱护，不是每个人都有这种福气。

　　沈心傲娇道："你看我是重色亲友那种浅薄之徒吗？我要是那么一俗人，你还会喜欢我吗？"

　　王健问："说实话，我在你心中能排第几？"

　　沈心对王健向来口无遮拦，反正他脾气好："……一、二、三、四……对，第四！"

　　王健好奇心大发："知道，高飞排第三吧？"

　　沈心摇摇头："不对，高飞排第二，仅次于我妈。知道吗？我刚转学那会儿，班里同学都欺负我，值日也好，体育活动也好，没人搭理我，我记得第一个和我说话的就是高飞……虽说她话不多，可我感动死了。后来我们就成最要好的朋友了，那时候是小学三年级。其实我对医学没任何兴趣，因为她要考医科大学我才决定我的志愿，当时老师问我们的理想是什么，问到我时，我告诉老师，高飞的理想是什么，我就是什么……"

　　王健审视着沈心放光的小脸，感动得五体投地。他现在明白了，为什么第一眼就喜欢上这个女人，她的内心和她的外表一样，简单、干净、明亮。

　　沈心想起来什么："我在你心里排第几？"

　　王健想了好一会儿："第二，"他补充说，"仅次于我姐。"

　　沈心不无惊讶，没想到自己名次还挺高。

　　王健眼睛有点微红："我父母工作都挺忙，我记得有次发高烧，父母都不在家，那天下大雨，是我姐背我去医院，她给我包好雨衣，我一点儿雨都没淋着，她全身上下湿透了……"

　　沈心由衷地说："你姐人真好！"

　　"我考大学那会儿，不知怎么回事，报考志愿给弄错了，急得我姐到处去托人，那会儿她刚怀孕三个月，摸黑出去求人，结果滑了一跤，孩子没了……"

　　沈心也很动情："你啊，以后好好对你姐！否则老天会罚你！"

　　高飞来了，一脸的丧气，沈心赶紧帮忙布置："饭少吃点，多喝点汤，汤养胃！"

王健不禁有些悻悻然："你来了她就把我撇边上了。"

高飞失笑，她就爱看他们小两口打情骂俏的样子，心情好多了，沈心和王健耳语了两句。

高飞装吃醋："说什么呢，不能等我走了再说？"

王健笑笑说："她要我猜，在你心目中她排第几……"

沈心狠狠拧了他一把："多嘴！"

高飞毫不犹豫："她当然排第一。"

沈心愣住了，半晌没吭声，王健根本就不信。

高飞低头喝汤，在她有限的人生里，能让她信赖又从未给她过伤害的始终只有沈心一个。

沈心突然起身去了洗手间，这时王健才惊叫一声："你开玩笑的吧？"

高飞惊讶："没啊，你这样认为？"

王健自语："这傻妞八成去洗手间哭去了。"

趁沈心不在，高飞正色问王健："你俩到什么程度了？"高飞一点都没开玩笑，"她父母都不在身边，我就是她的家长，别看她外表大大咧咧，其实她内心很弱，我多事问一句，你是以结婚为前提和她交往的吗？你父母会同意你跟她交往吗？"这是她一直担心的问题。

王健想了想，老实答道："我父母同不同意我倒无所谓，关键是我姐的意见……"

饭后高飞有事先走了，沈心和王健漫步街头，王健问她："知道在她心里排第一，感动了吧？"

沈心得意扬扬地："老早就知道了。"

王健戳穿她的谎话："那你从洗手间出来眼睛红红的？"

沈心看着远处的街灯，露出一脸惆怅："因为以前她从来不会说出来……好像不知不觉中，她变了很多。"

王健随口说道："我突然有个念头，如果有天你做了什么对不起她的事，对她的伤害一定是摧毁性的。"

沈心脸色大变："你胡说八道，说不定是她做什么伤我的事呢？"

王健意味深长地说："她可不是那种人啊。"

沈心气愤地握紧小拳头："你贬低我的人格！"

王健说："我就随口一说，高飞是个有原则的人，她和你不一样……"看她瞪眼睛，他赶紧妥协，"行，你也是有原则的，满意了吧？"

沈心嘴一撇，眼一翻："实话告诉你吧，我的原则就是——看心情。"

家里的灯亮着，高飞进屋发现母亲居然在缝衣服。

高飞奇怪："您不是说做自己不擅长的事是浪费时间吗？"

高母叹口气："睡不着，找点枯燥的事做有助于睡眠。怎么这么晚回来？干吗去了？"

得知又是和沈心泡在一起，她妈感叹说："你跟沈心比跟我还亲呢，打小你和我就没什么话，一见沈心倒是小嘴不停，她今天又给你灌输什么了？是不是劝你和欧阳复合？"

高飞赶紧否认："没那事儿！她以前就觉得我和欧阳不大合适呢。"

"那可是你结婚前的想法，她其实……"高母看了眼女儿，"唉，你这孩子脑子里就是差根弦，我懒得说，你自己多掂量吧。"高母早就发现沈心暗恋欧阳，谁让欧阳长得招人呢？只可叹女儿神经大条，她没忍心点破。

高飞从小挺羡慕沈心的，她家一天到晚总热热闹闹的，刚开始高飞还不习惯，觉得他们好吵，她自己家里太安静，更像是医院或是图书馆。她去黄成家的时候，也心生羡慕，人那么多，大家都抢着说话。虽然屋子小，可收拾得干干净净，到处是人味儿。

欧阳一进咖啡厅，远远的上官飞燕站起来冲他拼命招手，这是她出院以来他们第一次见面，中间上官没少电话骚扰他。

欧阳一脸生无可恋："又有什么事儿？"

上官笑靥如花："你上次不是劝我继续念书吗？我想通了！我现在要重回大学继续我未完成的学业。"

欧阳欣慰了："孺子可教。"

上官带着狡黠的笑："为了感谢您的谆谆教导，我特正式介绍我老爸给你认识！"

欧阳愕然，才发现隔壁桌上坐着的中年人就是上官飞燕的父亲，欧阳愠怒地瞪了眼上官飞燕，真是太不靠谱了。

上官去洗手间的间隙，上官父亲对欧阳发出直截了当的信息："燕子打小儿娇生惯养，我和她妈都拿她没整，她也不坏，就是淘气。"这个生意人看上去挺随和的，一身半新的夹克，除了皮鞋锃亮，一看就不需要走路的，其他和普通路人无差。

欧阳含糊道："她挺单纯。"单纯的是自己好吧？被她电话里一顿说，他就上当了，莫名其妙就来见家长了。他看出来了，她就一骗子。

上官父亲诚恳地说："你帮我多教教她，她谁的话都不听，只听你的！"

欧阳微微皱眉："我也没那能耐，也没那空儿……"

对方听而不闻："其实我和她妈商量着带她回广州，我们的生意主要在那儿，如果你有兴趣可以过去，凭你的技术和能力，在那儿当个医院副院长没问题，这点我可以打包票。"

他心说，天啊，他在跟自己谈生意？用副院长来交换一个女婿？想得美。

上官父亲意味深长地说："你年纪轻，在这家医院论资排辈，等轮到你功成名就都四五十了，浪费青春埋没人才，你应该从长计议，找个更适合自己发展的空间……"他很自信自己的说服力，男人嘛，都是有野心的。

欧阳敷衍说："谢谢，我会好好考虑。"

上官父亲离开后，欧阳坐到上官飞燕对面，表情很凝重，上官一脸狐疑："我家老头子跟你嘀咕什么了？"

欧阳告知："要我去广州发展。"

上官感兴趣："你怎么回答？"

"我要考虑考虑。"

"他没说要把我嫁给你之类的废话吧？"

欧阳讽刺的口吻："没说，不过眼角眉梢都写着呢。"

上官难掩得意："美的你！"

欧阳开始出击了："问一句，你们家到底多少财产？"

上官诧异："问这干吗？"

欧阳不要脸地说："我计算一下娶你后的收益是多少。"

上官脸色大变，欧阳露出惯有的迷人微笑。他想，好啊，互相伤害吧，

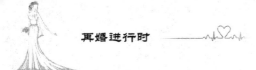

既然是谈生意，亮出底牌看看。

上官勉强笑着说："你开什么玩笑……"

欧阳摊开手说："你老爸明示加暗示，我如果和你交往收获巨大，所以我在计算能从你这儿得到多少好处，我知道你家境不错，不过到底有多优渥还不太清楚，直截了当，你能给我带来几位数？"

上官果然再也坐不住了，临走将咖啡泼到欧阳身上，气冲冲跑出。

服务员正好走过来，手托咖啡壶，职业性询问："请问还要咖啡吗？"

欧阳兴高采烈："再来一杯，要不烫的啊！"他想，谢谢上官老爹的神助攻，从今往后，可算摆脱这位刁蛮公主了。

王苹苹低眉顺眼地站在秦主任面前，她到外科进修一段时日了，第一次被秦主任召见，内心很忐忑。

秦主任哗哗翻着病历，本来就很黑的脸沉得快结冰了。过了片刻，他狠狠将病历夹拍在桌上，发出的声响不大，但足以将王苹苹吓得一哆嗦。

秦主任声音不高，但语气凌厉："你一个进修医生，谁给你权力独立管床的？你有那能力吗？"

王苹苹大气不敢出，但心里颇不服气。她负责的二十二床一早突发脑梗，那时候她到门诊部办事去了，想着一会儿就回她没打招呼。病人发病时是高飞负责抢救的，谁知道秦主任拿这件小事大做文章？她怀疑高飞在背后打了小报告，贱人！

周大夫推门进来，他是王苹苹的实习指导。此刻他一身便衣，刚接班，他还没来得及换工作服，知道秦主任找他没好事，他一脸惊惶："秦主任，您找我？"

秦主任极其不满："王大夫不是你带的吗？她什么时候开始独立管床了？"

周大夫很不高兴地看了眼王苹苹："是这样的，她跟我跟了半年，这也就是刚开始……"这个王苹苹，明明是她死缠自己要求管床，谁知道她这么不靠谱！害自己背锅。

秦主任用力一拍桌子，桌上所有东西都跳起："胡闹！你们当我这儿是菜市场？卖萝卜突然改卖白菜没问题，她一内科医生到我这儿进修！她凭什么进班？今天如果不是高飞在，肯定出大事！"他手指王苹苹，"你哪儿来奔哪儿去！"秦主任和内科主任相互不尿，这是人人皆知的秘密，但什么时候剑拔弩张了，就无从知晓了。

王苹苹眼含热泪，低头默默走出门，周大夫赶紧上前两步承认错误："怪我！都怪我一时耳朵软，我以为她人聪明，学得快，所以……"

秦主任还在气头上："当医生的不怕笨，就怕自作聪明！"他最恨的就是有些医生放着好好的工作岗位不干，这山望着那山高。外科有手术费，一个月手术多的大夫多一笔额外收入，于是有些人削尖脑袋往里钻，全然不顾体力和能力上有欠缺。他亲自过问这事，就是不希望他在的一天，外科成为一个充满了商业价值的岗位。

周大夫忙点头称是。

王苹苹被秦主任毫不客气地"请"回了内科，一波激起千层浪，沈心自然拍手称快。知情人都知道，王苹苹从来没安心工作过，常请假，工作来了躲，利益来了夺。内科六个病区都长期缺人，尤其消化内科全员满负荷运转，高主任宁可放她出去进修也不乐意让她在内科顶班，唯愿她留在外科甭回来了，现在她被迫回到内科，每天低眉顺眼如打入冷宫的嫔妃，气焰低多了。

沈心最近心情持续高涨，打扮走娇俏路线，心血来潮每天开始研习厨艺。她不止一次邀高飞去品尝她的手艺，高飞打算多活几天，不敢应约。

第 10 章

黄成有日子没见高飞了，他想，原来见不到她也能活下去啊！

牛一鸣自从上次的生意飞单后事业一直走低，实在气不顺了就完完整整啰唆一段：

我真傻，真的，我单知道下雪的时候野兽在山坳里没有食吃，会到村里来；我不知道春天也会有。我一清早起来就开了门，拿小篮盛了一篮豆，叫我们的阿毛坐在门槛上剥豆去。他是很听话的，我的话句句听；他出去了。我就在屋后劈柴，淘米，米下了锅，要蒸豆。我叫阿毛，没有应，出去看看，只见豆撒得一地，没有我们的阿毛了。我们家阿毛啊……

当然，他的原话不是这样的，是黄成自动脑补成而成，以前黄成这篇课文背得烂熟，张嘴能来。

黄成尽量在工地待着，省得听牛一鸣的唠叨，干完活就回家睡觉。不过回到家，他妈还会念叨一番她的"阿毛"。

这天他回到家发现地上有双时髦的高跟鞋，鞋头尖得都能剔牙了，他以为是大嫂，抬眼发现家中坐着个陌生女孩。

黄家并没有其他人，女孩回头打量他几眼："你就是黄成？比照片上的可老多了。"

黄成惊惧地问："你哪位？"女孩浑身都是时尚元素，铆钉外套，破洞牛仔，大如闹钟的耳环，再加上一个韩式半永久的脸，他判断年龄在……二十到六十之间吧。

女孩答非所问："还说你有车有房呢，就这小破地儿也算房？"

黄成正摸不着头脑，正好黄成大嫂回家来，如同见了肉的秃鹫，张着翅膀就扑将而来："来见见，这是我朋友的表妹，蒋月月！"

看情形嫂子不甘于只往家拿照片，升级换代往家领活人了，黄成眉毛一耷拉，转身回自己屋，紧紧闭上了门。

蒋月月比黄成更郁闷："大姐，你诳我是吧，这就是你说的有房有车的单身贵族？"

黄成嫂子在家具卖场上班，只要认定了客户就能迅速启动职业式热情："说你目光短浅吧，那些表面光鲜的几个糟钱都糊弄身上了，兜里的都是零钞。可别小瞧黄成，他开俩公司呢，每月进进出出都是几百万的生意，车就停楼下，不喜欢，换！房子随时买，你看好地方，想买哪儿买哪儿！"

蒋月月撇撇嘴，半信半疑。

家没法待下去了，黄成决心回公司去忍受牛一鸣去，他刚发动车，蒋月月径自拉开车门坐到副驾上，黄成被她的举动吓一跳。

蒋月月打开粉盒往鼻子上扑粉，问他："你嫂子说你请我吃中饭，吃什么？"

黄成虚弱地看着她，不知道她的缺心眼是先天的还是后天的。

蒋月月"啪"地合上粉盒，鼻子一翘："这就是你那车？"她扭头看看车后座，"人货两用啊，你公司呢？公司在哪儿呢？"她拍拍他用了快十年的公文包，开玩笑问，"不会是一皮包公司吧？"

黄成不置可否发动了车。

牛一鸣暂且忘记了怨尤，饶有兴味地打量着低头玩手机的蒋月月："那是你女朋友？"

欧阳向牛一鸣了解过黄成的为人，也没隐瞒黄成在和高飞交往的事。牛一鸣对黄成这个人的评语是五分好评——如果满分是十分的话。专业技术上牛一鸣挺佩服黄成，其他的，一概差评。

黄成一口否认："不是。"

黄成收工了，蒋月月头也不抬地打着手机游戏："再等我两分钟！"不久，蒋月月发出欢呼，志得意满收手，"咱们去哪儿吃？"

黄成走进自己曾光顾的那家"358"小饭馆，蒋月月跟进，她皱着眉头打量着四周，再一读菜谱，很是不满。

蒋月月冷笑："你就带我来这种358？在这里吃撑死也不需一张红票吧？"

黄成老实承认："那倒是。"

蒋月月一撇嘴："你是不是男人啊，和女孩第一次约会来这种不上档次的地儿？"

黄成没理她，菜一上桌他就开动了，他想起那次和高飞一起来，她眉头微微蹙起，欲言又止的样子，他心底暗暗叹息一声。

蒋月月嫌弃归嫌弃，开动起来吃得比黄成还多，且没耽误说话："你们两百万的工程？做完你能拿多少？"

黄成大感意外，这女人玩游戏的时候耳朵也没闲着？也对，玩游戏用的是眼睛和手，用不着耳朵。

黄成讥讽道："你打听这个干吗？"他发现自己没有蒋月月的天分，她说话并不耽误吃饭，说话的工夫蒋月月将一整碗蛋花汤倒了大半到自己碗里。

她不怕烫，大口喝着："你一个月能挣多少？"

黄成半真半假地告诉她："我就是一打工的，两百万工程如果回款顺利，估计能挣四十万，但老板要拿去一大半，我最多能拿十几万。"

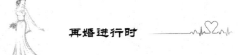

"你一年能接多少工程？"

黄成这次说了实话："那说不准，运气好可能有几个，运气不好的话，吃了这顿就没下顿了。"

谢天谢地，蒋月月可算明白了，嘴一撇："也就是说，没什么保障。"

"的确。"话都说到这份了，她该撤退了。

黄成电话响，他一看是高母，精神立刻一振："煤气灶漏气了？别慌！我人在附近，马上到！"他远远冲服务员招手，"买单！"

蒋月月惊道："你不会不送我回家吧？"

"我这有急茬儿呢。"

蒋月月恬不知耻地伸出手来："我家可远着呢，巴士都不经过，打车得五十块！"

黄成赶紧掏钱，他掏出三张二十："车钱。"

蒋月月紧紧盯着他的钱包："你还真给零票儿啊！"

黄成心说，一分都不该给你！

沈心将菜布置好，碗筷摆好，又在桌上布置了几朵鲜花，退后一步，越看越满意。

房门被敲响了，沈心雀跃着去开门，门外赫然站着王苹苹。

沈心大感意外："你是不是走错门了？"

王苹苹推开她径自进屋，看到桌上的菜露出一脸鄙夷："这真是怪事了啊！"

沈心一头雾水，王健紧随其后，他一见王苹苹愣住了："姐，你还真来了？"

姐？姐！沈心猛掉头盯着王苹苹，王苹苹双手抱胸，露出一副瞧好戏的神情。

王苹苹斜睨着沈心，从牙缝里龇出一句："没想到吧，这世界还真小。"沈心也深有同感，想着自己差点和王苹苹成为"一家人"，她宁可遭雷劈！

半小时后高飞应约而来，却没看见王健人："咦？刚才还死催我，这不主角还没到嘛。"

沈心大马金刀坐在桌子旁，像刚完成一件重大工程般凝重："他刚走没多久。"

"走了？"高飞打量着沈心表情，"又吵架了？"

沈心意味深长地说："刚才我见到了王健的姐姐。"

高飞若有所悟。

沈心感慨万千："真是缘分啊！咱们跟他姐姐还是同事呢！"

高飞饶有兴趣："医院的？哪个病区？"

沈心故弄玄虚："猜谜时间开始！和你我都朝夕共处过……"

高飞脱口而出："王苹苹？"

沈心惊讶："你猜得也太快了点吧！"她现在才明白，为什么每次让王健来接自己下班，他只肯站在拐角的树下，还别别扭扭的，不就是怕被他姐撞上嘛！

高飞叹口气，沈心也太倒霉了："和王健同姓，又是同事，我刚才就想到王苹苹了，只是没敢说。"

高飞还是有点惋惜，王健多干净一孩子，就这么分手了："你们不是真心喜欢吗？干吗连点微弱的抵抗都没有？这做法真不像我认识的沈心！"

沈心苦笑着："我也想像韩剧里那样受尽磨难终成眷属！可这不符合咱这国情啊！你都没看见王健那表情，看他姐就跟看天神似的！我还犯得着抵抗吗？我撼动得了人家固若金汤的亲情吗？没事儿！成为朋友，说不定还更长久呢。"

高飞提醒她："真正喜欢的人分手是没法成为朋友的。"

沈心坐直身："就像你和欧阳？"

高飞愣了一下，终于承认："是。"

沈心喃喃说："也就是说，你还喜欢他……"

高飞被她的逻辑吓到了，赶紧纠正："喜欢过。"她以为随着时间，心痛的感觉会慢慢减轻，显然时间的剂量还不够。

沈心琢磨着："也就是说，我没真正喜欢过王健？"

高飞小心翼翼问："分手的时候心痛吗？"

沈心摸摸心脏，摇头："心不痛，我就觉得牙痛，有点急，上火，那……你心痛吗？"她自己得出结论，"当然痛了，连带我都跟着痛呢。"

高飞摸摸她毛茸茸的脑袋："所以，我得找个不那么心痛的人结婚，过好下半辈子，加油！"

沈心点点头，随即摇头否定了："不心痛的？那你跟黄成还真挺合适！"

第二天，天蒙蒙亮，沈心家房门就被敲得震天响，沈心一面骂娘一面开了门，一看门外居然是高飞，沈心扭脸钻回床上："才几点？姐我不是做梦吧？"

高飞一身运动装，精神抖擞："走，跑步去！"

沈心懒得理她，拉过被子将自己裹得严严实实的。

高飞在床边原地跑，希望能感染到沈心，高飞提倡用运动来治疗失恋之痛，这是她的所谓移情大法。可任她百宝出尽，沈心我自岿然不动，高飞无情掀开被子："走吧，走吧！起吧！咱去跑步！活动活动你这老胳膊老腿！"

沈心抓住被角拼死抵抗，发出呜咽声："大飞姐！这才几点！要不要人活！"

"我这不是怕你晚上睡不着吗？"

沈心掀开被子，有气无力地看着她："你傻啊！昨儿你一走我就睡了，我还要长身体，让我睡！要不……一起睡？"她诱惑地拍拍床。

高飞原地痛苦思考片刻，利索地脱了外套，两个人背对背睡着了，睡得贼沉，一觉醒来吓了一大跳：迟到了！

高飞和沈心一前一后跑进医院。眼看着上班铃声要响起了，黄母却如托塔天王从天而降，伸手拦住了高飞的去路。

高飞急眼了："您又有什么事？"

黄母铁青着脸："见到我跑什么！"

跑什么，她要迟到了啊，姑奶奶！

黄母却一夫当关万夫莫敌的姿态："我这人可是直肠子，长话短说，你肚子里的孩子你要愿意生下来，我替你养！你如果不要，我陪你上医院……"高飞丈二和尚摸不着头脑：什么孩子啊！她是不是搞错对象了？

沈心本来跑远了，回头发现状况赶紧回来，见黄母扯着高飞，沈心上前抓住黄母的手掰开了，亲亲热热对黄母说："伯母，是我！还认识不？"

趁着黄母一走神，高飞一溜烟跑了。

上午还好，是召开组长以上干部大会，医院礼堂里坐得满满当当的，台上院长在发言："安全警钟长鸣、防火防盗、用药合理性、杜绝大处方、降低药收比……"院长说话的时候喜欢用目光扫视四周以示威严，但麦克风是固定的，无法随着他的脑袋左右移动，因此他的声音忽而清晰，忽而模糊，海浪一般，意外有种催眠效果。

高飞百思不得其解，黄老太啥毛病啊，一口一个"孩子"，第一次在走廊她提的时候高飞以为自己听岔了，刚才听得一清二楚。其中肯定有误会，否则人这么不依不饶，下次得问问清楚怎么回事，下次？想起又要见到那八爪鱼一样精神的老太太，高飞不禁低低呜咽了一声。

沈心从门外悄悄溜进，她挨着高飞坐下，高飞正低头认真记着笔记，好回去跟秦主任交代。

沈心低声吃吃笑："你代秦主任来，我代高主任来，正角儿都不露脸，我们就俩傀儡。"这种会部门主要负责人都不爱来。

高飞笑而不语，沈心偷偷问："你吃了吗？"

高飞点点头，轻声说："欧阳大夫提供免费早餐。"

欧阳这段时间上了发条一样，每天细心替高飞准备三餐，保温饭筒装着，有荤有素，营养全面，热情洋溢塞给她。沈心不惊奇，他以前追高飞就是这么没皮没脸的，她惊奇的是高飞居然接受了欧阳的善意，这不像她印象中的高飞。

高飞羞愧地说："太饿，没禁住诱惑，他搁在桌上，我就吃了一半，反正他人也不在场，说不定以为是老鼠吃的呢。"

沈心低声说："我还没吃呢，"她窸窸窣窣从口袋里掏出一个挤得扁扁的面包，"快饿死了……"

高飞惊异地看沈心当众开始啃面包，吃得那叫一个香，高飞慌忙竖起会议记录本挡住她的脸，沈心像仓鼠一样鼓着腮帮子快速咀嚼，发出吱吱的有力声响。

院长似乎听到了什么，他半欠起身，停下讲话，突然手指沈心的方向："内科的负责人来了吗？"

沈心口里含着面包，无法说话，低着脑袋赶紧伸出手挥了挥。

主席台上有光，院长看不清楚沈心的样子："站起来给大家看看。"高飞焦急地看看沈心，沈心一急，赶紧强咽，噎得直翻白眼。

院长示意："把麦克风给她，我想听听内科的意见和建议……"

院办秘书敏捷准确地递来麦克风，沈心慌忙抓过高飞的笔记本，战战兢兢地起身，高飞在旁边笑也不敢笑，忍得胃都疼了。

下午，高飞胃疼更厉害了，八成早上饿着肚子跑，又被老太太给一吓，刺激了，她在抽屉里翻找着胃药，平时总在眼前晃来晃去的药瓶这会儿踪影全无，这时一瓶药推到她面前。

欧阳亲切嘱咐："你的胃药该吃完了，喏，给你新买的。"

高飞如逢大赦，哆哆嗦嗦打开瓶盖："谢谢。待会儿给你钱。"

今天高飞没拒绝他准备的早餐，又接受了他的赠药，欧阳觉得这是双方结束冷战的好兆头，他决定乘胜追击："晚上去看电影怎么样？你等了好久的片子，今晚首映。"

高飞含着药片想，如果现在把药吐出来，他能收回刚才这句话吗？

欧阳诱惑道："先去你喜欢的四川馆子吃晚饭，然后看电影。"

高飞使劲摇头："还是跟你女朋友去吧，我去，不合适，让人误会。"

欧阳乐了："什么跟什么呢，你是我老婆，谁会误会。"

老婆，这称号让她再度受惊，想起以往他跟人介绍她都是"这是我妹子"，每次她听着都觉着像"这是我马子"，她干咽几口唾沫："我们……"

欧阳自作多情地接话："我们是离婚了，但不代表以后就是敌人，你啊，思维方式单一，总认死理，不知道留余地不给自己留后路，以后会吃亏的。"

高飞抬起眼皮，快速看了他一眼，说："如果是你这条退路，我看就免了吧，你就是条死胡同。"说完她快步走出。

欧阳看着她的背影，琢磨她八成在吃上官的飞醋，上官住院的时候，高飞每次遇到他们在一起说话都是立定、向后转，全套动作标准无停顿。他每次瞧见了又心疼又好笑，吃醋就证明她还在乎他。

下班了，沈心一出大门又看到了黄母。黄母门神一般在门口巡视着，沈心立即掏手机拨号。

高飞下定决心准备问问清楚孩子的事，她直奔黄母，沈心生怕高飞犯傻了，跟个老母鸡一样拦在高飞面前，高飞轻轻拨开沈心，坦然面对黄母："您还有什么事？"

黄母气呼呼："早上算你跑得快！我问你的话你还没回答我呢！"

高飞示意沈心别出声："什么话？"

黄母用手一指："孩子啊，你肚子里的孩子！"

沈心诧异地看了看高飞的肚子，无法将她的肚子和黄成联系到一块儿，高飞强忍着怒火："您误会了，那是没影儿的事！"

她以为这就完事了，黄母却从高飞的表情确定她心里有鬼："别想糊弄我！说清楚，你到底是要还是不要？"

沈心实在忍不住了："都跟你说了是没影的事！别说高飞现在没孩子，有孩子也不是你黄家的，老太太，您再这么纠缠我可报警了啊！"

黄母一把推开沈心，沈心差点被推一个大马趴，老太太怒吼："边儿去！甭糊弄我，我告诉你啊，你如果打算生下来威胁黄成跟你结婚，门儿都没有！"

虽然高飞不愿意说这话，但还是硬着头皮发问："您是听谁说的我有孩子了？"

原来是黄成。高飞的胃顿时翻江倒海，这人怎么这样？以为他老老实实的，怎么胡说八道坏人名声呢？回想他发狠说"我们肯定会在一起的"，她忽然毛骨悚然。

沈心突然冲着远方拼命挥手："警察同志！这边，这边！"

高飞惊讶地看到王健一身警服威风凛凛驾到，黄母有点胆寒，样子讪讪地，向后退了小半步。

王健跨下摩托，表情严肃："怎么回事？"

沈心手指黄母："这老太太骚扰、威胁、诽谤！把她抓起来！"

王健提高了声音："老太太，您说说，到底怎么回事？"

黄母脸色变白，但嘴还是很硬："关警察什么事啊！"边说边退却了。

公交车上，沈心心满意足坐在高飞身边："真有你的！居然把王健叫来唬人！"

"跟你说过了，做不成恋人做朋友可能更长久呢，这要是做恋人他还不肯帮这个忙呢！就是觉得心里有愧于我才肯配合我吓唬吓唬老太太。"

高飞有些不安："你这做人有点过分。"

沈心挥舞着小拳头凶狠地说："对付那种龌龊的人你不能跟她讲理！那老妖婆！哼！"

高飞指的过分不是吓唬黄老太，而是分手恋人当朋友这回事，从王健

的眼神看得出，他没拿沈心当朋友。

高飞现在担心自己，也担心沈心，她们俩今年流年不利，都不省心。

高飞回家正撞上黄成从她家下楼，吓走老太太后她当沈心面给黄成打了电话，将事情前后说了一遍，清清楚楚告诉黄成，你跟你妈说清楚，我们之间本来就没什么，老太太再这么骚扰我可真报警了。电话那头黄成只不停说对不起，二话不敢提。最后高飞说，咱再也别见了！

话都说到这份了，他居然又来了，真没见过如此厚颜无耻的人！

见黄成面露惊慌，高飞控制不住地吼叫起来："怎么又是你！不是跟你说过了吗，咱再也别见了！"

黄成想逃，但去路被她堵住了，他惊慌失措："我不是……"

高飞想起黄母胃疼头疼："我告诉你黄成，我和你没有任何关系，从以前到以后，上下五千年，什么关系都不可能有！"

黄成伤心地说："我知道！"

高飞根本没在意他说什么，怒吼："别仗着脸皮厚就不知道礼义廉耻，你跟你妈胡说八道什么孩子孩子，乱七八糟的！告诉你，我的忍耐是有限度的！我讨厌你！"

高飞狠狠推开他上楼，黄成被她推得撞到墙上，他觉得自己浑身的骨头都碎了，靠着墙半天没动弹。他从来不知道喜欢一个人会这么窝囊，这么无力，这么痛苦。

因为他妈怎么都不明白儿子非要找个二婚的，两个人争来吵去，黄成脱口说了句，我跟她"有了"！他原预备说有了感情，想起只是自己单方面"有"，高飞这边还"没有"，他把后半句咽下了。黄成他哥嫂就是先有的孩子再进门，俗称"先上车后补票"，老太太感叹完世风日下后更新了观念，认为黄成和高飞也一样"肚子里有了"。黄成只是没想到她妈会去医院再三吵闹。话已经说绝，这次他是真的没戏了。

高飞上楼的时候还余怒未消，半天钥匙打不开门，这时她妈听见动静从里面开了门，高飞这才发觉家里换锁了。

高母一脸责备："早上是你锁的门吧？我回家怎么也开不了门，打电话到你科室，科室说你不在，给我急得！我只好打给黄成！幸亏他赶来！这孩子连口水都没喝，慌慌张张换好就走了。"

原来他是被她妈给叫来的，难怪慌慌张张的，本不想遇到自己，没想到还是遇上了，想起自己刚才对黄成的一通抢白，她内心羞愧不已，强词夺理道："您也是！等我回来就行了，为什么给他打电话！"

高母反驳："我哪知道你什么时候回，又没办法联系你！"

高飞找到了问题的症结所在，明天就去买手机！

晚上八点多沈心散步完毕回到自家楼下，意外看到王健靠在摩托车上在等她，他表情相当不悦："利用完人了连个电话都没有？"

沈心友好地拍拍他的脸："谢谢了啊，哥们！"

王健惊讶："哥们？"他俩分手后他足足等了一个礼拜，期待沈心给自己打个电话，终于等到她电话，居然是叫他"出警"！

沈心对他的援手十分感恩，大大方方说："哥们比朋友的关系更进一步，今天让你违反原则了，抱歉！多担待啊！"

王健看着她那张笑吟吟的面孔，突然内心一阵激痛，分手后的每一天每一刻都十分难挨，她却跟没事人一样。他情不自禁伸手抱住了她。

沈心停滞了片刻："啥意思啊？"

王健松开她，一脸坦荡："这是'哥们'之间的正常表达方式。"

午夜时分，黄成的手机骤然响起。黄成人在洗手间，黄母帮忙接听，结果对方挂断了，黄母一脸狐疑，黄成一看号码是高飞家，赶紧回拨过去，却是高飞接的。

高飞小声说："没什么特别事，想跟你道个歉，今天是我太过分了……"

黄成心情复杂，柔声说："没关系。"她的电话一来，他觉得心情又好起来了。

高飞说："嗯，那就好。"她挂断了，黄成一直举着电话没舍得放，他还想再听听她的声音，她的声音软软的，像一把温热的熨斗能将他的心抚得柔暖。他被自己的渴望弄得有点惊恐。

黄成半晌才意识到他妈在身后偷听。

黄母心中警钟长鸣："谁来的电话？"

黄成平静回答："打错了。"

黄母自是不信的："可别是那个二手货啊，成子，你要想让妈多喘几年气你可得跟她彻底断了！"

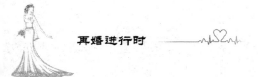
第 11 章

蒋月月不请自到坐进黄成的车，她就像一个 GPS，对黄成的行踪了如指掌，她突发奇想："陪我去买个手机，我手机坏了。"

黄成心说你每天打手游，不坏才怪，他没空："我还赶着去工地呢！"

蒋月月用力扯他："走吧！费不了你多少事！就十分钟！"

黄成真想抽她，这时他意外看见高飞和沈心走进路边的手机店，他改变了主意。

沈心以过来人的姿态给高飞热心参谋，高飞就是拿不定主意，沈心在旁干着急："你怎么老看那一千的便宜货？内存不够，存不了几张图片，速度会越来越慢，我觉得那一款就挺合适你！"

高飞一看价格直摇头："三千！我疯了吧我，你跟我妈就两个人给我打电话，我犯得着吗我？"

沈心突然瞅见了黄成，赶紧一拉高飞："你瞧！"

高飞意外看到黄成跟一个打扮得花枝招展的女人走在一起，她愣了一下。

蒋月月在营业员的推销攻势下很快拿了主意："就这个了！"她接过交费单转手递给黄成，黄成茫然。

蒋月月兀自美滋滋的："这算是你送我的第一件礼物。"

黄成登时一脑门的汗："我可没说过这话啊。"这女人再次刷新了他的三观，这是强打讹要啊。

蒋月月脸拉得跟兰州拉面似的："现在说也不迟，赶紧的啊，你不是还得赶去工地吗？"

黄成恼怒地看着蒋月月，蒋月月比他还凶："你是不是男人啊？给女朋友送点小礼物就推三阻四的！"

黄成看高飞朝他看过来，他慌了，委屈地说："我身上没带这么多钱……"

蒋月月伸出手："卡呢？信用卡总有吧？"

黄成继续摇头，蒋月月不耐烦地掏包："我告诉你啊黄成，别跟我来阴的！去，这是我的卡，先给我把钱交了，回头还我……"

意外撞见这情景，高飞心情突然变得阴沉，她扭头就走，沈心莫名其妙跟上："怎么又不买了？"

高飞推脱道："改天，改天。"

高飞心说黄成怎么找这么个女的，光天化日之下把他呵斥得像狗似的……

上官飞燕提着一箱啤酒出现在欧阳家门前，欧阳惊讶："你来干吗？"

上官说："上次我不对，给你赔罪。"她进屋子弯腰准备换拖鞋，欧阳赶紧阻止，另拿了双一次性的给她，上官留意地打量着那双半新的女士拖鞋，知道是高飞的，心有不爽，但还是保持风度："一人窝家里，不孤单吗？"

欧阳奇怪她怎么找到自己家的，上官不答，径自开了罐啤酒挤到欧阳身边和他一起看电视，欧阳难得现出不自在，上官索性靠在他身上，欧阳顿时身子板得笔直。

上官看了眼电视，大感意外："动画！？多大岁数了还看喜羊羊？你貌似纯爷们呢怎么看这个？难道，你还有那未泯的童心？"

欧阳故意说："高飞喜欢这片子，每次看都傻乐得跟什么似的……"

上官当然知道他拿话故意刺她，她紧盯着欧阳，想看透他，欧阳看都不看她。她索性走开，用力拉开冰箱，伸头打量里面。

欧阳警惕起来："你干吗？"

上官思忖着："快吃晚饭了，我看有什么材料，给你见识见识我这厨艺。"

欧阳赶紧起身，他特别不习惯上官这种长驱直入的方式："甭弄了，直接出去吃吧。"

上官狐疑："对我不信任吧？"

欧阳笑嘻嘻地："怕累着你！"他连拖带拽将上官"请"出门去。

欧阳带上官去了高飞最喜欢的四川菜馆，他连菜谱都不用看直接点菜："宫保鸡丁，菠萝咕噜肉。"

上官佩服："不用看菜单就能下菜啊。"

欧阳笑笑，拿出烟点上。

上官发现欧阳有好几张面孔，有时仗义，有时厚颜无耻，有时潇洒，他抽烟的时候是寂寞的，在他笑嘻嘻的外表下，有什么东西让她心里一酸。

上官发现高飞和沈心进了菜馆，欧阳背对着门，没看见她们。

高飞和沈心找了个角落坐下。沈心眼尖看见了上官和欧阳，明显一愣，低声劝高飞说："咱们还是换家餐馆吧？前面有家粤菜馆也不错。"这座城市里就这么几个饭馆几家商店，他们在这里面转悠习惯了，每天不遇见几次都怪。

高飞没看见欧阳他们，不太情愿："这家的宫保鸡丁特好吃！今天可是我生日，你得依着我。"

"行啊，寿星，那就先来个宫保鸡丁……"

"再来个干煸土豆丝……"高飞想起这家的宫保鸡丁辣得很，"不，有一个辣菜了……不要干煸土豆丝，菠萝咕噜肉有吗？"

"有，还要什么？"

"炒小蘑菇，来条鱼，鱼要活的啊！"

"菜点多了吧？鱼就不要了。"高飞不爱吃鱼，因为她被刺卡过，喷了三次麻药，用了一个多小时才取完刺，她心里有阴影。

沈心不理她："不成，有鱼有肉有鸡才是真实的人生，对了服务员，有没刺儿的鱼吗？"

服务员趁机介绍："我们有特色鱼丸。"

看到高飞露出满意的表情，沈心合上菜谱："行！就它！"

另一边桌上，服务员对上官说："不好意思，您要的椒麻泉水鸡没有了，换个菜好吗？"

上官不满地扫她一眼："那就换个鱼好了，欧阳，你喜欢吃什么鱼？"

欧阳想也没想："那就鱼丸吧，没刺儿。"

菜上齐，沈心有模有样地给自己和高飞都倒上红酒，举杯："今天你整三十，明天起这就是奔四十的人了，祝你身体健康，永葆青春！"

高飞心里咯噔一下，过生日就这点不好，让人记起自己的岁数。

沈心潇洒道："人只可能越来越老，不可能越来越年轻，咱先面对现实，然后战胜现实，来，干杯！"

两个人笑嘻嘻碰杯，打从认识起，两个人的生日都是一起过的，包括高飞婚后。

沈心照例掏出礼物，高飞拆开包装，一支新款白色手机，就是沈心一眼瞧中的那部，高飞惊讶地张大嘴，这手机不便宜，三千多。

沈心得意地问："我要是一男的，你是不是特想嫁给我？"

高飞翻着手机，很是心痛："太贵了唉！"

沈心学广告的语气："你值得拥有！"

另外一桌并不知道和她们上了同样的菜，欧阳问上官："你说要回去上学的，大概是什么时候，我好给你送行。"

上官曼声说："我爸还在给我联系呢，你说，我是在这儿上还是去广州？"

欧阳感慨说："要我看，都行，有学上可是种幸福，等我哪天有钱了，我就回去好好读几年书。"

上官问："你大学是在上海读的吧？你为什么不留在上海？"

欧阳避而不答："不为什么，年轻时候，冲动。"

上官试探："为女人？"

欧阳面色一暗，默认："算是吧！"

上官进一步探问："那你父母还在上海？"

欧阳不想继续话题，打岔说："嗯，吃菜吧，菜都凉了。"

沈心小酌了两杯后，斗胆问高飞一个问题："跟你说个事，病理科的涂大夫有印象吗？"

高飞摇头，她不善于交朋友，只安于自己舒适的小圈子里。沈心有点害羞："他还没结婚，昨儿跟我打听你呢，你……有没有那打算？"

高飞这才明白沈心在给她做媒呢，真有点哭笑不得："不用！等我有这花花心思了，一准先告诉你，别说我，你呢？"

沈心永远兴致盎然："我啊，立马有个相亲，一海归精英，你得空陪我去买衣服啊！"

高飞吸口气："又买？"沈心那俩糟钱都捐商店了，非理性消费太多，典型月光族。

沈心大口吃着："是啊，男友如衣服，旧的不去新的不来……"

高飞立刻制止她的后话："你这嘴该收着点啦，要不总让人误会你。从今天起，咱都该成熟点，你就一门心思好好相亲，好好相处，好好结婚！这相亲的衣服，姐姐我送你了！"

沈心高兴："那就先谢谢啦！"

那边上官招手买单，服务员说："谢谢，一共一百五十七。"

上官一指高飞沈心那桌："把那桌一并结了。"

欧阳诧异地回头，这才看到高飞和沈心："她们啥时候来的？"

服务员过来："谢谢，一共三百一十四。"

上官递上卡，欧阳掏现金，上官挡住欧阳："不用你，我来。"

欧阳坚定地阻止上官："不能让女人出钱，不爷们。"

上官不满："刚才我要付钱的时候你怎不爷们一下？"她心里的不满扩大了，高飞的鞋别人不能穿，连高飞的单也不许别人买吗？

黄家一直等到黄成回来才开饭，黄蕊都饿得快成一条影子了，菜一上桌拼命狂吃。

黄母见儿子脸色不错，赶紧见缝插针："中学老师，三十六岁，没爹，家里就她跟妈俩人，人口简单，女孩脾气不错。"

黄成直奔主题："三十六？不够新啊！"

老太太到处托人给儿子相对象，为了扩大范围，降低了不少要求："个子矮点的也行！一米四？那还是算了，胖点的也没关系！两百二十斤？这不开玩笑嘛！"东挑西选的，才放宽到大两岁也行。

黄成果断拒绝："不新，不要！"

全家人彼此交换着眼色，大多是看好戏的心情。

黄母讨好地说："你二伯母说了，岁数大点，但模样显小！"

黄成斩钉截铁："法律上不新！大家都听好了啊，我要新的。"

黄父嘲笑地看了黄母一眼，心说，作茧自缚，自作自受！黄母装没看见。

黄成嫂子赶紧给黄成夹菜："那个月月处得怎么样？"

黄成故意说："还不错。"

黄成嫂子当真了，兴奋得脸放油光："我就说嘛！还是嫂子我了解你！那女孩洋气，人也贼聪明！"

黄蕊十分怀疑："真的假的？"以黄蕊对她二哥的了解，他能瞧中谁已经是十万分之一的概率，还能在这么短时间里再瞧中一个，概率超过了体育彩票。

黄成半真半假地说："我们处得挺不错的，如果顺利，过完年就扯证。"

黄母不敢相信儿子真想娶那个拜金女。

黄蕊忍不住问："哥，透露透露，你到底喜欢她哪儿？她有优点吗？"

黄成嫂子不高兴了："啥意思，这姑娘是嫂子我精挑细选的，什么都好，是不是啊，成子？"

黄母呵斥黄成大嫂："你先歇歇！"她苦口婆心对黄成说，"那就是个碎钞机，你能挣多少钱，哪够她折腾的？"

黄成一看他妈那个气色，来劲了："您真是！旧的不行，新的不要，就您这份挑剔劲，我看我独身得了！"

黄母一时哑口，她千算万算没想到儿子好这口，就算外地的小刘也比蒋月月强啊！

黄父悠悠说："你就说说你喜欢她什么地方，给你妈一个说法就行，也不用全听你妈，她心里，就是七仙女下凡也配不上你这黄家的精华。"

黄成琢磨："我喜欢她什么地方？"他被问住了，勉强说，"漂亮……"他实在想不出词了，看到嫂子鼓励的眼神，他有了主意："主要她和嫂子特像，谈起钱的时候都俩眼放光，看见吃的，胃口也好，从不挑食！换句话说，人诚实！不装！纯天然，野生的！"

全家被黄成雷得外焦里嫩。

餐馆里人已经走得差不多了。沈心给高飞续上酒，给自己也倒满。高飞提醒她："别喝太多，待会儿没法儿竖着出去。"

沈心抓牢酒杯："放心！等会儿王健过来送咱俩，没点预备敢乱喝吗？"

有困难，找警察。高飞摇头叹息："有你的！做哥们儿后比做朋友的时候来往得还勤！连分手都弄得不伦不类。"

沈心借着酒劲抒发心情："真没见过世面！托尔斯泰说过，世上有各式各样的幸福！而不幸都是相似的！这分手非得弄得哭哭啼啼鸡飞狗跳吗？"

高飞啼笑皆非，托尔斯泰原话是这样的吗？

王健看见高飞和沈心俩人互相搀着下台阶，王健一脸嫌弃："俩醉鬼！"

沈心大力拍王健的肩膀："哥们！真够意思！电话一挂，嗖！就出现了！你就是奥特曼，你就是蜘蛛侠，你就是那金刚葫芦娃！"

王健挥手散去她呼出的酒气："你啊，既无酒量又无酒德，"他扭头对

高飞说，"我送你们回去。"

高飞一直笑眯眯地："不好意思！给你添麻烦了！"

王健招手叫出租。

沈心酒劲上涌，突然放声高呼口号："农民工工资不能拖欠！"

高飞振臂高呼："反清复明！"

沈心呼："坚决打击两盗一抢！"

高飞呼："高价回收彩电冰箱热水器旧电脑！"

两个疯子成功引来所有路人的注意，王健苦恼该怎么对世界宣告，他不认识这对疯子。

高飞下了出租摇摇晃晃往家走，隐约见路灯下站着一个人，原来是欧阳。以前他也爱在路灯下等她，那时候没手机没电话，他们的联系方式是沈心，以及直觉。有一天深夜，她突然惊醒，偷偷溜下楼，鞋都没顾上穿，见他一头晨露傻立着，他喃喃说，突然想你了，睡不着，就出溜到这儿了……

那些美好的时光太短暂。

喝了酒，高飞心情很好，笑微微的，声音也显得柔媚了："哟，欧阳大夫？"

欧阳看她的表情就乐了："喝美啦？"这是他们离婚以来她第一个生日，他掏出一只四四方方的包装盒，高飞接过去对着路灯打量。

欧阳说："送你的生日礼物，你原来的钱包不是掉了吗……"

高飞突然发现自己手提包拉链是开着的，她赶紧在包里翻了翻，一屁股跌坐在地，脸色苍白："糟糕！我手机掉了！"新手机放餐厅桌上了，走的时候她忘了拿！

"你喝糊涂了吧，你哪有手机？"

高飞求助地看着他："新买的！新手机！"

这个时间王健搀着沈心进屋，王健弯腰给她换好鞋，将她扔沙发上，倒了杯凉白开给她。

沈心咕咚喝下，吟叹道："啊——真畅快！"

王健嘱咐句："早点休息，我走了。"他拉开门，沈心在他背后朗声说道："我说王健！我有个提议！要不，咱们桃园三结义！结拜兄弟如何？从今往后，有福同享，有酒同喝！"

王健没回头，边走边苦笑。三结义，也就是他，她，还有高飞？想得美。

餐厅没找到。高飞酒醒了，失魂落魄坐在水泥台阶上。

高飞难过地说："新手机……三千呢！"她拼命擦泪。

欧阳拎起高飞："没事儿，先回去，我明天再帮你找。"

高飞泪眼汪汪："找得着吗？餐厅经理不是说没看见吗？"她委屈的样子让欧阳突然想起刚进医院时的她，被秦主任呵斥后的她躲在茶水间抹泪，即使这样她也没离开外科。

第二天欧阳迟到了一小时，高飞转头看见他，点点头表示对他昨天帮忙找手机的谢意，她的温和让他觉得他们之间生机盎然。

欧阳从口袋掏出一部手机递给她，高飞惊讶地接过，不敢置信竟然能失而复得。

他走很远了她才回过神，冲他的背影喊道："谢谢啊！"她不知道，手机是欧阳一早冲到商场买的。三千多，新款，白色的，他大概就知道是什么机子了。

午饭沈心坐到高飞身边："酒全醒了？"她俩面前一人一碗热气腾腾的青菜粥。通常酒醉后第二天她俩都只喝粥，粥养胃。

沈心神秘兮兮地问她："丢什么东西没有？"见高飞没有反应，沈心慢吞吞从身上摸出新手机。

高飞大叫一声，从口袋摸出欧阳刚给她的手机。

两部手机放在一块儿，一模一样。

沈心奇怪地翻看着："怎么一回事？"

高飞懵了："你这……哪来的？"

原来昨天吃完饭俩人起身时，沈心见高飞手机忘桌上了，伸手收起来了，一出门遇见王健就忘了这茬了。

高飞顿时明白了，欧阳怕她担心去买了部新的给她，她心里百味杂陈。

沈心又想起件事："对了，昨天我们吃饭你买单了吗？"

高飞摇摇头。

沈心拊掌大乐："服务员居然忘了让我们买单！"

高飞白了她一眼："看你乐的，占人便宜就这么高兴……"高飞将手机递给沈心："要不，你帮忙还给欧阳？"

沈心赶紧摇手："甭看我！我干不了这事，得，正好两部手机，你一部，我一部，我生日你也不需送我什么了……我俩情侣手机！"

这会儿欧阳敲响了敞开着的病房的门："嘿！美女！"

上官又住院了，她一见他就坐起身来，开开心心挥手致意："没想到这么快就见面了。"

"昨天怎么没和我说起你的病情？"一早秦主任告知欧阳，上官飞燕病情复发，再度入院治疗，从秦主任那儿过来的路上，欧阳心情沉重。

上官可怜兮兮地说："进手术室前我希望你能一直陪着我，你还要在手术室外面一直等着我，一步都不许离开。"

欧阳承诺说："没问题。"

上官突然哽咽起来："说好了啊。"

欧阳柔声说道："说好了，一步也不离开。"

黄成一宿没睡好，一早来到蒋月月家楼下候着。蒋月月一见到他连人带车都在，面露惊喜。她一上车，黄成就递过一沓钞票，蒋月月接过，沾唾沫数了数，合拢拍了一下："这就是你欠我的钱吧？"

黄成确认道："对，手机的。"

蒋月月笑逐颜开，伸头在黄成脸上啄了一口，黄成吓得脖子向后一缩。蒋月月被他逗得咯咯笑，情绪陡然高涨："我们今天去哪儿玩？"

黄成郑重说："我今天特地带你去吃高级餐厅，就是你提过三十五遍的地方。"

蒋月月一点没听出他话里的讽刺："够男人，走起！"

高级餐厅里服务员比食客多多了，蒋月月有些许疑惑："咱是不是来早了，怎么都没什么人？"

黄成说："离吃饭还早，我们正好谈点事儿。"

蒋月月看他坐立不安的表情，似乎明白了什么，胸有成竹地说："你要是求婚这显得太随意了啊。"

黄成哭笑不得，她自我感觉也太好了吧。他顿了顿，试探着问："我要是真和你结婚，你都有什么条件？"

蒋月月前思后想，一字儿一字儿说："一是三环以里、九十平方米以上的房子，房证写我的名儿；二是买个车给我，车起码得十万以上的；三是一万块以上的钻戒……"

黄成的眼睛越瞪越大，一直等蒋月月说完了，他这才长长吁了口气，幸亏只是问问。

蒋月月将他的表情全收在眼底："你甭告诉我你做不到啊，你嫂子可告诉我你老有能力了。"

黄成苦笑："我嫂子跟你胡掰什么了我不清楚，我收入不稳你是知道的，目前做的工程要说收款的话也到明年年初去了……"

蒋月月耸耸肩："小菜一碟儿，那就明年拿证嘛。"

黄成想了想，继续说："有些实际情况我跟你交代一下，我们家三个孩子，我哥下岗多年，现在给人搭班开出租，我嫂子给人看场卖家具，我妹妹呢，是一普通售货员，我父母都退休了，全家收入都不高。"

蒋月月点点头："够实诚！你们家不需你负担吧？"

黄成停顿片刻："我要说的就是这个。"

黄成为了和蒋月月谈话方便出来时将手机静音了，这会儿打不通他的手机可把黄母急坏了，黄母的舅舅突然住院了。

急救室外坐着好几个亲戚，大家都束手无策，黄母急得直哆嗦："现在怎么样？"

黄成大哥先到的："看状况不好呢！"

黄父忙"呸呸呸，别乱说"！他远远突然看见高飞经过，他赶紧追上前，"高大夫，高大夫！"

高飞骤然见着黄家全家出现又大吃一惊，还以为他们要集体跟她谈"孩子"的事呢。

手术室外，黄母焦急地等着。黄母小时候家里兄弟姊妹多，她排行老二，打小爹不疼妈不爱，舅舅没孩子把她接家去，辛辛苦苦拉扯大的。

一名护士走出急诊室，大家赶紧围上前，护士说："手术目前都很成功，病人还有半小时就出来了。"

大家全部松了口气。

黄父感慨："多亏高大夫！"他和高飞一说明情况，高飞马上和急诊室医生沟通后立刻安排了手术。

黄母没吱声，表情里带着感激。

黄成嫂子意外："高大夫？不会这么巧吧，是那二手货？"

黄父不高兴："什么二手货，今天要不是他，舅舅还真的就……"

黄成嫂子不以为然："这是她本职工作，她就是干这个的！"

黄父实在忍不住了，呵斥道："这就是你们没良心了，这事儿高大夫根本没必要管，不是她职责范围懂吗？她为咱们去求人，万一出事她还得扛着呢，你们这些人啊！"

黄母忍不住附和了句："要说，她人还算不坏……"

黄成嫂子不爱听："您别被她糊弄了，都是作秀给您看，依我看，这女人心深着呢！"

经黄成耐心解答，蒋月月弄懂了黄成的意思："就你那俩糟钱儿，还得负担你们全家？那你带我出来的目的是什么？"

黄成慢条斯理地说："你要不介意，我想跟你商量一下，你就当我三个月女朋友……没啥实质内容，也就是弄个假象给我父母看看，省得他们老有一出没一出要我相亲。"

黄成琢磨来琢磨去，对他妈软硬兼施不管用，只能以毒攻毒。高飞这种文弱又自尊的哪是他妈的对手，得蒋月月这种，简单粗暴，杀伤力强。

蒋月月耸耸肩，直接进入下一个议题："我能得到什么好处？"

第 12 章

高飞刚完成了一台大型手术，瘫倒在值班床上。欧阳知道她没吃中饭，端着盒饭进来，高飞赶紧坐起接过，头发乱蓬蓬的也顾不上理。

高飞吃得额头冒汗，欧阳掏出纸巾给她擦，顺手将头发给她捋了捋。高飞没力气拒绝，一口气吃了一多半，这才长长松口气。

欧阳不停叮嘱她："别吃太急，回头胃该疼了！"

看见她的嘴唇毫无血色，他心生怜惜，不禁将手放她肩上，手刚落下，高飞忙起身，欧阳及时缩回手，气氛很是尴尬。她没话找话："我还得安排下午的手术。"慌慌张张就出去了，她发现当他触碰到她时，她的心跳加快。应该是吃太急了的缘故，她想。

到了下午，高飞的胃部不适加剧了，她到水池边上干呕了几口才觉得舒服了些，回过头发现黄母站在门口巴巴望着她。

对这位老太太高飞马上警惕起来，该说的都说完了，她怎么又来了？

黄母感觉到了她的戒备，有点不好意："你不舒服？"

高飞生怕黄母多心，忙使劲摇头："没事，老毛病犯了。"

黄母不信："年纪轻轻的，还老毛病……"

高飞倒了杯水给黄母，黄母尴尬笑着，关切地："你个人情况……解决没？"

高飞说："我正在努力解决呢。"

黄母暗示说："有的事儿能拖，有的事得赶紧解决。"

高飞哭笑不得，真想带老太太去给自己的肚子做个 B 超，让她放心。

黄母本来是想感谢一下高飞的，但废话说了一堆，硬是没能开口。黄母有一瞬间想，这姑娘其实挺不错，职业好，人也好，脾气也好……如果不是二婚，她也看不上成子。

家里厨房地上积着水，高飞正在奋力掏下水道，这个家最近总是多出些奇怪的故障。

高母探进头："您能行吗？"

高飞叹气："堵得太厉害了，您都往里头扔什么了？"

高母撇嘴："我能扔什么？垃圾呗，总不会是钞票。"

高飞跟她妈说过很多遍了，这种老式下水很容易堵，用的时候要格外注意。她妈偏是不信，铁丝捅了半天依旧没动静："我给管道疏通打个电话。"

高母提醒她："给黄成说声就行了，这个他专业，那些散兵游勇，靠得住吗？"之前她请过一个走街的掏下水，愣把管子弄破了，那叫一个麻烦。

高飞狠狠看了母亲一眼："您以往教导我，人要养成好习惯难，养成坏习惯容易！您没发现自己养成一坏习惯了吗？您这份依赖特不靠谱！"

高母又开始说教："你啊，太走极端！和人不成朋友难道就得成敌人，你这点得学学沈心，她比你灵活。"

高飞反驳："你和高国庆能成朋友吗？"

高母惊讶："黄成那形象能跟高国庆比吗？"

一不留神，铁丝反弹到了脸上，她吓了一跳，正在这时，一只手接过铁丝，黄成的声音传来："我来。"

高飞捂住脸惊讶地看着他，扭过头怒视着母亲，不用问也知道他是谁招来的。高母一脸无辜："我看他再来晚点，你就变独眼龙了。"

黄成三下五除二弄好了。高飞用独眼观察了一下，方式和自己相似，只不过他的力气大些而已，这就跟心脏按压的道理是一样的。

高母赞许道："专家就是专家！"

黄成一言不发转身出去，高飞一跺脚，跟出。黄成刚上车，高飞拉开车门将五十块钱放在驾驶台上："谢谢你了，黄工。"

黄成也不客气，收起钱，发动了车。她既然拿钱羞辱他，他还能说什么？他知道今天舅舅的手术是高飞帮忙联系的，他欠她的更多了，不是帮点小忙就能了结的。如果能够，他想用一生来还。

上官手术前父母都赶来探望，他们守在上官病床两边就像左右护法。可惜他们没坚持两分钟就吵了起来，双方唇枪舌剑时上官塞上耳机听着音乐，仍旧无可避免地卷入战火。

上官母亲抢先问："燕子，我要跟你爸离婚，你想跟谁？"

上官父亲当仁不让投递标书："早该离了，让孩子选跟谁！"

上官不耐烦地拉下耳机："我谁也不跟，我都二十好几了，又不是小孩子！我自个过！你们一人给我打五百万！"

欧阳闻声而来时，争吵还在持续，他厉声道："这是医院，不是你们家里，注意对病人的影响。"

病房终于安静下来了，上官呆呆看着面前的一堆补品，她不靠谱的父母离开了，再来一吨补品也补不了她的心伤。

欧阳劝道："你也别往心里去，别看他们是大人，很多时候跟孩子也没多大区别。"

见上官继续沉默着，欧阳于是柔声哄道："想吃什么？我给你去买。"

上官突然狠狠地说："我如果结婚，绝不吵架！绝不离婚！"说完她将头埋进膝盖开始哭。

欧阳长叹一声，真是个孩子，他说："其实每个人结婚的时候都这样想，但生活和你想象的不太一样,过去了就好了,再不开心的事,都会过去……"

上官的肩膀剧烈抖动着,哭得撕心裂肺,欧阳走上前去抱紧了她。

高飞刚进门,一见这情形忙帮他们关上门,悄悄走开。

等欧阳安抚完毕离开后,高飞才再度走进病房。她打开病历夹,里面夹着厚厚一沓检查单:"我刚刚研究完你的全部检查单,想和你交换一下有关明天手术的细节。"

上官眼睛忽闪忽闪,眼神高深莫测。

高飞看了她一眼,继续说:"你的检查结果中最重要的一份超声检查非常特别,根本就不是你本人的,你为什么将其他病人的结果混杂进来?"

上官玩世不恭地一笑:"考验你的能力啊!"

高飞冷冷地说:"你是不是特别盼望手术?所以伪造这份检查单?"

上官瞥了她一眼:"你又开始自作聪明了。"

高飞深吸一口气:"是不是手术才会让你在乎的人聚集在你身边?你应该也清楚手术的风险,其实比起手术,你真正需要的是心理治疗,需要我给你推荐一名心理医师吗?"

上官怒:"你丫才有病!滚滚!看着你那自以为是的嘴脸都让我恶心!"

高飞看了她一眼,捡起了病历,大步走出,身后传来上官撕心裂肺的哭。

高飞想,原来这世上有病的不只我一个,曾经我也曾渴望留在他身边,庆幸的是我现在醒了。

沈心出事了。她相的那个"海归精英"初一见面就动手动脚的,沈心起身就说要回家,结果送她回家路上,对方故意将车开到偏僻的郊区。沈心警觉起来:"你想干吗?"

这次的男人长得挺白净,但笑得高深莫测:"别那么严肃!回家有什么意思,你不觉得这块儿就很浪漫吗?没一个闲人,就咱俩。"

男人伸手去搂沈心,沈心迅速往后一缩,但他的手臂非常有力,不由分说就亲了上来,他的嘴碰到沈心的皮肤,沈心又惊又怒。

王健接到沈心电话风驰电掣般赶到事发地,野地里一辆轿车远光灯开着,听见呻吟声王健心里一紧,走近发现轿车的两个门大开,一个男人捂着脸正在地上呻吟着，沈心在一旁叉着腰，气咻咻的。

王健看到沈心安然无恙，大松了口气，原来沈心喷了对方一脸辣椒水。相亲这档事，再怎么熟人介绍，女生和陌生男性独处，她自然要多防备点。

王健将沈心安然送到她家楼下："上去吧，洗个热水澡，好好睡一觉就没事了。"

"你不送我到家门口？"沈心心有余悸，"万一又遇到抢劫犯什么的呢？"

王健忍住笑，她终于知道怕了，他说："沈心啊，我现在才弄明白自己为什么喜欢你，你独立、自强、乐观、善良，这个世界上只有一个你，再没别人了！"突如其来的告白让已经分手的俩人同时陷入了尴尬。

第二天王苹苹在内科绘声绘色讲述沈心昨晚"被强奸"的事儿，说得有鼻子有眼儿的，沈心气得差点没和她打起来。王苹苹一向嘴坏，想象力又惊人，沈心最气的是这事就王健跟她知道，王健，太他妈不是东西了！现在好，连朋友都没得做了！

高飞没有听到有关沈心的流言，因为高国庆找上门来了。眼前的高国庆英姿不再，衰老得厉害，畏畏缩缩地，整个人像被开水烫过。但当他颤巍巍出现在医院门口，高飞还是一眼认出了他。

高飞按捺住心绪，走进饺子馆坐下，高国庆赶紧坐在她身边。

热乎乎的饺子上桌了，一个个白胖胖跟小猪仔似的。高飞掰开筷子递给他，高国庆没言语，大口吃着，盘子里的饺子迅速消失。

高国庆喘口气，满怀感情地看着面前的饺子："好久没吃这么好吃的饺子了，你看，这皮儿多薄，蘸酱调得也好！"

结账时高国庆紧盯着高飞数钱的手，高飞本不想理会他，但没忍住，还是取了一小沓票子，看他饥渴的眼神又加了几张，后来干脆给了他一大半，差不多有两千块钱。高国庆赶紧揣进兜里。

高飞严肃告诫他："以后别再来找我了啊！"

高国庆点头如捣蒜："我懂！我懂！"

高飞当然明白，这绝对不会是最后一次。

黄成从工地回来的时候夜很深了。黄母给黄成盛了碗杂粮粥，黄成闷头吃，本来还留了饺子，老大一家三口太能吃，大媳妇以孩子长身体为名连饺子汤都没留下。

黄成特地嘱咐说："我明天带月月回家吃饭，您给多预备点菜，她最喜欢吃肉。"蒋月月可不是一碗粥就能对付的。

黄母不乐意了："怎么又来？少来是客，来多了可招人烦。"

黄成正色说："等会儿月月到了您客气点，否则以后可怎么相处？"

黄母忧心忡忡："成子，你还真铁了心要跟她？你可想好了，你们认识这短短时间，她花了你多少钱？那身上，从上到下都买的新的！就这，还不乐意！张口这闭口那……没见她消停过，我听着都闹心！你嫂子这人虽爱财，可也不至于没边没界！这种人可不是咱寻常百姓家消受的。"

黄成故意说："您落伍了，年轻女孩哪个不爱穿？正常！"

黄母急了："啥正常？随随便便一件就上千呢！"

黄成强词夺理："这叫投资，懂吗？"

黄母耐着性子和儿子磨："投资就该有回报……她对你可悭吝着呢！给织过一件毛衣没有？给买过一根丝没有？上咱家吃饭从来都空着手！"

黄成一脸无所谓："她又没什么正式工作，家里状况也不好，您别要求太高了。"

黄母见儿子这么固执，都快得脑出血了："没什么正式工作？都穿成那样谁还敢请她？家里状况不好？那更得勤俭节约不是？你问问，我自打嫁给你爸，多少年没添过新衣裳？"

一旁看报纸的黄父听到自己被点名，赶紧表态："那倒是真的，你妈对吃穿都不爱，最大爱好就是数钱，没生在银行真可惜。"

蒋月月来了，有她和老大媳妇在，黄母再也不愁家里会剩菜了。中饭吃罢，桌子给挪边上，黄家全家人散坐着。蒋月月则紧挨着黄成坐，小胳膊还挎着他。

黄蕊给大家刚倒上茶，黄成就迫不及待大声宣布："今天想跟大家知会一声，我俩想马上结婚！"

黄父昨晚还跟老伴叨咕，你放心，成子没这么不靠谱，静观其变吧。他这时赶紧看了眼老伴，觉得老伴分分钟要倒地的姿态。

黄成嫂子胜利地一拍手："敢情这可是大喜事啊！"

蒋月月抿嘴乐了一乐，马上一脸矜持："过了年就办事，现在跟你们说是要你们早做准备，比如这房子，"她环视四周，撇撇嘴，"这都多少年了？墙皮要铲，地板要换，这可是大动静，怎么的也得一个半月时间。再就是预订酒席，通知亲友，琐碎着呢。终身大事马虎不得，别等到时候遗漏什么就不好了。"

时间一分一秒过去。蒋月月正掰着手指提条件，黄父在她的抑扬顿挫中打起了盹，黄母双眼紧盯蒋月月丝毫不敢松懈，黄成面无表情，黄成嫂子嗑了一地的瓜子壳，黄河实在百无聊赖伸手也抓了把瓜子。

蒋月月狮子大张口，黄成则一唱一和，黄母终于沉不住气了，嚷嚷起来，她的声音在房子里空洞地回响着。蒋月月很是不屑："伯母，您说的都是哪年的皇历了？要与时俱进，还什么三金？您怎不提当年三转一响啊？现在是五金！除了钻戒，还得千足金的手镯、项链、手链、戒指！"

黄母从没听说过，一脸愠怒，感觉自己被劫了道。

蒋月月看到大家的表情，感叹这家人的观念如此落后："不信？您出去打听打听！"黄母半信半疑，扭头看黄蕊，黄蕊摇头表示自己一无所知，她没关注过这个问题，每次参加婚宴兴趣全在食物上。黄成嫂子基本都懵了，她挺着肚子进的黄家，肚子长得快，结婚的时候没买几件新衣服，其他都从简。想起自己的过往，她不禁心中一片凄然，瓜子都没刚才香了。

黄母抓住蒋月月长篇大论里的一个漏洞发作："什么，结婚后你想住主卧？"

蒋月月愈战愈勇，满脸放光："主卧有个阳台，这阳台两边可以改成衣柜，能放不少衣服呢。您要不愿意让我住那儿，我衣服那么老多，放您屋里多不方便？"她戏谑地一笑，"更何况，主卧是一家之主的位置，您都这把年纪了，该退位了不是？"

正打着盹的黄父偷着笑了，他觉着自己家里的戏比电视上演的精彩多了。

黄母压抑着怒气："我听你这意思，怎么，你还想在黄家当家做主？"

黄成中午汤喝多了，早就想去趟厕所，戏太精彩了他舍不得离开，硬憋。蒋月月真是戏精上身，这口条多顺啊，舌战群儒。他现在觉得替她花的每一分钱，都值！

蒋月月一走，黄母和黄成摊牌："妈想听听你的真实想法。"

黄成认真地说:"我都是真实想法。"这一天闹腾下来,他也乏了。

黄母心都碎了:"我再劝也是白劝,你大哥的状况你也看到了,他们俩当初也是非闹着结婚,我是看在你嫂子肚子里有了才勉强点的头……你嫂子那人品我真不待见,那不是老大自己窝囊嘛!你不同,你也找个这样的!那咱家成什么样了?"

黄成硬着头皮说:"我看哥嫂过得挺乐呵的。"

黄母怒不可遏:"屁话!你看她在家尊贵得跟皇太后似的,扫帚都难得动一下,全部心思都用在描眉画眼上了……"

黄成柔声说:"那是您惯的,月月不会这样不懂事……"

黄母听到这句眼前一黑,孩子这是鬼迷心窍了!她脱口而出:"她更过分,娶这种女人过门还不如娶那个二手货呢!"

黄成觉得初战告捷,心里暗暗比画了一个 V 字。

第 13 章

高飞知道沈心不开心,补休那天特地请她去唱 K 散心。沈心抱着麦克大唱特唱,高飞躲一边发短信。

沈心不高兴了:"你给谁发短信呢?是不是有情况?"

还能有谁,上官那个冤孽。明明没病非装病还执意要动手术,心理不是一般的变态!

沈心总结:"她就是那没事找抽型!"

高飞一指手机:"我让欧阳和她好好谈谈。"

沈心恍然,原来高飞一直和欧阳发短信呢,托上官的福,这两个人可算恢复正常邦交了。

高飞听到沈心的怪笑,知道她误会了,正要说话,沈心手机响起,沈心看了一眼,没接。

高飞明白了:"王健?"

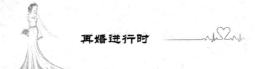

　　沈心烦王建，电话死不接，微信死不回，王健还是找上门来了。她不开门，王健一反常态喊了起来："沈心！我知道你在里面，开门！"

　　沈心怕惊扰四邻，猛拉开门："干吗！？"

　　王健莫名其妙："你怎么喜怒无常啊你，昨天还好好的呢！"他联系不上沈心，以为她又出了什么事，原来好好地在家窝着。

　　沈心堵住门口不让进，一副拒人千里之外的姿态："我问你，我遇到色狼的事你都告诉谁了？"

　　王健一愣："我没告诉人啊？"

　　沈心不耐烦："给你十分钟，你好好想想！"

　　王健真的好好想了想："我真没告诉谁，我就跟我姐说要多注意安全，外面……什么男的都有……"他明白了什么，"她跟你说什么了？"

　　沈心抽筋似的原地蹦起："我真谢谢你了！真有你的，嘴真长，你怎不拿大喇叭满世界广播一遍？"

　　王健懵了："到底怎么了？"

　　沈心："到底怎么了？今天我们单位到处传我昨天被人强暴了！说得有鼻子有眼的，就跟亲临现场似的！"

　　王健急眼了："我姐不是那种人，你胡说八道！"

　　沈心愤怒到了极点："物以类聚，人以群分！就知道你会护着她！哥温——滚！没话跟你说了！"

　　王健大怒，他转身出去，用力一摔门。

　　沈心更怒，在屋里转悠半晌，没地撒气，她猛冲到门前，用力打开，更用力关上。可怜的门发出沉重的叹息。

　　高飞再听到高国庆的声音就跟见了鬼似的飞奔起来，高国庆来三回了，每次不弄走个千儿八百的不肯走，高飞那几个工资，哪经得起这么剥削。

　　沈心有沈心的烦恼："他就那么护着王苹苹！气死我了！"

　　高飞想，这就是割不断的血缘吧，王健不会为了沈心跟自己亲姐姐翻脸，同样，以前她妈一念叨高国庆，自己就暗暗发誓，一辈子都不会理这个人渣。真见着本人了，心还是软了。

　　欧阳乐颠颠地过来，随便带来周遭的瞩目。他坐下之前夹给高飞两个肉包子:"你上午有两台手术,记得多吃点。"

她们医院的包子做得远近闻名,食堂大师傅偏心,刚才她们去买,师傅就宣告包子卖完了。高飞又没能抗拒诱惑,吃了一个,真香。

欧阳走后,沈心悄悄说:"你们的关系可改善不少啊……"

高飞意味深长地说:"我妈教导我,做人要向你学习,如不成为朋友也不该成为敌人,我这不努力化敌为友吗?"

沈心心说,跟我能学什么好啊,还化友为敌,我跟王苹苹这辈子就耗上了!

高飞以为和欧阳的关系缓和了不是坏事,结果下午一出手术室,早已守候在门前的欧阳递过一只暖宝宝。

欧阳声音不高不低,旁边的人都能听见:"你今天是生理期第一天,等会儿用这个敷着肚子再进手术室……"高飞每次生理期就像生死门走过一遭,最疼的时候打过杜冷丁。他当人面说出这么暧昧的话,高飞顿觉恐惧。她怕自己会一不当心,再度回到那种绝望的生活里。

一想到第二天在科室里还会见到他,高飞萌生了请病假的念头,最好是长假。

蒋月月很快推翻了自己亲口提的条件,她要求买房单过,理由是她妈说了,婆媳住一个屋檐下容易起矛盾。这次连黄成都听不下去了,现在这房价,一套房不论新旧,动辄百万,他的钱都投公司了,哪有这闲钱。

蒋月月却说得简单:"首付百分之三十……月供五六千,我想应该没问题!"

黄成说他手上首付的三十万都没有。

蒋月月轻飘飘说了句:"那就借呗!"

两个人争执时,黄母在一旁偷笑,黄父不解地看了她几眼,黄母幸灾乐祸地:"狗咬狗!"

黄成和蒋月月到了楼下继续吵。

黄成气急败坏,事先没说过要买房,她怎么突然就来一下?他觉得戏演过头了,这样一闹适得其反。他妈今天一直顾着吃饭都不搭理他们,他妈不急,就换他急了。他好久没见到高飞了,又不敢去找她,怕被他妈发现了自己的小心思,功亏一篑。

蒋月月理直气壮："你打听打听！现在哪对新人结婚不买房的？"

黄成惊得半天没说话，原来不是她自由发挥，她是"入戏太深"！他半晌才结结巴巴说："你不会真打算着跟我结婚吧？"

蒋月月自有她的盘算，虽然她立志非富豪不嫁，但身边寻来找去哪里有什么富豪，好不容易遇见一个有钱人，人家也没正眼瞅过自己，黄成比上不足，比下还是有余的。

她说："现在我们家上上下下都惊动了，连街坊四邻都知道我找了个老板，已经到这份儿上了，这婚肯定得结！你就偷着乐去吧你！"更重要的一点，蒋月月之前有个备胎，长得比黄成好那么一点，家庭条件还不如黄成，花个钱抠抠索索的，急死人。

第二天一早，蒋月月生拉硬拽黄成去了一家楼盘，指着一套两百多万的房子要黄成下订单。

黄成满心的恨啊，咬牙切齿："我只让你当我三个月的女朋友，没说结婚。"

蒋月月警觉起来："想过河拆桥？"她没拿黄成之前的话当真，她对自己的魅力有信心，黄成抵御不了，他说做他三个月女朋友，不过是"努力"想接近自己的理由，她和她妈都这么一致认为。

黄成指着沙盘宣告："我的意思是，两百多万的房子根本就不是我这种人买的，你啊，该找的那大款什么的，我差距太大，满足不了你的要求！"别说没有，他就算真有钱，也肯定全投到公司里，他还年轻，没到享乐的年龄。

蒋月月以一记响亮的耳光结束了两个人非比寻常的关系。

高飞这段时间老想起红军长征那段艰难岁月，头上敌机轰炸，后面白匪追击。

她除了应对单位的大小事儿，还要躲避欧阳的无微不至，躲避高国庆的盘剥，回家还要应付她妈，这日子没一刻消停。

高国庆再度成功拦截了她，一迭声地呼唤着："菲菲！菲菲！你别老躲我啊！"

小时候，她叫高菲，大家都唤她菲菲。父亲跟人跑了，母亲便将她的名字改成"高飞"，她失去了父亲，同时也失去了这个名字。

高飞心火上升："告诉你高国庆，你甭想再从我这里拿走一毛钱！！"

高国庆被她吓一跳，连连后退，但还是不打算离开，唯唯诺诺的样子显得很可怜。

高飞吼道："我不欠你的！"他的纠缠以及他显现出的可怜都伤害了她。

她悲愤交加，所有的痛苦过往涌上心头："我七岁时你就跟一女的跑了！当时你卷走了家里所有存款。从记事起你没有送过我上学，没接过我放学，没参加过一次我的家长会！同学欺负我的时候我不能吓唬他说回家找我爸揍你！老师问起我父亲，我告诉他你死了！你没带我去过医院，你没给我买过一颗糖一支笔，我结婚的时候你也不在场！高国庆，你在我眼里就是个死人！你现在为什么来了？为什么还好意思找我要钱？你凭什么？人不承担义务就没有权利！就这一个礼拜你找了我三次，这一个月里我前后给了你六千，六千啊！我一个月扣除五险一金才挣四千多，你装副可怜相就轻松拿走我累死累活大半个月的工资！我再也不会心软，再也不会给你一毛钱！"

高国庆像被斗败的公鸡，头也不回，逃也似的飞跑了。

不知何时黄成出现在她面前，她这才发现自己泪流满面。

黄成天不亮就候在医院门口，想远远看高飞一眼，中间他打了个盹，醒来看到她站在马路牙子上哭。他不知道发生了什么，赶紧上前来看看，高飞抽泣个不停，身子控制不住地颤抖着："我这副样子不能让我妈看见……"

黄成安慰说："那就在外面多待会儿，让老人担心是不好。"

提起老人，高飞想起了黄老太太，赶紧抹泪说："你回吧，不用陪着我。"

黄成轻声说："我喜欢陪着你。"

高飞听见了，两个人沉默了很久。高飞终于忍住了哭，问了句："听说你要结婚了……"她希望不是上次遇见的那个女人。他是个好人，值得更好的。

黄成小心看了她一眼："算是，也算不是。我最近是在操心结婚的事，但不是真的，我找那女的，就是想气气我妈，我知道，我妈做什么都是为我好，可她对你太过分，我就是想让她见识一下现在世界上还有那样的女孩，省得她老跟你过不去。"

高飞理解："做父母的都这样。"

黄成羞愧地说："我知道，我妈找过你好几次麻烦。可我就认定你了，你要同意咱就结婚，你要是不同意，我就等着你，我快四十的人了，也不在乎多等十年八年的。"她突然有点感动，这个苍茫世界，有个人等着自己，就像夜深家中亮的那盏灯，或许不够明亮，但让人有些微的希望些微的暖意。

只是，她不值得任何人等，她早已千疮百孔，从七岁开始。

超市打折，沈心不失时机地采买了大包小包零食，她在家要么点外卖，要么就用零食代餐，厨房里的抽油烟机烟道里都住上了一窝鸟，每逢天晴能听到鸟一家子聊得火热。

远远就看到王健靠在摩托上等她，她若无其事地吩咐道："愣着干吗，赶紧伸把手！"

王健赶忙上前将所有东西全接了过去，沈心到家后支使王健放下东西，自己舒舒服服倒进沙发，吩咐对方："帮姐姐倒杯水，不要凉的，不要烫的！"

王健有点不服："你自己没手？"

沈心直起身，惊奇道："咦？你怎么没有一点要道歉的态度啊？"

王健看到零食就气不打一处来："你这人有没有良心，我都气得一天没吃东西，你还这么能吃？"

沈心指点迷津道："人要学会化悲痛为饭量！你太小，慢慢学着点。"

沈心将食物打开分给王健，王健一把全抢走，梗着脖子："都是我的啦！"

沈心哼了一声："多吃点，多吃点才有那力气闹别扭！"

生命苦短，她不想用来生气，做朋友也好做哥们也罢，且做且珍惜吧，她很明白，这样快乐的日子不会长久。

黄成则一大早就到高飞家楼下候着了，这几天天降温了，但黄成心里热乎。

高飞犹豫了片刻上车，昨天黄成送她回家路上她接秦主任电话，通知她今天一早大手术，预计要做七个小时，挂了电话黄成就说，这么长时间哪熬得住，我明早给你送吃的。他递给她一个饭盒，里面满满一盒饺子。

黄成边开车边说："这是我妈昨天包的，我一早煮的，你尝尝。"他特地掐好了时间，抢在他大哥一家来到之前"夺食"。

高飞塞进嘴里一个，眼睛放光，一面吃一面对黄成竖起大拇指。

黄成比自己吃了还高兴："好吃吧？想天天吃吗？我给你找一个兼职，管吃管住月入五千以上，愿意不？"

高飞嘴里嚼着吃的，口齿含糊："我有工作呢！"

黄成循循善诱："不耽误你工作！你工作之余，住我家，我挣的钱都交给你……"

高飞狐疑地用手指着他："我一直觉得你挺老实的，怎么发现你有点油嘴滑舌！"

沈心撞见黄成送高飞上班，大受刺激。她一交接完班就奔外科了，一脸"你摊上大事"了的表情："我说高飞，你这状况太不对劲，不是受了什么刺激吧！？"

高飞心安理得："我真觉得他人不错……"她进电梯，沈心忙跟进，刚要开口发现欧阳在里面，她赶紧闭嘴了。

欧阳对她们露出笑容，欧阳盛情邀请："你今天忙完了我们一起吃饭吧？我一朋友送了几张餐券，离这不远。"

沈心悲痛欲绝地看着高飞，欧阳的灿烂笑容让高飞有种莫名的负担感，她赶紧按了电梯最近一层。

电梯一停高飞就下了，欧阳正打算跟上和她商量晚上吃饭的事，沈心拉住他一指楼层标识牌，上面写着"妇产科"三个字。

沈心小心打探："你俩现在怎么样？"

欧阳自信满满："一切正往好的方向发展呢……曙光在前方！"

沈心顿时两眼发直，心说高飞啊高飞啊，怎么办，我可帮不了你了。

高飞出医院大门后下意识地看了一下路边，果然黄成的皮卡准时停在那里。

高飞刚要走过去，一辆轿车过来抢先拦在高飞身前，是高飞一名刚收的病人，戴副眼镜，据说是个什么公司的总，眼镜男不由分说对高飞殷勤地拉开车门："高大夫，走，吃饭去！"

高飞赶紧一指黄成："抱歉，我约了人！"

男子回头看了黄成一眼，两个人彼此认出对方，原来这个眼镜男就是黄成之前放鸽子的那个大客户，双方的神色都不太友好。

饭后高飞要回去加班，黄成直奔高飞家，高母看见黄成不觉露出一脸慈祥："今天怎么有空来了？"

黄成郑重说:"我今天来是想跟您说,我想和高飞结婚。"他觉得高飞终于不讨厌他了,他得赶紧进一步。婚姻大事和开公司做项目一样,看准了,就得当机立断。

高母看了他几眼,脸上依旧波澜不惊,只问他:"她怎么说?"

"她没拒绝……"黄成内心对高飞她妈充满了佩服,老太太说话总是直奔重点,高飞的确没拒绝,但也没同意,更没像蒋月月那样开始憧憬物质条件。

高母思忖片刻,一板一眼说:"我们家状况你多少知道点儿,高飞打小没了爹,我呢,工作忙,对她没怎么照顾过,她身子骨弱,脾气又偏……"高母不打算告知高国庆的事儿,很老到地将丈夫的抛妻弃女变成"没了爹",到底怎么没的,随黄成自己琢磨。

黄成真诚地说:"您放心,我会好好照顾她。"

高母想了想,问:"如果你和她结婚,我希望,不论发生什么事你要充分信任她……"

黄成用力点头,如果真能跟她结婚,他当然会信任她,何止信任……

高母觉得黄成还算适合高飞,他是正常家庭长大的孩子,对家的概念很清晰,但她提醒他:"她对家事不擅长,一同生活起来困难估计不少。"

黄成赶紧表决心:"我做给她吃。"

高母摇摇头:"那也不是长久之计,有机会你多教教她,给她时间适应。"

黄成很干脆:"行!"未来的岳母不愧知识分子,只要求他教,并不要求他包揽所有家务,看看岳母就能知道高飞会是个通情达理的好妻子。

高母想起个重要问题:"你家里对你们什么态度?"

黄成含糊其词:"我还没来得及跟他们说……"

高母犀利地看了黄成一眼,黄成心里顿时一哆嗦。

高母脸色微带愠色:"高飞这种状况你家里估计不太乐意。"

黄成慌了,急忙表态:"结婚是我自个儿的事,我会慢慢说服他们……"

高母看了他一眼,并不看好他的"说服"能力,突然说:"你们结婚后就住我这里。"

她的口吻不容置疑,黄成忐忑起来,上门女婿?他还真没考虑过。

高母思忖道:"就高飞那个性格,不可能和婆婆搞好关系,与其双方难受还不如保持距离,你意思是?"

黄成明白她的犹豫，他妈的确不好相处，之前闹得够过分了，如果等他妈答应高飞早就飞了："成，听您的！"

儿子最近说想吃饺子，黄母头晚赶着包了好几屉，早上进厨房的工夫满满一盘快三十个饺子不翼而飞，黄母觉得儿子有点怪。黄成打小不吃独食，多好吃的，都会留点给其他人，不像黄河那两口子。

饺子当然被黄成孝敬给高飞了。高飞问黄成和她妈谈得怎么样，当年欧阳提亲的时候她妈是拿电熨斗赶欧阳出门的，那叫一个惨烈。

黄成小心翼翼告诉她："伯母要我们结婚后住你们家……"

高飞大吃一惊："你不会答应了吧！？"她想结婚的最大动力是逃离她妈，第一次婚姻是，这次婚姻还加上一条，逃离欧阳，她不能再这样下去了。

高飞的反应大出黄成意外："我要不答应，她万一轰我出去呢？我不前功尽弃了吗？"

高飞对他的懦弱感到失望："可你也不能就这么答应啊，你该跟她说回去和家人商量商量。"

黄成似乎有所发现："你好像不喜欢你妈？"

高飞叹了口气："也不能说不喜欢，就是特怕她，从小就怕。"

黄成想了想："那我再和她说说？"

高飞犹豫："先不急吧，八字还没一撇呢，你和你家里提过没？你妈一直都挺讨厌我的，别让她受刺激。"高飞这么一说，黄成的心又提起来了。

沈心听高飞说打算和黄成结婚，一脸无助："欧阳知道吗？"以她对高飞的了解，高飞心里还有欧阳，而欧阳也明确表达了自己对高飞的感情，她无法想象欧阳知道高飞再婚会做何感想。

高飞表情不明朗："这和他没关系。"

沈心觉得有些话她都没法说出口："你，你爱黄成吗？"

高飞非常坦率："不爱！"她也是这么告诉黄成的。

沈心惊讶地看着高飞，高飞半点开玩笑的意思都没有："跟你说过了，我得找个不让我心痛的！"

"你怎么就看上他了？他有什么优点说给姐听听。"

高飞掰着手指说："他人老实、热心、不招女人、长得可靠……"

沈心明白了："他就是欧阳锦程的反义词！高飞，别怪我没提醒你，你

婚前必须和欧阳报备一下。否则，咱俩别做朋友了！"

早上充沛的阳光从玻璃外投入，欧阳边走边翻着病历。他将听诊器随意搭在脖子上，像佩戴着勋章，因为什么他蹙起了眉头，他停下步子来。高飞远远看着，他更像从画报上走出的风衣模特，不属于这个现实世界，更不属于自己。她注视着他，心中默念着：我要结婚了，你也一定会找到属于你的幸福。这话如此虚伪，虚伪到让人难以启齿。

她正要上前，一身红袄的上官飞燕突然出现，上官从后面捂住了欧阳的眼睛，甜甜说："猜猜我是谁？"

她的出现让高飞确认，自己嫁给黄成的决定是正确的，她再也不会心痛了。

沈心约了高飞逛商场，黄成有幸陪同，以前欧阳也会参与她俩的逛街，但沈心从没觉得这么难受过。高飞生性不爱买，全程都是沈心欧阳一唱一和撺掇着她添置衣服，黄成走在旁边完全没有丝毫拉动 GDP 的企图。

沈心看中了一件粉红羊绒外套，使劲怂恿高飞换上了，高飞站在镜子前，很不自信地说："这颜色有点怯啊……"

沈心使劲鼓掌："真好看！"

黄成上下打量高飞，第一次看她穿粉红色，整个人焕然一新，他由衷地说："好看！"

高飞一翻标签,吓住了,赶紧回更衣室去了,沈心问售货员："多少钱？"

售货员笑吟吟说："打完折七千二，今天做活动，我们还赠送一件价值一千的打底衫……"

黄成怎么也看不出这衣服值这个价，沈心淡淡地说："哦，有点小贵。"黄成的反应在她意料之中，这个男人挺拿钱当回事儿的。

高飞将衣服还给了售货员，对着镜子梳理弄乱的头发，从镜子里意外地看到上官拖着欧阳也在逛。

欧阳看到黄成和高飞在一起，他心里猛地一沉。

上官一眼看中高飞试过的那件衣服："把那件衣裳取下来给我看看。"

售货员不失时机地询问高飞："您要吗？"

高飞忙摆手说，黄成见状忙说："包上，我要。"今天别说七千，就是七万他也不能让欧阳抢了先。

晚上，王健看见沈心大包小包走进餐厅，佩服得五体投地："你不是陪高飞买东西吗？"

沈心顺带也添置了当伴娘的衣服和鞋，还有化妆品。

沈心闷闷不乐："老黄花了七千送了高飞一件衣裳！"沈心明白黄成是赌气而为之，但当时欧阳脸就绿了。高飞绝不是那种花男人钱的女人，她如果接受了这么贵的礼物，两个人的关系肯定非比寻常。

王健误解了沈心难过的原因："在你心中，感情是用钱来衡量的吗？"

沈心想了想："花了钱未见得真在乎，但不肯花钱证明肯定不在乎！"

两个人几杯酒下肚，沈心两眼开始发直："其实，我是个坏人。"

王健以为她指的金钱观："说说看，我党的政策一向是坦白从宽。"

沈心吞吞吐吐起来："我有一同学，关系不错，她老公和她感情挺深的，我觉得她老公人挺那啥，我就那啥啥，然后吧……你懂吗？"

王健默默喝着酒，没插话，沈心继续艰难地说："后来吧，他们就……可是我吧……懂吗？"

她也不知道胡言乱语了什么，王健却了然于心："你到现在还喜欢高飞的老公吗？"

沈心满脸震惊地呆望着他，她以为他啥都不懂，其实他全都明白。

王健笑笑："我见过他。"欧阳曾以为王健是高飞的朋友，后来遇见过几次他和沈心在一起，欧阳的脸色即刻阴转晴。但每次沈心听到欧阳的名字的时候那份纠结，傻子都能看出来。

王健看到沈心一脸愧疚，后悔自己不该说破的，沈心喃喃道："我好几次想跟高飞说，可怎么也说不出口……她老公为我一晚上没回家，我和她……是最好的朋友！我恨死我自己了，一辈子都恨……你是不是觉得我特虚伪？"她像溺水的人抓住了一根稻草，求助地看着王健。

王健心疼地说："就你这样的，能干出什么坏事儿？你好好想想，人家离婚跟你有什么关系？我说句话你别不爱听，这俩人就该离，他们不合适！"

沈心惊讶地看着他，她第一次听到这种观点。

王健说："欧阳那种人就不可能老老实实守家里，你那闺密又特在乎这点，这俩人太矛盾，一起过特辛苦，早分开早好，你就别庸人自扰了！"他希望能解脱她，从情侣变成朋友就够窝囊了，现在他还得像个神父来告解她。

我们呢？他不止一次想问她，两个人的差异不仅仅是年龄，她对于他们的分手并不痛心，她对他太豁达。他不止一次想，如果他一直不来找她，她会来找他吗？他没把握，一旦终止联系，她很可能会忘了自己，就像他从来没存在过。

第 14 章

黄成和高飞提过几次去拿证，高飞都断然否决了，黄家不点头她也不可能和黄成有什么大发展。黄成都快愁死了，虽然他很清楚在高飞和蒋月月之间他妈肯定选高飞，但如果真刀真枪要办事了，他妈肯定又做妖。

高飞经过病区的时候，那个眼镜男又朝她走了过来，他虽然出院有段时间了，还老缠着高飞要请她吃饭。高飞知道这人离过三次婚，他住院的时候三位前妻都来陪床，照顾得无微不至。他听说高飞离婚了，对她的殷勤透露出别有用心，所以高飞都尽量避开他。

眼镜男拿出了与年龄极不相符的撒娇口吻："你不也跟黄工吃饭了嘛，我今天请你，不去就太不给面儿了。"

高飞一身鸡皮疙瘩，赶紧声明："他是我男朋友啊。"

眼镜男一脸质疑，高飞苦笑着说："你看我样子像骗你吗？"

眼镜男酸溜溜地说："就他，不着四六的主儿？"

"他怎么不着四六了？"

眼镜男语带炫耀的表情外加嫌弃："之前给他一工程，两百万啊！多少人哭着喊着要跟我签，那天眼看就要签字了，他突然接一电话字都没签就跑了，你说有这么不靠谱的人吗？"

高飞一脸不信，眼镜男急了："真的，他当时还扯理由说家里老人病了什么的，谁信啊！"

高飞正欲转身离开，忽然想起些什么，追问道："那天几号？"

高飞一见了黄成就问他："我妈住院那天是几号？"

黄成丈二和尚摸不着头脑，过去那么长时间了，突然一问，谁记得啊。

高飞提示他："你那天和人谈生意的？"

黄成奇怪她怎么知道这个："是啊。"

高飞表情极其不耐烦："是一个两百万合同吗？"

他默认了，回问她："你怎么知道？"

高飞深深吸口气，一脸凝重："也就是说，你为了我妈放弃了一个大订单。"

黄成摸摸后脑勺，实话实说："也不能这样说，那个工程我接了也觉得勉强，利润不高，施工难度也挺大，我这人不爱冒险……"

高飞质疑："不是都要签合同了吗？"

"是！我当时接电话就出去了，没想过客户会因为这个生气了。"

高飞想了想，突然说："明天你有空吗？"

黄成猝不及防："明天要去工地，你有什么事？我看情况……"

高飞很干脆："明天我正休息，你要有时间我们就去领证。"

高飞问她妈要户口本，高母心里跟明镜似的："真要和他结婚？"

高飞已经下定了决心："嗯，明天去拿证。"

高母也很干脆："行，我等会儿给你。"

高飞看了看她妈的脸色，鼓足勇气说："还有件事儿，我跟他结婚后想出去住。"

高母一听，立马变脸："不行！黄成怎么回事？说好的又变卦了！"

高飞忙撇清："跟他没关系，他妈要是不接受我，我们就先租房子住着，和您住一起不合适，不过我会勤回来看您。"

高母语重心长地告诫女儿："这婆媳关系有多难处是古今中外都解决不了的难题，你这个性处不好的，到时候翻了脸，再搬出来就晚了，我是替你着想，懂不？"在她眼皮底下，黄成的脾气肯定能盘顺，虽然黄成实在，其实比高飞还执拗。

高飞哪懂她妈的苦心，低声说："我懂，我会处理好。"

高母知道她又犯犟了，"呼"的一下起身，一脸恨铁不成钢："你没那个能耐！"

高飞斩钉截铁回答："您放心，绝不离二次婚！"

黄成和高飞从民政局出来，黄成手捧两个小红本，不停打开看。照相的瞬间黄成眼睛稍微眨了下，显得色眯眯的。拿到了证儿，他这才将心完整放回了肚子里，想起认识这大半年没有一天省过心，本指望二人关系得到法律认证了，想和高飞稍微"亲密"一下，结果高飞挡开他的毛手毛脚，要跟他约法三章。

"一、你跟你妈说清楚，最好婚后还是住你家。"高飞想过租房，现在房价涨了，房租都不便宜，目前住黄家是最好的选择。当然，他们最终还是会买房单过的，当时她不知道自己又天真了。

"二、我妈年纪大了，我得多回去看看，有时间你就陪着我回去。

"三、我单位事多，下班有时没点儿，你不能没事就打电话到我们科室，更别有事没事到科室找我，让人笑话。"

高飞一口气说完了，黄成一直点头如捣蒜，高飞问他："我就这么些了，你有什么要强调的？我们先丑话说在前面。"

黄成就一条要求："无论什么事儿，你都不能提离婚。"

黄成回家后，也不说话，将结婚证悄无声地放饭桌上了。头天晚上找他妈要户口本时他妈推三阻四的，是他爸给找来的，当时他妈的表情如丧考妣。

第一个打开结婚证的是他妹妹黄蕊，黄蕊马上明白过来，原来前面都是烟幕，全家都被他骗了。

黄蕊问过黄成高飞之前为什么离婚？

当时黄成一脸莫名，反问她："她为什么离婚跟我有什么关系！"

黄蕊用完全陌生的眼光看着哥，二哥是这个家里待她最好的，她没考上大学，是他帮她交学费上夜大。现在，哥完全被那个大夫给迷住了，都不能正常思维了，黄蕊挺难受。

高国庆守在医院门口没逮着高飞，遇谁找谁借钱，欧阳碰到了，将他带到馆子里吃饭。欧阳先以为高国庆是高飞一亲戚，发现是她亲爹，心情也挺复杂。高飞没见过欧阳爹妈，欧阳没见过高飞亲爹，一直都以为这人死了，现在看到还魂的前任岳父，欧阳理解高飞为什么从不提她爹了。

欧阳给高国庆倒上酒，高国庆一口抿了，他不知道面前坐着的是他前任女婿，只道他是女儿同事。

高国庆打开了话匣子："她妈不知道你见过没有，精明、厉害！她只要拿眼一瞟我，我就抖。"

欧阳乐了，他俩有共同语言："那你为什么和她结婚？"

高国庆感慨道："我们那时兴介绍，双方觉得都过得去，就结了。"

欧阳问了一个高飞都没问过的问题："您这些年人都在哪儿？"

高国庆说："我在江苏给人帮工，一晃几十年就过去了……现在年纪大了，干不动了，就回来了。"高国庆吃完喝完，欧阳爽快地借了两千给他，嘱咐他以后有困难就来找自己，高国庆千恩万谢地走了。

欧阳一夜没睡好，不断做噩梦。他记得第二天是高飞的白班，一早到了病房却发现是老周在查房。原来高飞请了假。欧阳有种说不出的心神不宁。

沈心看到高飞微信发来的结婚证后一直有种不真实感，又婚了，这么快？和欧阳离婚才刚半年，她一直幻想着他们会复合。

高飞接电话时听到那边沈心的抽泣声。

沈心的鼻音很重，想必已经满脸是泪："现在我要告诉你一件事，你千万别打岔，一定让我把话说完，欧阳一夜未归那天晚上……"

高飞觉得很冷，她紧紧缩成一团，她仔细听沈心说完，没打断她。

她不知道事情是这样的，她不知道的有很多，但知道与否，重要吗？如果他一直坦坦荡荡的，他们不会走到现在这步。

沈心如释重负："我全说完了。"她在冷风中瑟缩着，等待高飞痛骂她一场，王健在一旁担心地看着她。

高飞温和地说："知道了，不早了，你赶紧回去吧。"知道与否都不重要了，她结婚了。

沈心愣住了，王健伸手取她的电话，沈心不肯撒手，对着电话喊："你不相信我？我说的都是真的。"

高飞自作聪明道："我还不知道你，这些话是欧阳拜托你说的吧？"她松了口气，这下欧阳知道她的婚讯了，自己就不用特意去告知了。从来都没有一项规矩说再婚必须通知前夫的，她不明白自己怎么那么纠结。

沈心急得跳起来："我说的都是真的！"

高飞长叹一声，声音低得如同梦呓："就算你说的是真的也没什么。因为他这人……他从来只顾自己的感受，根本不关心别人死活，他不需要有家庭，他其实就是一个没心肝的人。"

高飞挂了电话。沈心呆举着手机，王健将无助的她紧紧搂住，沈心在他肩头放声大哭。她从没如此沮丧无望，这个世上，她最爱的两个人永远分开了。

外面阳光普照，高飞独自坐在房间的暗处。

她无声哭着。她想，这是她最后一次哭，以后再也不会为任何人哭了。

黄母看到结婚证哭了一宿，她既庆幸儿子没有娶那个拜金女，又伤感儿子心里始终放不下那个离婚女。她擦了把眼角的泪，决定面对现实："她到底几个月了？"不管高飞如何否认，这都是她能想到的唯一可能，否则儿子没必要这么着急上火地拿证。

黄成如履薄冰，他妈既然存有执念，他不敢轻易打破，在黄母看来这就是默认了。

他妈长叹一声："算日子都快出怀了，既然拿了证，赶紧办婚礼，省得到时人笑话。"黄成实在忍不住了："哎！出啥怀啊……"

不等他解释，他妈厉声说："我告诉你成子，我可是看在我未来孙子的份上才答应这事的，否则，她前脚进门，我后脚出家去！"

黄成懒得澄清，等正式办事后高飞肚子里很快会有黄家的孙子。

黄母不安地打量着家："破破败败的，你赶紧找人弄。"

黄成故意哪壶不开提哪壶："对了，您是想住主卧还是次卧？"

高飞翻找着单位的抽屉，她又忘带手机了，她想她这辈子都习惯不了这新鲜事物。究其原因，她没有找别人的习惯，凡事习惯了一个人扛。

欧阳将她的手机默默推到她面前，若无其事地问："吃早饭了吗？"这么些年，他习惯了帮她收拾忘掉的零零碎碎，习惯了提醒她这个那个。

乍见到欧阳她突然心生愧疚，忙将手机胡乱塞进口袋。

欧阳见她不语："问你话呢。"

高飞结巴起来："吃了。"

欧阳问："昨天去哪儿了？我找了你一天。"

高飞鼓起勇气，对他说："我要结婚了。"

出乎意料的，欧阳异常平静："哦，和谁？"

高飞稍稍放心了些："你们可能见过的，姓黄。"

欧阳"哦"了一声就走了，反而是她愣在原地。他很平静，她调整着自己的呼吸，她应该感到轻松，可为什么没有丝毫轻松的感觉？

这个时候黄家正在进行搬家式大扫除，准备迎接高飞母女的到来。黄蕊忙乎了一整天，连口水都没喝，不禁心生怨气："不过吃顿饭，俩人而已，你弄这么多干吗？第二天全变剩菜！还不如上餐馆吃，又省事又体面。"

黄母得意起来："这里面的窍门你是不会懂的，按规矩，这结婚啊，男方父母先要上女方家提亲，那是要送上什么三金还是五金，什么酒席礼金上门礼，得花不少钱……我请她母女上门吃饭，那就是女方先上门，那套礼节不就自动废了吗？"

黄蕊惊讶地看着她妈："您真是诡计多端啊，妈！"她看看厨房里的瓶瓶罐罐，自我安慰着，"我现在只愿新嫂子过门后我能不能从这些劳役中解脱出来，别到时我还得多做一人的饭！"

黄母狠狠剜了黄蕊一眼："别做梦了，她怀着我孙子，她暂时就是咱家的佛，先供着吧，等生产完我再慢慢调教她！"

黄蕊不无怀疑："有可能吗？大嫂从进门到现在您也没调教出来！"

黄母说："人家总比那拜金女强几分吧？"

黄蕊倒是不乐观："那是！不过，我觉得拜金女头脑简单，眼光短浅，新嫂子嘛……大嫂一直说她有心机，原先我看不出来，现在一回想，可不是！您再怎么反对，她不也堂而皇之地进门了……"

黄母一下子愣住了，心里顿时苦涩起来。

黄成将高飞母女准时接到家，满满一桌菜大家都不动筷子，气氛尴尬。

黄母提出年前就把事儿办了，说话的时候她故意盯了眼高飞的肚子，高母却不买账。

高母幽幽地说："心急吃不得热豆腐，我看您这里，"她看看四周，虽然收拾得很细致，但处处暴露出这房子的年龄和衰老程度，"这弄起来可是大动静，现在的装修，完事后至少要敞个半年才能住，更环保，估摸弄完得一年工夫呢，您说是不是？"

黄母糊涂了，女儿大肚子了这娘家人都不急？她怕听错了："一年？"

黄成忙插话："伯母，不需一年！我就是做装修的，保管使的环保材料，一点儿味儿都没有！"

黄父赶忙招呼："吃菜吃菜！这鱼是我老伴的拿手菜，您尝尝？"

高母礼节性夹了一筷子："唔，是不错……"她就夹起了比鱼刺宽不了多少的一丝丝，黄母看得目瞪口呆，她干咽了口唾沫，道出自己存心底的疑惑："打听一下，小高的父亲……"

高飞一惊，黄蕊敏锐捕捉到了高飞的慌乱。

高母早有防范，放下筷子长叹道："唉，走了！"

黄母有点摸不着头脑："走哪儿去了？"

高母扫了黄母一眼，对她的穷根究底印象深刻，高母不慌不忙地说："提起这茬我就伤心，突然就去了！那年高飞才七岁，留下我们娘俩……"她擦拭着干巴巴的眼角，"都不知道怎么活才好……"

气氛陷入莫名其妙的感伤中，黄父赶紧阻拦了黄母的好奇心，高飞被母亲的演技彻底折服。什么叫表演，就是不动声色润物无声，就是她妈这样老谋深算，一个眼神便教樯橹灰飞烟灭。

饭后，上了红茶，黄成说高母喜欢红茶，他特地去买的。吃的菜确实油腻了，高飞有点恶心，轻捶胃部，黄母看在眼里，眼角弹出喜色。

黄母寒暄着："饭菜还合胃口吗？"

高母毫不客气："我说句大实话您别介意，油搁太多了，您有空多看看报纸健康杂志啊什么的，这油可不能吃多，脂肪肝高血压高血脂，特别是你们这年纪，特别要注意……而且，盐也多了，吃多盐身体负担重，还是味道清淡点对身体好！"

黄母有些不悦，黄成忙说："是、是，您是专家！"

黄父对黄成这奴颜婢膝的样子有点看不惯，帮老伴说出心里话："菜淡了倒容易，可大家都不爱吃。"

高母的话却带着权威感："那就少吃点菜，中国人的饮食习惯不好！其实吃个七分饱就可以了。"她的意见提完了，却又假装不好意思，"你看，我就这个专业习惯，让你们见笑——还是回到今天的正题上吧，我呢，从来不计较什么礼节规矩的，结婚，那就是两个人的事，我们做长辈的，跟着一块儿乐呵乐呵就行！"

这话深得黄母的赞许，将之前的不快也欣然放下，高母话锋一转："不过，入境随俗，国情如此，民风如此，我们就不要擅自更改了，俗话说抬头嫁女，我今天就厚着脸皮说说了——"

黄成和高飞不约而同有种不祥预感，俩人彼此对视了一下，心中寒风一凛。现在黄成明白高飞说从小怕她妈是什么意思了。

"您家里这房子还真不富裕，再怎么装，总不能装出个三室两厅去，我们家虽说不大，但住三个人还是蛮宽敞的，其实黄成住到我家皆大欢喜，老姐姐，您说是不是啊？"高母慢悠悠地吹去茶末，这茶要泡过三次才出味。今天这个会晤挺长，她昨晚补了觉，为的就是精力充沛应对这个局面。

黄母当即变脸，强忍住嗓门："这恐怕不合适吧，那不成了入赘吗？"

高母嘴角牵起一丝笑意："怎么不合适？我听黄成说您大儿子不就是入赘吗？都什么年代了！还管那些陈规陋习干什么，怎么舒服怎么来。"

黄母脸沉得可以掉下冰碴子了："我大儿子主要是为了腾地方给二儿子结婚……"

高母并不戳穿黄母的谎言，见汤下面，迅速接上话尾："就是这个话！当妈的都心疼小的，黄成要是住我家，您大儿子正好可以搬回来，这不是一举两得吗？"

黄母头一天完成了各种重体力准备工作，晚上迷糊了一小会儿，第二天天不亮起来炖汤准备午饭，即便她有高母的充沛精力，也没有她那举重若轻的姿态。高母一走黄母在厨房里就开骂了："知识分子，那就是个屁！假清高！"

黄成虽然觉得这顿饭吃得那叫一个难受，但一想到终于把日子确定了就满心欢喜，高飞却疑虑重重："你妈今天怎么老盯着我肚子？是不是她还误会着？到底跟她说清楚没有？黄成，我怎么感觉你在糊弄我？"

她几次三番要黄成跟他妈解释清楚，黄成都答应得爽快，现在她有点信不过他了。

高母回家后也不洗漱，戴着老花镜读报纸，高飞说："您早点歇着吧，今天够累的啊。"今天在黄家的三个半小时，比她二十四小时白班连夜班还累。

高母拉长声调："我用脑过度，得归整下心情。"

高飞有点好笑："您今天又不是会诊又不动手术，怎么个用脑过度？"

高母放下报纸，脸上浮现出轻蔑："你这个未来婆婆啊，可够你喝一壶的。我今天可长见识了，典型的小市民，对她有利的，笑得一团和气，我一开口提条件，她手直哆嗦。"

高飞不解："您今天真奇怪，干吗跟她锱铢必较？"

高母得意："我故意的，她想欺负你二婚，故意压价，不地道！我偏要坐地起价，你知道凭什么吗？"高母向来对金钱物质都看得很淡，但如果别人想占便宜，她偏就寸土不让。

高飞没好气："知道，您欺负黄成老实！"她妈看穿了黄成迫不及待娶老婆的心情，所以不慌不忙，慢条斯理，什么"一年以后"，都是针对黄母的手法，还别说，这俩老太太算是杠上了。

高飞洗漱完回到自己卧室，又开始心神不宁。她今天一直都这样，也不知道是因为胃病发了引起的，还是事儿太多心理承受有限。

床头上放着手机，那部欧阳买给她的手机。马上要结婚了，前夫送的手机再用着是不是不太合适啊？

手机突然响起，铃声在静夜里显得格外刺耳，发现是欧阳电话，高飞出了身冷汗，好半天她才勉强接听。

欧阳在电话那端怒吼一声："你来真的？"他直到现在才回过味儿来，高飞不是随口说说，她是领证了！

高飞咬紧牙关："是的！"所谓杀敌一千自损失八百就是这情形了。

欧阳的声音几乎震穿她的耳膜："你是我老婆！"

高飞忙将手机拿得离自己远了些，斩钉截铁地说："以前是！"

他的声音突然变得冷酷："你会后悔的！"

"我不会！"高飞坚定挂了电话，站在原地半晌没有动弹一下，握着手机如同握着手雷。

第 15 章

沈心得知高飞下月八号就举行婚礼，还来不及伤感，先怪叫一声："糟糕！八号那天我正当班！"

高飞不高兴了，她和欧阳结婚的时候沈心就没去，这次又是。

沈心也觉得不妥，忙安慰说："没事儿，我找人换班……放心吧，我连伴娘服都自觉准备好了,对你的幸福我有保驾护航的义务,绝不放你鸽子!"

　　谁知运气不错,正好王苹苹有事要找沈心换班,沈心立刻热情答应了,一举两得。

　　脑外护士长在忙着收"份子"钱,以前结婚生子的份子钱都是十块二十块,后来一路上涨,时下最不济三百块。这些年,工资没涨,份子钱翻倍,大家都觉得多结几次婚也不失为一种致富新思路。

　　小美一面掏钱一面抱怨:"怎么收这么急?不是下月八号吗?这还有一个月呢!"她看中了一支唇釉,正预备出手的。

　　护士长很体贴地说:"这不是怕你们到时候手头紧张吗?"

　　一名胖护士嘟囔道:"再紧张也不在意这仨瓜俩枣的吧?"

　　欧阳夹着病历走来,见她们凑份子钱,便从上衣口袋掏钱:"份子钱多少?"

　　护士长下意识答道:"每人三百……"欧阳掏钱搁在桌上,转身离开。

　　小美护士低声问:"高大夫给他下了请柬吗?"

　　护士长吞吞吐吐:"没呢。"

　　小美护士惊讶:"你干吗不和他直说?"

　　护士长一脸尴尬:"我说得出口吗?"

　　欧阳手里拿着高飞的手机在发呆,正好高飞进办公室,一见欧阳条件反射想退出去,欧阳叫住她:"你手机又忘了,最近你老魂不守舍的。"

　　她不接,欧阳奇怪地看着她,高飞撒谎说:"我用不惯手机,还是你自己留着吧……"

　　他看穿了她的谎言,生气了:"啥意思啊?"

　　高飞不敢看他的眼睛,但仍固执到底:"我真不需要。"这是他买给她的,她没有必要留着了。

　　欧阳突然将手机摔在地上,高飞吓了一跳,迅速走开。室内静悄悄的,只有时钟"嗒、嗒"的走动声,如同心碎的声音。

　　欧阳将手机捡起来,手机看上去结实,没想到一摔就坏。

　　婚期还有一个月,结婚的琐事千头万绪,高飞忙得晕头转向。高母嘱咐沈心把关,沈心遵嘱特地准备了一个记录本,上门用蝇头小楷记得密密麻麻，事无巨细都一一过问。

高飞对她解释过，拍婚纱照免费赠送结婚当天的婚纱，沈心怎么可能允许高飞穿赠送的婚纱，都是些老款，上面还有洗不干净的污渍残留，坚决要买新的，这一家伙就多花了三千多块。

沈心感叹说："只要你花钱，黄成那脸'嗖'就绿了。"

高飞辩驳黄成是节俭，沈心定义说节俭是对自个儿，对别人那叫抠门！

高飞一想还真是。

沈心嘴里和高飞调侃，手里不停发短信："慢慢吃。王健待会儿路过，我今天一穷二白，有个人买单，正好！"

高飞意味深长地说："他最近老是路过，你俩真有缘。"

沈心拉长声调说："做情侣没缘分，做朋友的缘分还是有滴！"

高飞戏谑道："你就挂羊头卖狗肉吧，你！"

王苹苹临到七号才告知沈心她不能给她顶班，沈心气炸了，说好的事儿，临了突然变卦！

王苹苹不以为耻，反而趁机讥讽了沈心一把："不就是高飞结婚吗？你瞎操什么心，有那闲工夫把自己的事儿解决了啊，皇帝不急急死太监……"

班没换成还被抢白了几句，沈心郁闷死了，正逢高飞给沈心展示手上的"钻戒"，沈心心不在焉地打量了几眼，怪声说："还挺像真的啊！"

高飞心虚了："什么叫作像？"

沈心拍案而起："我就不信黄成真舍得给你买钻戒！"沈心陪着高飞逛金饰，口都说干了，钻戒得买一克拉的，现在谁结婚戴小碎钻哪。一看戒指上的钻又大又闪，假的，没跑。

高飞声明："我就在现场啊，你还不信？"

沈心打量打量她："哼，就你那破性格，八成还怂恿他买假的呢。"

高飞大乐，还真被沈心说中了。黄成带她去买"三金"，俩人逛着就逛到旁边人造首饰柜去了，真金白银的动则上万，一个仿真钻戒才三百，还更好看。医院有要求，医护人员不能佩戴首饰，高飞经常上手术，根本就没机会戴，黄成欣然同意。

黄成本着能省则省的原则，买了件新婚纱就已经咂舌了，他对沈心这个多事婆不无怨尤。他自己则找牛一鸣借了套西服，打算结婚时就穿这身，也没动脑筋想过俩人的身材差别有多大。高母见不了他那倒霉样，不由分说带他去商店，送了他一套名牌西服。即使花的不是他的钱，他仍心痛得要命。

既欢喜且悲痛的婚礼序幕就此拉开。

喜宴那天黄家的亲朋好友呼啦啦来了五十桌，高飞家加科室同事也才两桌，社会交往层面相比自叹弗如。黄蕊和沈心担任伴娘，但真正管事的却是黄成嫂子，她帮忙收红包、记账，有条不紊忙而不乱，中间发现了几张假钞破损钞后当面就找本人调换，避免了几百块的重大损失。

高飞忙里偷闲对沈心耳语："王苹苹还是同意和你换班了？稀奇啊！"

沈心得意之情溢于言表："哪里，我叫高主任给我顶班。"

高飞赞叹地看了沈心一眼，世上能让高主任顶班的应该只有沈心一个，更何况沈心这边一直顽固抵制高主任的儿子呢。什么叫成功人士，这就是。

整个婚礼现场黄成跑前跑后，欢天喜地跟过大节似的，高飞偶一抬眼，居然看见了高国庆。

他依旧穿那件不辨颜色的外套，躲躲闪闪，偷偷摸摸的。

高飞趁人不备赶紧上前："你怎么来了？"浓妆都掩盖不了她的怒气，他不会是趁现在找她要钱的吧，她连包都没拿。高国庆在怀里掏半天，终于掏出一个厚实的红包："我来看看，马上就走。"

黄成一回身，没看见高飞，寻踪找来，带着一脸盲目的喜庆询问高飞："这位是？"

高飞狠心说："远房亲戚。"高国庆期待的表情陡然黯淡下来，黄成热情地招呼高国庆进去坐。高国庆忙推说有事。

高飞注视着高国庆的背影，在嘈杂的婚姻大厅里，他显得苍老而孤单。她打开厚厚的红包，里面一卷一卷的零票子，有十块的、五块的、两块的，高飞不禁心酸起来。

婚礼正式开始。

黄父上台致辞，黄成他爸退休前是炼钢厂工会干事，平时怼老伴是一套一套的，上了台却有点怵，估计是新衣服太紧了，又被强迫抹了口红，一身别扭。席间高母突然看见欧阳锦程从外面进来，还以为自己眼花了，待看清了确实是前任女婿，顿时心口一疼，立马趴到了桌上，黄母见状赶紧叫上黄蕊扶亲家出去。

门口的沈心见状一把扯住欧阳："你来干什么？"

欧阳将她轻轻推开："我来喝喜酒啊。"他径自走到酒桌的一个空位坐下，不管不顾地先倒了一杯酒，一仰脖先喝了。

台上主持人还在努力活跃气氛，要请女方家长发言，高母这时候不见了，弄得主持人乱了阵脚。他索性走下台，将话筒递给一名参加婚宴的中年妇女。中年妇女字正腔圆，非常熟练地祝福了新人，赢得大家一片掌声。

主持人意犹未尽，将话筒递给了正喝闷酒的欧阳，坐在人堆里他实在太抢眼了："这位帅哥，给新人来段祝福吧？"

高飞见状呆若木鸡，即使是高国庆的出现都没能让她这么意外和震撼。今天这日子，该不该来的都来了。黄成脸上一直浮着一丝不真实的笑容，他认出了欧阳。他偷偷瞅了眼高飞，看不清她的表情，以为欧阳是高飞邀请来的，心里有点酸，暗自埋怨她不提前知会自己一声。

欧阳也不推让，抓过麦克风站起身，对着高飞的方向说："今天是高飞的大喜日子，我代表医院同事，也代表高飞娘家人，特地给她送上祝福……"

他的目光落在高飞脸上，上一次婚礼，她的笑容那么灿烂，嘴都没有合拢过，而今的她，眼底里为什么会有淡淡的悲伤？

主持人赶紧带头鼓掌："好！"不明真相的人热烈鼓掌，医院同事们则脸色古怪，互相耳语着，高飞抹了满头的汗，觉得自己快晕倒了。

欧阳扫了眼黄成，那个傻笑着的男人哪一点配得上她？他的心痛久了，变得麻木。已经好几夜不能合眼，神经像在炉子上烤，他开解了自己很久，但还是决定眼见为实。

见了，已经碎了的心再度碎了一次。他目光死盯着黄成："高飞，是个单纯、善良、简单的人。她这人记性好，忘性大，爱认死理。"她离开自己，真是瞎了狗眼，他冷笑一声，声音通过麦克风准确传达出来，"她缺乏安全感，但她绝对是个好女人，如果你对她好，她会加倍对你好；如果你对她不好，她不会哭不会闹，会一直忍，直到忍无可忍，她就会掉头离开，再也不回头。所以，"他郑重地说，"请你好好珍惜她呵护她。"如果真有时空穿梭机，他想回到当初自己的婚礼现场，这么告诉自己。

欧阳锦程忘了自己是怎么离开婚礼现场的，他脑海中只留下她身穿婚纱的影子，她这么美，像童话里的仙女。她不再是他的了。

沈心默默地跟着欧阳，他摇摇晃晃地走在街头，茫然如迷路的孩子，她泪流不止。

高飞醉了，衣服都来不及换，倒床便睡。黄成将她扶起，喂她醒酒汤，拿热毛巾给她擦脸。黄母撞见这情形心里一堵，她张罗完黄河把高飞妈送回家去，回头才知道高飞前夫来"砸场"，亲戚们议论纷纷，说什么的都有，句句扎心。之前她没跟人提起过小儿媳是二婚，这可好，满世界都知道了。

黄母死盯着这没出息的傻儿子，刚才他自己在洗手间吐得跟死狗似的，一见媳妇不舒服，人立马活了，鞍前马后不辞辛苦。黄母看高飞喝酒的架势才明白，自始至终，她肚子里就没孩子！这对狗男女从头到尾都在骗她。

半夜黄父被黄母的哭声惊醒了："孩子好容易结婚，你哭个什么劲儿？"黄母咬牙切齿："真是吃瓜子嗑出颗臭虫，为了嫁进来她不择手段！我到今天算是看清她的真面目了！"

黄父叹口气，知道老婆子心结还没解开："小高啥时候跟你说过她怀孩子了？从头到尾不都是成子一个人上蹿下跳想结婚吗？老婆子，你聪明一时糊涂一世，成子的心思到现在还没弄清？他就铁了心想娶这媳妇，是你心甘情愿上他的当。"

本以为这么一说她就看开了，黄母却更气："我养了三十多年的儿子，多单纯多孝顺的好孩子，为了她对我什么阴招都敢使，一招比一招毒！这女人，借刀杀人，坏透了！"

床头的婚纱照上两个陌生人对着自己微笑着，高飞望了四周好半天想不起自己身在何方，黄成一见她醒了，赶紧问："老婆，饿不饿？"这个称呼比婚纱照更陌生。

高飞摇摇头，黄成伸手搂住她，她第一个念头就是推开他，忽然想起他们结婚了，照片上衣着华丽的二人是他们，他是她名正言顺的丈夫，她放弃了抵抗。

黄成为了准备新婚夜特意上网查了查，资料有限，大概了解了一点。

他上学的时候懵懂过一段时期，时间太短，几乎都记不起来了。偷偷问他哥，他哥立马精神来了，弄了些毛片资源给他，看了一点点他就浑身受不了了，觉得自己前三十多年都白活了。

高飞浑身乏力，真不愿意做这档事，看他兴冲冲地，不好过分推脱，见他忙忙乎乎的根本不得其法，高飞才意识到，黄成是个处男。为了节省时间，她稍微指点了一下，终于礼成。

他心满意足的呼噜声响起来的时候，她睡不着，心里百味杂陈，她又结婚了。内心没有繁花似锦只有落叶枯黄，一下老了十岁。

新婚第二天，黄母就送给了高飞一件家传宝——围裙。

老太太下定了决心，要把高飞打造成一名贤妻良母。老大媳妇就那样了，胚子坏了，后天也没整好，高飞好歹是个知识分子，是可造之才。把她训练好了成子以后才能幸福，老黄家才有未来。

高飞当然不适应，她妈一向主张为三餐浪费时间不值，但她还是乖巧地接过了围裙，以研究学术的态度对待厨事。手术台上她都没这么累过，洗摘切炒，样样她都笨拙，黄成几度想接手，均被他妈厉声制止。

高飞还在适应期，黄成比她先不适应了，他妈将他媳妇指使得团团转，高飞忙乎完三餐人就瘫软了，晚上的功课很潦草，老嫌他没完没了，老催他。黄成后悔了，当初应该说服高飞住丈母娘家。做饭这点小事他伸伸手就齐活了，高飞绝对没那天赋。

黄家的主劳力黄蕊现在被她妈有意"闲置"一旁，黄成偷偷怂恿妹子去帮下嫂子。黄蕊本来对这个二嫂就不待见，见他哥巴巴来求自己，趁机勒索他给自己住的阳台间安一个宽带，双方达成友好协议。

黄蕊笑吟吟跑进厨房："妈，您歇会儿，我来教嫂子……"

黄母坚决将女儿往外推，黄父受儿子的托付也进来帮着说话："你也真是，她们年轻人待一起说说话也好，你这老婆子非不知好歹非杵在这儿，跟我看会儿电视不行吗？"

黄母一想也有道理，擦干手出去了。

黄父悄悄嘱咐儿子："你越心疼你媳妇，你妈越来气，懂不？"

黄成心领神会："知道，她心理不平衡！"

厨房里黄蕊熟练地包饺子，高飞看看自己包得东倒西歪，活像一群叫花子，她问黄蕊："听说你明天要考试？"

黄蕊长叹一声："去应聘，我现在的工作不想做了。"

高飞想了想，说："你别帮我了，回房多看会儿书吧！"

黄蕊半信半疑地打量高飞，发现她说的真心话，心一软："算了，我答应我哥帮你的。"

高飞羞愧地说："都怪我笨！连累你了。"

黄成趁他妈上厕所的工夫偷偷溜进来，迅速帮忙包了几个饺子，高飞抿着嘴乐，轻声说："当心妈看见！"

黄成对着黄蕊划动手臂："动作快点啊！"他改唇语：宽带宽带！

黄蕊心领神会，双手翻飞，如有神助。

沈心下了班后意外发现王健在医院正门口等着她。这就奇了，难道他现在不怕他姐撞见啊？沈心面露笑容，跑上前："咱们今天去哪儿？"

王健则表情凝重："我今天有话告诉你。"

沈心笑容凝固，她意识到了什么。

王健坚定地说："我不想再做你的哥们了。"

沈心怔怔看着王健，做哥们不是挺好的吗，各自相亲，偶尔相聚，皆大欢喜。

王健紧紧盯着她："我不想自欺欺人，我喜欢你，我做不了你哥们，只能做男朋友。你的意思呢？"

沈心没来由地心里一疼，但还是淡淡说："我们之前说好了的，我们已经没有那种可能了，这辈子咱俩只能做兄弟。"她没他年轻，年轻意味着什么，不怕折腾，不怕受挫。想到后面要面对的是什么，她胆儿缩。

王健大失所望："你就这么坚决？你对我就没一点留念？都认识这么久了，你怎么对人还这么冷漠！"

沈心断然说："我对你只有兄弟情分，其他的，不敢有，也不可能有。"

王健眼圈红了，他忍住眼泪，最后看看她："那就再见！"

沈心注视王健离去，她回过身时，笑容立刻消失不见。她想喊住他，但终究理智占了上风，当断不断，必受其乱。

欧阳约沈心去趟他家，沈心知道没好事，没承想他提出一只大号黑色垃圾袋交给沈心："这些是高飞的零碎，你看有用的就拿走，没用的就地处理。"

沈心懵了："怎么处理？"欧阳塞给她一只打火机，再指了指旁边的大号铝合金桶。

这一袋子都是她当初私下传递的"信物"，现在却由她亲手毁灭。里面夹了一张他们三个人的合影，那时他们的脸上满满的胶原蛋白，不知愁为何物。她紧捏着照片思绪万千，欧阳燃起了火，看也不看将她手里的照片扔进火里，火苗迅速吞噬了照片，吞噬掉他们的曾经。沈心这下深切体会到了黛玉焚书的心情。

医院总值班来电打断了"焚书"，紧急召唤他回医院参加抢救，一工厂锅炉爆炸，伤六人。

"行，我马上到，高飞？"欧阳下意识看了沈心一眼，"我没法通知她，你自己想办法，我不知道她手机，要知道我不就告诉你了吗？"他被对方的啰唆弄得非常恼火，"为什么？什么为什么！我跟她离婚了！！！"

高飞接到总值班电话时饺子刚上桌，高飞放下电话，发现黄家一家人都瞅着她。

高飞解释说："医院有急事，我得去一趟。"

黄成露出不可思议的表情："你在休婚假啊！"高飞已经迅速换好了衣服，边出门边说："工厂发生事故，伤了好些人，如果不是缺人手也不会通知我，大家慢吃，我先走了。"

她一出门，黄母追问："谁来的电话？男的女的？"

黄蕊接的电话："男的。"大媳妇立刻露出复杂的小眼神。

黄母继续追问："多大年纪？"

黄蕊看看大家，用力咽了口饺子："听上去……年纪不大……"

黄母猛将筷子拍在桌上，黄父劝道："孩子单位有事，连饭都还没吃，你怄个什么气，真是！"

黄母气急败坏："你没看她出门那迅速劲？厨房里那叫一个磨蹭，有个俗话怎么说，什么兔子，什么畜生？"

黄蕊想说那叫动如脱兔，静如处子，但决定免开尊口，免祸上身。

大媳妇却不忘火上浇油："人家是大夫，医院没她不转，咱们都是凡夫俗子，都没电话！"

高飞结束完抢救浑身半分力气都没有了，医院食堂送来的加餐盒饭早已凉透了。她没计较，有气无力地吃着。

欧阳端着一碗盒饭边吃边走，他看见高飞在吃冷饭，惯性使然打了杯热水，走半道他意识到今时不同往日，转头将水连同杯子一起扔了。

值班床吃紧，高飞就地在长椅上困着了，她的脚悬在半空。醒来时发现自己身上盖着一件衣服，一旁不知哪位好心人搬来另一把椅子给拼到一起。医院的椅子都是用螺丝钉固定在地上的，也不知道怎么挪动的。

天蒙蒙亮，高飞拖着脚走出，外面人迹罕见，她走到路边等出租。

欧阳坐车里目送她上了出租，才发动了车朝相反方向疾驰。

高飞进厨房轻手轻脚地打开炉子，回头看见黄母站身后顿时吓一跳，忙解释："肚子饿了……"黄母正要发一通牢骚，晨光里她看见高飞小脸色蜡黄，心一颤，脱口而出："我来吧，要等你做好非猴年马月去了。"

高飞狼吞虎咽，食堂里的饭真比不了家里，这，才叫吃饭！

黄母挨着高飞坐下："人都救过来了？"她在晚间新闻看到了，锅炉爆炸，伤了不少人。

高飞"嗯"了一声："有四个伤势比较轻，两个重的做完了手术，还待观察。"看到婆婆满脸关切，她补充了一句，"应该不会有事的。"

黄母惊讶："六个手术全是你一个人做的？"

"哪能呢？我又不是千手观音，今天全科都来了。"

黄母稍微放下了心："哦，你咋回来的？"

"打车回的啊！"

黄母旁敲侧击："没人送你吗？"

"都累了，谁送谁啊，"高飞一口气吃光了，准备洗碗，"妈，洗洁精在哪儿？"

黄母起身，丢下句话："碗就留着明天再刷吧，你早点睡！"

高飞发现她婆婆就是嘴硬心软。

欧阳到家的时候天已经大亮了，他疲惫地坐进沙发，一旁的铁桶里还有沈心没处理完的东西，他拿起茶几上的打火机，打火机再度升腾起火苗。

第 16 章

结婚一个多月了，高飞渐渐习惯了黄家大部分的生活节奏，下厨倒没有什么，高飞最怕过周末。

每逢周末，黄家人都齐聚一堂，多则三桌少则一桌，打牌。

黄家人很是以此为乐，大家欢声笑语情投意合。高飞下了夜班后只想找个地方补觉，婆婆不放过任何打造高飞的时机，耳提面命，高飞少不得打点精神在厨房里忙，好在有黄蕊这个"外援"，中饭终于风风光光上了桌。亲戚们喜笑颜开，黄母脸泛红光，像是中了头彩。高飞没睡好，中午饭都吃不下，赶紧回房眯会儿，没想到亲戚们吃完饭又精神抖擞地上桌了，麻将的哗啦哗啦声、"和啦"的尖叫声将她从睡梦中彻底惊醒。看来不打到半夜他们是不会走的。

高飞靠着沈心的房门睡着了。高飞醒来时看到沈心露出喜色："你可回来了，等你老半天了。"

沈心赶紧开门："怎么不给我打电话？"

高飞的手机被黄蕊借走了，黄蕊要参加同学会，怕自己的手机寒碜，丢人。

沈心趁机教育她："你这坏习惯真要改，啥都可以忘，一是手机二是钱，绝不能忘。"

高飞嗷嗷叫唤着："家里有吃的吗？饿了！"

沈心赶紧从袋里拿出烤串："你运气好，刚买的，热乎着呢。"

高飞啃着串，沈心进厨房端了杯热水给她："你身上啥味儿？"

高飞自己闻了下："烧火做饭的味儿，刚做了午饭。"

沈心惊得变了脸："不是吧，你做饭？还没吃饱？没天理！你活脱脱旧社会的小媳妇儿！"她实在找不到更合适的词了。

高飞可怜巴巴地看了眼闺密："我现在只想好好睡上一觉，谁要是打扰我，我杀了他。"

沈心赶紧铺床："在我这儿就放心睡吧，祝你睡到自然醒。"

高飞一沾枕头就睡着了，发出轻微的鼻息声。沈心琢磨着再出趟门买点吃的去，等高飞醒来肯定又嚷嚷饿了，离开时她发现对门门户洞开，搬运工正往里搬家具。

一个尖嘴猴腮的中年男子亦步亦趋，千叮咛万嘱咐着："小心冰箱，当心箱子，里面全是瓷器，轻拿轻放！"

工人憋不住了："我说关师傅，咱是专业搬家公司，不是业余的，这个都知道……"

这位关师傅指着一只外形古典的柜子说："这个千万小心点，这可是清朝的！"

偏偏那只"清朝"的柜子出了状况，门窄了，柜子宽了，工人丈量了片刻，建议："拆门呗！"

关师傅急了："我得给房东打个电话！"

电话那边房东坚决不同意，到了饭点还没解决实际问题，大家决定先去吃饭。这时沈心拎着水果回家，发现一只黑黢黢的柜子正挡在自家门口，房门给挡住一大半，她进不了自己家了。

沈心气得高声嚷起来："谁的柜子？"嚷了一通，无人应答，高飞在屋里听见动静想开门，结果门只能开一条缝。

沈心恶向胆边生，一撸袖子："高飞，你到我工具箱里拿把斧子！"沈心有一整套工具箱，斧钺钩叉，一应俱全，高飞从门缝里递出工具，在门缝里嘱咐："别把人东西给弄坏了！能将家具挪开就行！"

沈心只顾叮叮当当干活，门终于开了，高飞赶紧伸头一瞧，惊讶地发现堵门口的家具被沈心大卸八块！

高飞赶紧将沈心拉进门："你怎么将人家具拆了！"

沈心满头大汗："不拆开怎么行，门都进不了！"

高飞打量着沈心，佩服得五体投地："你真是我认识的最有女人味儿的男人了！回头再跟你说，我得回去了，婆婆肯定还等着我弄晚饭呢！"

沈心拽住她不让走："弄什么弄？我买了吃的回来，甭理他们，以后他们要你做饭你就躲，坚决和他们斗到底！"

高飞嘿嘿笑着说："其实学做饭也挺有趣的……"

沈心嗤之以鼻:"又开始充大头了!你啊,光会勉强自己是没用的,你得学会改变环境,而不是让环境改变你!"

高飞更正说:"想要改变环境,我先得适应环境。"她拉开门准备走,突然一缩脖子,赶紧关门,"糟糕,人家回来了!"

门外果然传出雷鸣般的怒吼:"谁干的啊?谁他妈拆我家具!"

工人们全乐了:"正好,关师傅,门都不用拆了,赶紧搬吧?"

下午三点半,黄家的麻将还在酣战中。黄母给大家续上茶,不时看钟,她还等着高飞做晚饭。高飞说出去一趟,这一晃都两小时过去了。黄母叫儿子催媳妇回来,黄成推说高飞的手机在黄蕊那里。正巧黄蕊回家来了,还没来得及换鞋就被她妈使唤出门去找嫂子了。这个点儿高飞能上哪儿去呢?黄蕊寻思着去了嫂子的单位。

周末的医院如以往一样热闹,人来人往。

二楼不锈钢栏杆处靠着一名帅哥,身材修长,阳光从他斜后方射入,周身被镶上一层金色。侧面的五官立体,有点混血感,身上的白色医生工作服就像量身定做。别人穿着像食堂大师傅,他却有种说不出的优雅。黄蕊情不自禁举起手机来拍了几张,发到同学群共享"街拍美色"。她想,总算没白来。

黄母在清扫"残骸",听见高飞回来的声音也不抬头。高飞知道婆婆生气了,黄成闻声出来接过高飞的包:"吃了吗?"

高飞换了鞋就去接黄母手里的扫帚,黄母扭身不理她。

黄成忙说:"没事没事,妈担心你,你出去半天,累不累?"黄母抬起头,震惊地看了眼儿子,没出息,媳妇出门半天,不应该问她去哪儿了?却只会问"累不累"?

高飞赶紧解释说:"我去和沈心聊了会儿……"

黄蕊忙出来为高飞解围:"嫂子,我正好要问你点事儿,来我房间吧!"

黄蕊进屋后小心关上自己的房门,神神秘秘取出高飞手机搜索照片:"我今天遇见一帅哥!喏……"

高飞笑着接过,一看是欧阳!她差点把手机给扔地上了:"你今天去我单位了?"

黄蕊欲说还休,打听高飞认识这人不。

高飞疑惑婚礼那天小姑不是在现场吗？她实在不想多说，支吾道："不太熟……"她赶紧摁下了删除键，黄蕊突然大叫一声吓了高飞一跳："别删啊！等我买了电脑后存着……"她哥是答应了装宽带，可电脑钱她才刚攒一半呢。

高飞呆若木鸡。

晚上两个人躺下后，高飞还在琢磨应该跟小姑说明白的，那边黄成劝导说："知道你和沈心关系不错，不过你结婚了，就不能和以前一样爱怎样就怎样，你得尊重别人的想法……"

他这话来得不是时候，高飞反问："有谁尊重过我的想法吗？"黄成顿时无语。

高飞说："你们家喜欢聚会，我已经很配合了，可我今天刚下夜班，太累了，找沈心不是聊天，只想借她的地方睡觉。"

高飞话里带着气，黄成有点畏缩，弱弱地说："那你直接跟我说啊，你就这么不见人影了，我着急。"

高飞不吐不快："直接跟你说，你妈就不会介意吗？她每天盯着我就跟盯着包身工似的，我觉得我不是结婚了，而是签了卖身契了。我俩根本就没有恋爱的过程，直接就奔七年之痒了。"黄成冒汗了，他开始后悔不应该跟高飞提这个，的确，哪有新媳妇第一天就下厨的。而且家里还有个游手好闲的大媳妇在旁边优哉游哉，这明摆着柿子拣软的捏嘛。

高飞怨怒地说："我知道你妈想把我训练得和她一样，我告诉你黄成，我，高飞会努力适应，但是，我不可能和她一样。"高飞伸手关了灯，气呼呼地睡下了。

黑暗中黄成想碰她，高飞用力推开了他的手。黄成赔了半天小心，高飞只甩了一句："行了，睡吧！"

他浑身燥热怎么睡得着，突发奇想："起来，我俩出去逛逛！"

高飞莫名其妙："这都几点了！"

"你不是说咱俩都没恋爱就结婚了吗？咱补课！"

半小时后，高飞一手拿烤红薯，一手拿冰激凌，黄成气宇轩昂地跟在老婆旁边。

高飞端详手里的食物："你在哪见过人家一边吃烤红薯一边吃冰激凌的？这不整一个季节混乱吗？"

黄成有他一番歪理："这都反季节食品,时代不同了,咱是反季节爱情,来,挽着我,人家恋爱的都互相挽着呢。"实际上是他觉得值得花钱的也就这两样了,星巴克,一杯咖啡几十块钱,还没自家的茶好喝;麦当劳、肯德基,有饺子好吃吗?高飞这一路逛得来气,心说再也不跟这人出门了。

她转念一想,买支冰激凌买只烤红薯就算恋爱了?这人恋爱史到底有多苍白啊!她看到街头有卖花的,她递给黄成一个眼色,黄成没领悟。

高飞紧盯着玫瑰："真漂亮啊!"

黄成承认："真好看!"

高飞再度示意,见黄成依旧没反应,她忍不住了："买花送人不会吗?"

黄成舍不得,他痛苦地思索片刻："我折现金送你,行不?"

高飞愕然,这学生太差,补了课也不及格!

天还没全亮,高飞就蹑手蹑脚地出门了。

沈心听她描述,笑得浑身抽搐："我没听错吧,为了逃避做早饭,你五点就起来了?"那个时间公交还没有早班车,庆幸满大街都是共享单车。

高飞难掩得意："你不知道,结婚后我嗅觉和听觉明显进化了,他妈隔着堵墙起床我都能听得一清二楚,我哪敢再睡,赶紧起来上班算了。"

沈心帮忙出主意："老躲也不是办法,下次你就直截了当拒绝!"

高飞皱眉："犯上啊!"她妈提醒过,老人再不对也不要当面怼,面上要过得去,绝不能伤了老人的心。

沈心打趣她："现在还觉得结婚好吗?"

高飞仔细想了想："当然好,有家人的感觉还真挺不错,不过,我开始庆幸自己有份工作,以前上班的心情跟上坟一样沉重,现在每天欢呼雀跃地等着上班呢。"

沈心冷笑,一针见血："你不爱在家待,就意味着婚姻不幸!"高飞不以为然。

沈心现在也不是很爱回家,对门新搬来的关师傅喜欢下厨,他一做饭,沈心一屋子油烟。

沈心晚上出门倒垃圾,楼道坏了一盏灯,物业老不修,光线昏暗。沈心迎面遇见老关上楼,沈心脸上敷着面膜,老关乍见还以为是遇到鬼了,吓得腿一软,跪倒在她面前拜了个早年。

老关哪肯罢休，嚷得整个楼都听见："大姐！要是换一身体不健的，被您这模样一吓还不归了天？"

沈心还被他吓一跳呢，面膜半挂在脸上，惊魂未定："你管谁叫大姐？您年龄不轻吧，身体不好别半夜到处溜达！"沈心不知道，北方人习惯叫小姑娘为"大姐"。

老关挺虚心，马上改口："我说小姐，你有点冲啊！"

沈心更怒，积怨爆发："你管谁叫小姐呢！？臭变态！你家门大开，烟可全飘我屋里啦！"

老关反问："你不知道把门关紧点？"

沈心伶牙俐齿："你当我家是金库门啊？我怎么关紧？哦对了，昨天是你堵了我的门对吧？你这人怎么这样啊？有没有公德心！"

老关明白了："就是你拆了我的家具！"他一把拽住沈心不撒手，"你来看看，你把我那清朝家具毁成啥模样了！？我正愁找不着人呢，你还正撞枪口上了，赔钱！"

沈心知道自己失言了，但也不怵他："笑话！你一堆破木头想讹谁呢！还清朝家具！我呸！赶紧撒手！"

老关还不清楚自己眼前的是什么人："我还就不撒手了，你赔钱不赔！"

沈心一挑眉："不撒手是吧？"她扯起小嗓门高喊，"救命啊——非礼啊——抓老流氓啊！"

老关兔子一样迅速不见影了。

高国庆在医院没见到高飞，便在黄成家楼下候了好几天，他远远瞅见高飞的身影，紧追上去一拍肩膀，对方扭过头，却是个陌生女子。他连声道歉："哟，抱歉，认错人了！我以为是我女儿高飞呢！"

黄父正好经过，以为自己听错了："高飞是你女儿？"

黄母听了这事儿，一刀深深砍进砧板里："啥？她爸还活着？"老太太今天算是明白了，老二媳妇心机太深了，这是知道的，还有不知道的呢？

黄成进屋发现家里气氛不对，锅空灶冷，黄母坐在桌边生闷气，黄父默默吸着烟。没等他换鞋他妈就质问道："你媳妇的爸还活着，你知道吗？"

黄成一脸懵逼，黄父叹口气说："我说他不知道吧，你别气了。"

　　黄成明白了前因后果，没觉得这有什么，谁还没点秘密啊，高飞不想说，自然有她的道理。黄母被儿子的无所谓彻底气晕："连她父亲还在不在世都没弄清楚就把人娶进门了！她到底还瞒着我们多少事呢？"

　　黄成好笑："我娶的是她，又不是她爸！"

　　这话让他妈更怒："赶紧给高飞打电话，要她给我把话说清楚！"

　　黄成急眼了，怒吼起来："您有完没完？您要这样一闹腾，好看吗？这个家她还能待得住吗？"

　　黄母被儿子的怒吼震住了，她伤心欲绝地看着黄成，自从认识这二手货，儿子的嗓门一次比一次高，脾气一日比一日大，老大最多是对媳妇唯唯诺诺，可还没胆冲老妈高声过。

　　黄成吼完就后悔了，他爸见状忙给台阶："要我说，成子，你媳妇是有点不像话，都结婚了，还瞒东瞒西的，没这样的啊！"话里是责备，眼睛冲他妈挤一挤，黄成当然心领神会。

　　黄成便低声下气道："妈，谁没点隐私呢？非弄清楚人家祖宗八代？您当是过去那个时代，还讲出身啊？"

　　一声"妈"让黄母眼圈子红了，他还认她这个妈啊？老太太眼泪汪汪起来："急什么？就会护那二手货！当心被她卖了都不知道！"

　　黄成不爱听那"二手货"三字，觉得跟他妈真没法再沟通了，掉头回卧室。

　　黄母急得跺脚："混蛋小子！比老大还浑！"她拉着黄父指着卧室的门直哆嗦，"你看看他！"

　　黄父觉得高飞固然不对，但老伴的反应也过激了，故意气她："是挺混蛋，轰他出去过，正好！"

　　高飞加完班，天都擦黑了，医院里空荡荡的，她意外发现沈心在走道里等着她。

　　沈心得意地说："我今天加班，去食堂吃夜宵看见你们科餐盒上有你的名字，我稍微多等了一点点……"

　　俩人等了半天没等到巴士，沈心建议打车，高飞阻止："省省吧，走回去得了。"

沈心故意问："你这是诚心省钱还是刻意晚点回去呢？"

高飞哈哈大笑，她也就是和沈心在一起最开心，想说什么说什么，说啥都不怕落下话柄，只可惜这样的时光太少。

两个人沿着马路慢慢走着，路灯将俩人的影子拉得忽长忽短。小时候，高飞放学了不敢回家，怕她妈考她功课，沈心就老陪着她在外面晃悠，晃得沈心成绩当时从班里前五掉到了后十名。

沈心忍不住问："高国庆要那么些钱干吗？"

高飞长叹，冤孽，还用问，他省吃俭用的都贴补那女的去了呗，他这个情种，是一点后路都不给自己留啊。

高飞忽然想起件事："哦，对了，你的'男神'现在还有联系不？"

沈心一惊，她想起来，她跟高飞提过在舞会上偶遇的"那个男孩"，她曾满校园找她的"梦中情人"，那是很久以前的事了，她从没想过有一天对方会成为高飞的老公。

高飞见沈心的神态更确定她还没忘对方："这么多年，你还在等他？那他结婚没有？人在国内吗？还有可能见面吗？我能帮上什么忙吗？"

沈心被她一迭声的发问给噎得没脾气了："哎哟，你真是，你能帮什么忙啊？"

高飞承诺："我帮你牵线啊！"

沈心笑得前仰后合："你还真是——"她内心处深深叹了口气，你不抽我就谢天谢地了。

俩人走着聊着，都有点难分难舍的意思，高飞坚持要送沈心回家，沈心住得偏僻，要紧的路灯还坏了几个，实在不安全。沈心估摸高飞想等黄家人都睡下了再回去，就没有坚持。高飞送沈心到楼下两个人挥手告别，沈心回头看看高飞一个人孤独离去，也不放心，上楼取了东西就返身追上了高飞："我送你！"

高飞乐了："舍不得我啊！别呀，你看看这段路灯都是瞎的，你待会儿回来多危险！"

沈心从包里取出防狼喷雾："我带了防身武器，走吧！"

沈心送完高飞后回家，小区果真伸手不见五指。她警惕地将防狼喷雾握在掌心，严阵以待。走了一段，身后果然有人跟着，沈心立刻加快脚步，她快，对方也快，沈心心里扑腾乱跳，她闪躲到一棵树后，一个黑影鬼鬼祟祟靠近，沈心觉得喷雾太小了，黑灯瞎火的不好瞄准，遂弯腰捡了块大砖头，对方一靠近她用尽吃奶的力气一挥，只听"哎哟"一声，地上轰然倒下一个人。

沈心借手机光亮打量了一番，轮廓像是对门的老关。她拖死猪一样拖着老关来到路灯下，确认了，是他。

黄成坐等着高飞进门，面色不悦："你早就下班了，怎么现在才回？"

"公车都没了，我一路走回来的。"

"倒着走回来都该到了吧？"

高飞回过神来："怎么，你是疑心我？"

黄成气呼呼的："这不奇怪吗？都三更半夜了，你跟那个老姑娘有什么可说的，闹到现在才回来？"

"老姑娘"这词高飞特厌恶，尤其男人提起未婚女性时那种贬义口吻，让人觉得面目可憎。她懒得跟他废话，抱着被子准备去和黄蕊睡，黄成不放，俩人在室内僵持住。

黄成一急说话就结巴："你这不是闹笑话吗？我们还在蜜月呢，你这……"

高飞怒目而视："你还知道我们在蜜月？我告诉你黄成，我就是故意晚回来，因为我真不想踏进你家大门，回来特压抑！"

高飞一瞪眼，黄成心里犯哆嗦："你别气了，都是我的错！"

一夜无话，第二天秦主任通知高飞去北京进修，高飞还没来得及开心，得知欧阳和她一同去，她忍痛拒绝了。

和欧阳一起出差？黄家知道了还不得天下大乱，多一事不如少一事吧！

医院的进修名额珍贵，多是论资排辈。外科因为老秦强势，他主张谁有能力谁去，其他人都不敢闹。高飞失去机会心里郁闷了好久，对黄成的怨尤又积累了几分。

高飞拒绝老秦时关云山正在病房里吃着盒饭，沈心走进病房，一脸伪善："关师傅，您好点了吗？"这是她第一次直面邻居，仔细打量着他，个头不高，一脑门子抬头纹，不年轻。

盒饭很朴素，几片青菜叶子，没有肉的芹菜炒肉丝．关云山却吃得津津有味："给我赔礼道歉来了？"

沈心心虚但嘴硬："我赔什么礼道什么歉？我救了你的命，知道不？"

关云山一抹嘴，吃得干干净净的饭盒搁到一边："继续装！就是你砸了我的头，还在地上拖着我走，你看看！"他将背转过来给她看，背上全是纱布，他都快成木乃伊了！

沈心一脸惊讶："合着你是清醒的！？那你怎么不站起来自己走？知不知道自己有多沉，都赶上一吨农家肥了！"

关云山气不打一处来："我要能自己走还用你拖吗？被你砸迷糊了，可心里特明白！"

沈心反击："谁要你跟踪我的！"

关云山怒："谁他妈跟踪你，谁他妈孙子！"

沈心说："就是你，我亡了命地跑，结果你亡命地追！"

关云山欲哭无泪："这是撞哪门邪神了！我那是肚子疼想赶紧回家蹲厕所！"

关云山气得浑身疼，这女的就是个强盗。他算明白了，为什么有女强人之说，眼前就是明证啊。

关云山低头生闷气，沈心看着他突然扑哧一笑："算了啊，我不跟你计较，看你长得也不像大奸大恶的模样，就饶你一次！"

关云山叫嚣道："没那么便宜！你砸了我脑袋想就此了结？没完！"

沈心正色说："你还不想善罢甘休？行啊，告诉你，我就在内科，我姓沈，沈心，你报警抓我啊！"

这话将了关云山的军。

第 17 章

黄蕊悄悄溜进屋，她今天参加面试偷穿了高飞的衣服，想趁高飞不备给放回柜子去。

正看韩剧的大媳妇立刻被衣服吸引了："哟，三儿，这衣服真好看，脱下来给我试试……"

黄蕊赶紧做出"嘘"的动作，不料被黄成撞见："你怎么穿你嫂子的衣服？"这是他之前逛街给高飞买的那件粉色外套，高飞很少穿。

大媳妇一听是高飞的，本来正用手摩挲着，马上收手，酸了一句："是说颜色怎么这么俗呢。"

黄成责怪道："你想借就跟你嫂子说一声，你怎么能一声不吭穿了就走呢？"

黄蕊一脸羞愧，不知说什么才好，黄母闻声出来了，伸手抓过衣服一扔："不就是件衣服吗！？"

黄成一把没接住，衣服掉在大媳妇吃剩的瓜子壳苹果皮上，黄成心疼得倒吸口气，上面已经沾了污垢。

黄成心胆俱裂，悲号道："这衣服七千呢！干洗一次都五十，高飞自己都没舍得穿！"

他这话犯了大忌，黄母勃然大怒："七千，我的妈呀！她一个月能赚几个，花钱这么不要命，七千可以养一家人了，这衣服是金子织的还是镶了玉，疯了吧！"

晚上大家均沉默不语，各怀心事。只有黄河的胖小子怡然自得将一盘糖醋排骨拖到自己面前，不一会就吃了大半盘。

黄母板着脸，清清喉咙："小高，你嫁我们家有些日子了，我不喜欢绕弯，直接跟你说吧，我们家三个孩子，打从开始工作就把工资都交给我管理，你现在也是我们家一分子，也该入乡随俗。"黄母决定了，要帮着高飞管钱，买件衣服就大几千，还过日子不过了？

高飞没明白，疑惑地看了看黄成，黄成不敢说话赶紧低头扒拉饭。

黄父帮腔："嗯，不光他们几个，我也是，全额上缴。"大嫂也附和了一句。

黄母像竞选元首一般循循善诱："放心，我不要你们一分钱，都一分不少地存起来，只是帮你们管理，现在你们还没到花钱的时候，等有了孩子那开销就大了，不努力存钱以后要用钱的时候可不抓瞎了吗？"

高飞心说，婆婆居然想收她的经济权？她不服，难道结个婚还要丧失自己的工资？那自己成了什么，倒贴钱的煮饭婆？她慢吞吞地说："我的钱一直都是我妈代管的，都给我存着呢。"

黄母清楚高飞在撒谎："存着就好，不过你妈估计管理得松散，否则也不可能让你买七千块钱的衣服……"高飞明白了，祸端就在这件七千的衣服上。

黄成一听就急了："那是我……"

高飞在桌子底下踢他，黄成忙住嘴，她赶紧说："我妈其实也很节省，不过她的消费观和您不太一样，偶尔买件衣服没什么。"

黄母冷笑："我就是担心你这种错误思想一直延续下去，所以，打明天起，你把工资存折交给我管……"

高飞真恼了，人可不带这样！对老人她不好当面怼，回到卧室就对黄成爆发了："真是闻所未闻！"

黄成忙给高飞捶肩捏背："都是那件衣服闹的，她心疼。"

高飞狠戳黄成的脑门："不是你说出衣服的价钱，你妈也不至于，你要再敢说是你送我的，她非吃了我不可！我算明白了，总之出什么错儿到最后都报应到我头上，倒霉！"

黄成早就后悔了，只要事关高飞，到了他妈那里都是小事化大："是我的错，我的错！"

高飞平静下来，有点疑惑："等等，你的工资都交给你妈，那你平常的开销呢？"

"她每月给我零花钱，如果有额外开销就找她支取，最好有发票。"

高飞问："你嫂子工资真的交给她？"

黄成失笑："嘿，她啊，她替亲戚看店，一个月就一千八，她倒真是一分不少交给我妈，但我看她支取的钱比这多了去了！"

高飞吸口冷气，这算哪门子的理财啊？这就是一锅糊涂饭。

黄成忙替他妈开脱："俗话说鼻涕水向下流，父母的心都是向着孩子的。我哥条件差，爹妈贴补点是应该的，你别计较。"

高飞心说谁跟她计较啊，她不跟我计较就不错了！这边高飞小心应对黄母，那边高母还奇怪高飞结婚后一件衣服都没添置，高飞哪敢讲真话，一味粉饰太平。

她觉得真累啊，早知这样，真不如不结婚，租个宿舍，一辈子独身得了！

　　沈心正拿钥匙开家门，关云山出门倒垃圾，头上还包着绷带，这是老关"出事"以来俩人第一次碰见，两个人同时把头一扭，都装没看见。

　　门打不开，她再一用力钥匙断在锁眼里了，关云山回来正瞧见，脸上有点幸灾乐祸，沈心冲着他嚷道："有工具吗？借用一下。"

　　关云山一口回绝："没有！"他顾自进了屋，沈心却尾随而至，老关大吃一惊，"非请勿入，知道吗？"

　　"救人于危难，懂吗？"

　　老关自认不是她的对手，只好闭嘴，沈心自行拿起书柜里的尖嘴钳："这不是有工具吗？真是！"老关悻悻地想，我倒要看看，你怎么打开你的门。

　　沈心小心地用尖嘴钳将断掉的钥匙夹了出来，关云山佩服地观摩着。

　　她问："家里有塑料片吗？X光片什么的都行。"

　　关云山特别诚恳地说："这次真没有！"

　　"身份证有吗？"沈心学他的口吻说，"这个可以有！"

　　关云山不明就里地掏出自己的身份证，沈心将身份证从门缝里插进去，贴着门板眯缝着眼睛弄了几下，门开了。老关接过身份证发现边缘被划伤了，有些心疼："你自己难道不随身带身份证？"

　　"我带了啊！"沈心挺诚实地说，"我那不是怕把我身份证弄坏吗？谢谢了啊！"

　　沈心关上了门，关云山在外面张大嘴，这娘们，真是人间少有啊！他活这么大第一次见到这种厚脸皮。

　　高飞这礼拜上班时脚扭了，她到科室脱了鞋想冰敷一下，她穿的牛仔裤，腿弯曲不了。其他同事各顾各没人注意到，欧阳见状蹲下来接过冰块帮她敷脚上。

　　高飞怕人瞅见，脚一缩，欧阳明白她的顾虑："别误会，只是同事之间的相互关心。"这是她再婚以来两个人最近的一次接触，他发现她黑眼圈更重了，气色很差。如他所料，她过得并不如意，但他并没有因自己的料事如神而感到开心。

　　欧阳问她："今天有手术吗？"

　　"有一台小手术，不碍事。"

　　"交给我吧，"欧阳淡淡地说，"别多心，我是担心病人。"

高飞说了声知道，声音低得只有她自己听得见。

黄成知道老婆扭了脚，特地提前收工去医院接她下班，一进屋黄蕊赶紧上前接过高飞的包，黄成扶高飞慢慢坐下，蹲下来帮她换上拖鞋。

高飞觉得黄成太小题大做了，忙推开他："我去做饭……"

黄成埋怨她实心眼："还做什么饭！你今天甭管了。"黄母一看脚肿得老高，忙取冰块帮着高飞敷脚，她胖，蹲久了脸上冒汗，高飞实在过意不去："我自己来！"

黄父闻声出来，戴着眼镜认真瞧了瞧："哟，脚肿成这样了，成子，你把靠枕给小高垫着，她舒服点。"

高飞被大家围着，眼角有些湿。这要是换了她妈，就一句"走道小心点啊，长眼没"？给怼得没脾气。

高飞的感动还没有完全消化，晚饭时黄母又提起交工资的茬了，高飞支吾说："工资一直交给我妈管，一出嫁就管她要，不太好。"她发现再婚后自己谎话越说越溜了，"放心，妈，我保管不乱花一分钱，要不这样吧，我交家里伙食费行吗？"

黄母脸一沉："我又不是开餐馆的，交什么伙食费？"

黄蕊心疼嫂子，赶紧打岔："有个事得麻烦大家，我现在的工作在售楼处，有业务指标，一个月至少卖一套房，两套以上就能提成，要是一套都卖不了，就得走人……"

黄成忙展开话题："这条件够苛刻啊，要是卖手机家具什么的我还能帮帮忙，房子可不是小物件。"

大媳妇注意力被转移："你们楼盘在哪儿，多少钱一平方米？"

黄蕊介绍说："在新区东头，起价九千……"

大媳妇撇嘴："新区九千就贵了啊，东头那么偏，四环外了，七千还差不多。"大家关于房价讨论起来，这一劫暂时躲过，高飞和黄成迅速交换了一下眼神。

欧阳正在科室里忙着补病历呢，接到牛一鸣的电话有点不耐烦："你想买房？问我干吗？我的意见？买呗！钱闲着也是闲着，我上班呢，挂了啊！"

高飞一听"买房"，当即想起黄蕊，也忘记了说话对象是谁，赶紧搭讪："你朋友要买房？"

这是除了工作外高飞第一次主动找欧阳说话，欧阳有点意外过头。

高飞接触到欧阳探询的目光，有点不好意思了，吞吞吐吐说："我有朋友在售楼部……"她的脸涨红了。

欧阳低头继续补病历："楼盘在哪儿？"

高飞忙说："新区。"她怕说不住，操起电话打给黄蕊，欧阳这时抬起头冷眼看着她，她不再是从前他认识的那个羞怯小姑娘，她的胳膊像以往一样纤细，却意图承担。

不过，这已经与他无关了。

当天下午，牛一鸣大摇大摆走进售楼部，另一名售楼小姐抢在黄蕊前面笑脸迎上，还故意用身子挡住了黄蕊："请问有什么可以帮助您的吗？"

牛一鸣摘下墨镜，目标明确地看着她身后："黄小姐？"

黄蕊误以为又是亲戚介绍来的托，她笑不出了。她妈一号召，亲戚四邻对黄蕊的工作都挺上心，一传十、十传百地帮忙过来凑个人气，这段时间黄蕊忙得脚不沾地。

可这有什么用？房子不比白菜萝卜，不是随便就能买的，白耗她力气，一套没卖出。

牛一鸣也不废话："给我介绍介绍楼盘。"黄蕊无奈走到沙盘前程式化地介绍着，牛一鸣边走边看边问，他问得比较专业，黄蕊刮目相看，这人肯定是专业托儿啊。

牛一鸣听完了，稍一思考："行了，把三号楼四单元 B 座儿来一套！"他最近装修公司小赚了几笔，房价一路看涨，他打算在政策调控前投资。

黄蕊一下没反应过来，他要的是最大的那种户型，一百四十八平方米。

回到家，黄蕊紧紧抱住了高飞，把高飞吓一跳："疯丫头，干吗呢这是！"

黄蕊撒娇："嫂子最好了，我最爱嫂子了！"

黄成进来，被眼前的浓情蜜意惊呆："你这是得了疯牛病吧？"

"讨厌！嫂子帮我介绍了一单生意，成了！我发了钱给你买件礼物答谢！嫂子真是我的大恩人！"黄蕊诚心诚意地说，她只有一个月试用期，还有几天就到期，这一套房就保住了眼下的工作。

高飞心说欧阳的朋友还挺给力："甭谢我！发了钱留着自己买电脑！"黄蕊很肯定地点点头，蹦蹦跳跳出了厨房。

黄成佩服地看着高飞："行啊，你！"这才一天工夫，高飞就让小妹完成了业务名额，他发现自己小看了媳妇。

饭桌上黄蕊拼命给高飞夹菜，大媳妇在旁瞧着心里真不是个味儿。

黄母有后顾之忧："每个月都得卖套房，这不难为人吗？"

黄蕊情绪高涨："这开张了就好办了！妈，你跟亲戚们说说，一平方米九千真的不贵！地方虽偏点，以后慢慢就好了，现在买房最合适，我老板说了，现在政府调控，价钱不高，以后肯定要涨！哥，你别把钱都投到公司里，也该投资套房子！"

黄母听不下去了："你还越说越来劲了，你一打杂的空口说白话吓唬谁呢？房子动辄上百万的，谁买得起？"

黄蕊得意忘形："家庭妇女不懂就别乱插嘴了……"

黄母熟练地给了她一记板栗："你个没规矩的，谁家庭妇女？"

一旁的高飞被黄蕊的话说动了，最初他们附近的商品房只要四千多，当时大家都觉得贵，这一下子都涨到一万多了。政府说是调控，但房价却一直没降下来，更别提闹市中心两万、三万、四万的房价了。

晚上高飞跟黄成商量俩人买套房搬出去住，黄成一口否决。

高飞觉得黄家的生活方式很成问题，黄成的钱除了投资到公司那部分全部交给了黄母。黄母拿钱补贴家用也就算了，黄成大哥开出租，几乎没有赚钱的时候，总是各种刮擦，各种赔偿，全部家里倒贴。孩子的补习费就不用说了，连黄成大嫂的化妆品都是黄母付。这都不叫贴补了，高飞有句话说不出口，从生物学来说，这叫"寄生"。

想着自己的工资卡被人惦记着，她明白，拖延不是办法。

黄成之前对牛一鸣想买房子略有知晓，当发现老牛买的居然是黄蕊推销的那个，黄成觉得自己小看了高飞和前夫的联系。如果不是欧阳锦程的推荐，牛一鸣应该不会知道那么偏僻的地儿。碍于妹妹他不好对高飞发作，但眼见牛一鸣每天神秘兮兮地到办公室外打电话，他妹子也见天晚归，黄成感到不妙。

时间过了晚上十一点，黄蕊还没有回家，这对黄母来说就是大事了，全家都不许睡，在客厅候着黄蕊。黄蕊一开门看到满屋子瞪着的眼珠子，像进了狼窝的羊咩咩瑟瑟发抖。

黄蕊哆哆嗦嗦解释："牛总介绍几个客户过去看房，客户看了房后没签约，他过意不去，非请我吃饭，我们就坐了会儿，吃了点东西，聊了会儿天……"她说的大部分是实话，牛一鸣确实带了客户，人家看完就走了，牛一鸣说请她吃饭，黄蕊自不会让他请，为了表达谢意自己也该请一次客。牛一鸣别有用心她也懂，但过河拆桥的事她做不出。

黄母怒喝一声："放屁！你中午十二点下班到现在十一个小时，就只吃饭聊天？"黄蕊气哭了，高飞实在看不下去了，插嘴说："妈，您应该相信黄蕊。"

她成功吸引了火力，黄母怒指高飞，手指头都快戳到她鼻子了："你还敢说话？都是你惹出来的，什么狗屁牛总，都不是什么好东西……"

高飞变了脸色，这老太太什么暴脾气啊，她对黄母积攒的好感度一下子归零。

黄蕊被黄母罚跪一夜，高飞再次开了眼，这都什么年代了，这种封建教育方式真是无力吐槽！只是她不便再说话，说什么都是适得其反。

黄家人一夜都没睡好，第二天早上黄母寒着脸对大家宣布："你们几个给我听着，黄蕊，你甭去那个售楼处上班了，这工作不适合你！"

黄蕊惊叫："为什么？"她做到目前，最顺意的就是这份工，环境干净，工作单纯，还有上升潜力，她可不想辞。

高飞赶紧看黄成，希望他说话，没想到这个男人杀鸡抹脖子似的示意她千万别出声。

但高飞不说话也没能逃脱掉黄母的炮火："还有你，高飞，你也别在那个科待了，换个科！"

高飞大吃一惊："换科，换哪个科？"

黄母草草说："哪个科都行，就是不能在现在这个科，不像话！"

高飞上班的路上已经下定了决心，必须买房，刻不容缓。她甚至有个想法，房买大点，叫黄蕊搬来一起住，彻底摆脱黄母的魔掌。

她到科室时发现欧阳正趴在桌上，听见她的动静欧阳惊醒了，他抬头迷迷瞪瞪看了她一眼，又趴下了。

他眼神不对，高飞用手推了一下："怎么了？"

欧阳粗声粗气地说："没怎么。"

她探了下温度，他显然在发烧。欧阳反感地拿开她的手："没事，昨天停电洗了个冷水澡而已。"她的触碰让他起了一身鸡皮疙瘩。

高飞觉得匪夷所思："这都几月了，洗冷水澡！？"

欧阳没理她，高飞撇清说："别误解，我是担心病人，你今天好像有两台手术？"

欧阳说："手术排在下午，中午吃颗药睡一觉就没事了。"

高飞冷笑一声："你最好安排妥，别出什么乱子。"

欧阳躺在值班床上，脸通红，小美蹑手蹑脚进，轻轻察看他的温度，高飞推门进，小美被撞见有点尴尬："三十九度。"她的表情好像是被抓住的小三一样，高飞假装清理自己的东西，声音尽量漫不经心："吃药了吗？"

"什么都没吃，一直昏睡。"

"他手术安排的什么时间？"

"下午一点半和三点。"

离手术不到半小时了，高飞问："能将手术推迟吗？"

小美为难地说："我劝他推到明天，可这两台手术都是上礼拜定好的，因为各种原因已经推迟过，再推怕……"是的，怕病人投诉。

五分钟后，欧阳全副武装站在手术台，高飞也全副武装跟进，她不靠近手术台，举着消好毒的手站在门口默默观看。病人的病历和报告她都翻看过了一遍，是个简单手术，但时间不好把控。

欧阳专心手术。手术进行了半个多小时，退烧药起效了，他汗如雨下，多得护士都来不及擦拭，欧阳明显有些虚脱。高飞立马上前，欧阳默契地挪开位置，在她身旁充当助手。

手术结束得比预期晚半小时，高飞问欧阳"下一台手术是什么时候"？

"半小时后……"

高飞断然说："我和你一起上。"

欧阳看了她一眼，这是他第一次现场看她手术，以前他以为老秦对高飞的偏爱是基于美色，现在他发现自己并不了解高飞，也不了解老秦。她在无影灯下的手指，优美如钢琴家，精确如瑞士钟表，他不得不承认，她天生是这块料。

他意味深长地问道："你都是为了病人，对吧？"

高飞不答，果断说："你先去躺躺，手术前护士会叫你。"

欧阳低声说："是！" 他差点接了句"女王陛下"。

手术结束后，高飞闭着眼，靠坐在医院花园里休息，享受着冬天暖暖的太阳。身后两名中医科的经过，她们没看见树后的高飞，自顾兴奋地交谈着。

"众目睽睽下眉来眼去，真是的，唉！他们就这么没顾忌？"

"我说怎么欧阳一直不结婚，果然他们还没断！"

高飞猛睁开眼，以为自己听错了，中医科在院内另一座大楼，中间隔着食堂和报告厅图书馆，几乎与他们隔绝了。

"高飞还真是个人物呢，表面看挺正经的……"

"人不可貌相，我真同情她现在的老公啊……绿帽子快压死了都不知道！"

两个人哈哈笑着走远，温煦的阳光下，高飞一身冷汗，连中医科的都能八卦出她和欧阳，全院估计早就传得沸沸扬扬了。她这会儿明白阮玲玉自杀的缘故了：人言可畏。

终于要下班了，高飞还在补写病历，欧阳推门进来。他将盒饭推到她面前，同时还有一瓶果汁，果汁是她最喜欢的一个牌子，医院小卖部没有卖的，特许连锁店才有，距离医院最近的一家也要五公里，且不好停车。

高飞不看他："还没回去？"

欧阳挺客气："今天辛苦你了。"

高飞说："同事之间，应该的。"

欧阳站了一会儿，他终于按捺不住，低声耳语说："你还是对我有感情，你还是放不下我。"

高飞似乎被窥破隐私，顿时脸通红，正预备否认，欧阳已经离开，高飞突然泄气地趴在桌子上，满脸无助。

是，她放不下他。她觉得自己混账，应该放下，必须放下。

可，该如何放下？这不是筷子不是水桶，不是一台干净利落的手术，而是活生生的一个人，还有分明发生过的一段感情，一段人生。

黄成在自家意外看见了蒋月月，以为自己做噩梦呢，蒋月月手捧小茶杯，跷着二郎腿，就像从来没有离开过："你怎么才回啊？"

黄成狠狠咬了一下自己的舌头，恐惧地发现不是梦。

大媳妇在旁织着毛衣，半笑不笑的。蒋月月说她"有了"。有什么了？

智商吗？黄成糊涂了，他和她认识半年以来，唯一的"亲密"就是在他脸上啄了一下。

那一下能怀孕，人类的生命科学岂不是突破天际了？

黄母居然当真了，皱着眉头打量蒋月月："几个月了？"

蒋月月轻柔地摸肚子："四个月了！"她手边有好几张检查单，大家彼此传递着。

黄成忍无可忍地跳起："甭理她，她就是一骗子！我跟她手都没牵！"

蒋月月也一蹦老高："怎么，想吃霸王餐啊！"

黄母像打苍蝇那样挥挥手："行了，成子，坐下！"她一副老江湖的样子看着蒋月月，"给你多少钱才肯打胎？"

蒋月月口气和缓了些："这是钱的事吗？这可是条性命！"

黄母开价："五千。"

蒋月月就地还钱："五万！"

黄母摁住暴躁的黄成："那不可能，最多一万……"黄成简直要疯了，气得都不会喘气了。

蒋月月仔细思考着，这时高飞突然回来了，大家都莫名慌张起来，黄母却异常镇定："成子，家里菜不够，你和小高出去买点菜……"

蒋月月却希望将高飞卷入战火："来得正好，高大夫，我怀了黄成的孩子，你看着办吧！"

气氛骤然紧张，大家都看着高飞，高飞定定地看着蒋月月，眼神先是茫然，随后说："哦，那就生下来吧！"所有人都惊呆，蒋月月的嘴立刻歪到了一边，像面瘫患者。

高飞欣然说："生下来，再做个亲子鉴定，如果是黄成的，我跟他离婚你俩结婚，我说话算话。"

蒋月月非常肯定地保证："这孩子就是黄成的！"她的肯定里透露出心虚。

高飞看了一眼检查单，这伪造水平越来越低了，比上官飞燕那个差远了。她也非常肯定："我相信我老公，他不会做这样的事。"

黄成震动，感慨地望着高飞，在旁的大媳妇也十分意外，嘴里的瓜子仁掉到鞋面上。

十分钟后，蒋月月气呼呼跑出，黄成大嫂紧随其后："她还真沉得住气哈，没事，月月，你就生下来，看她怎么收场！"

蒋月月一跺脚："生什么生，都是你撺掇的，丢人丢大发了！"

大媳妇这才明白过来："你肚子……到底有没有啊？"

蒋月月从衣服里抽出条毛巾："除了该有的其他啥也没有！"

大媳妇嚷了起来："你骗人，你这人真不地道！"

蒋月月勃然大怒："好意思说我？不是你说想出口气吗？你说她随随便便买件衣裳就七八千，我跟他只落个贪财拜金的名儿，这你不是替我抱不平吗？"

大媳妇心虚了："别瞎说，我原话不是这样的！"

第 18 章

黄母发现黄蕊没有辞工，气坏了，宣称今晚就不让死丫头进门来。

高飞见老太太真急了，便不顾黄成的眼色插嘴说："妈，您不知道现在工作有多不好找！尤其是女孩，黄蕊好容易找个如意的工作，您要是不让她干，难不成让她在家吃闲饭？您愿意她年轻轻的待在家里？"

黄母不爱听，拿眼瞪她，高飞管不了那么多了。这老太太实在没活明白啊，还是拿从前的思路过日子："这世上，有钱人和穷人一样都有好坏之分，您看电视新闻也知道，那杀人越货的大部分还都是穷凶极恶之徒！"

黄母正要反驳，黄父忙帮腔说："小高这话在理！那个牛总也就是那么一小撮不良分子，不能因噎废食，是不？"

黄母的样子略有松动，高飞趁机说："何况，他也没做什么出格的事……"

黄母说："等出格还得了！"

高飞建议"防患于未然"，黄成对牛一鸣贴身防范，黄父没事的话就地驻守，黄家人轮流在黄蕊的楼盘周围转悠，铜墙铁壁，以防万一。她的建议得到了包括大嫂在内的一致同意。

夜深了。

黄蕊收到牛一鸣短信后悄悄起身，她只穿着袜子，拎着鞋子出门，再非常小心地把门给关上了。

高飞听到动静就知道黄蕊出去了，这丫头，唉，跟她当初和欧阳似的，越被反对越坚定，高飞想了想，拿手机给欧阳发了条短信。

黄蕊坐在牛一鸣的车上觉得特刺激，特兴奋："去哪儿？"

牛一鸣笑眯眯地看了眼黄蕊："去 K 歌！"时间处得越久他越发现黄蕊的单纯，买支冰激凌就乐得开了花儿，早先他女朋友也是这样，但后来越来越现实，要看到银行卡才有个笑脸。

黄蕊欢呼一声："我好久没唱歌了！"

牛一鸣电话响起，一看号码是他女友的，他半天没接，但电话持续响个没完。牛一鸣无奈停车接电话。

女友在电话里一番咆哮，询问他人在哪儿，牛一鸣辩解说："我在外面呢，跟一客户谈生意……"他一惊，"要客户接电话？那不妥吧，什么，你要过来？"

牛一鸣赶紧挂电话，他告诉黄蕊："我送你回去，我有急事！"

高飞在医院天台俯瞰风景，现在到处是工地，满城挖，这么多的楼，不知哪里会是她的安身之所。

欧阳来到她身后，递给她一罐果汁，两个人一同遥望天边。

高飞意味深长地说："这么久了，你也该找个合适的人结婚了。"

欧阳又开始没正经了："有合适的给我介绍介绍。"

高飞笑了："你还用介绍吗？往人空里一站，什么苍蝇蚊子都来了，还都是雌的。"

欧阳颇有自知之明："只怪哥长得太醒目了。"

她问："牛一鸣那边怎么样？"

欧阳汇报说："他老婆现在天天跟着呢，跟保镖似的。"自从高飞报信后，欧阳便给牛一鸣的女友打电话，再三明示她看紧老牛后，那女的就寸步不离了，上厕所都跟着，老牛贼心贼胆全都收拾到箱底了。

高飞有一丝丝愧疚："我们是不是特过分？"

欧阳笑笑："其实他也不是什么坏人，有贼心没贼胆，也干不出什么坏事。"

高飞联想到欧阳身上："你也跟他一样的想法吧？"

欧阳真急眼了："冤枉人，我连贼心都没有！"

高飞打断他："你留着跟你下一任解释去吧。"她想，必须做个了断了。

高飞走进秦主任办公室时，老秦正对着电话叫苦："院长，别一天一个电话，净影响我工作……我没人借给他！"高飞知道内科又缺人了，内科工作辛苦，待遇也没有外科高，本来在医院就属于不热门的科室，再加上今年退休了两个，有一个高龄孕妇请长假保胎去了，现在连高主任都被迫倒班，听说新近流感倒了一个，他们班都排不下去了。

秦主任挂电话，沉着脸示意高飞坐。

高飞若有所思："院长又跟您要人了？"

秦主任牢骚道："内科不知道怎么弄的，净闹人荒！"

高飞建议："要不，我去吧。"她这话是深思熟虑的，在一个科室每天低头不见抬头见的，别说封建思想的婆婆，其他人也无法接受。

秦主任没听清楚，高飞重复了一遍。

秦主任眼睛瞪成了手电筒，一字一句："你想去内科？你去内科能干什么？"

高飞乐了："别小看人，大学里内科学我可是高分。"

"内科和外科可是截然不同的两个行当！在这里你是行家，去了那儿你什么优势都没有了，你这么多年没接触过临床，现在连刚分来的学生都不如，你知道吗？"

高飞坚定地说："知道。"为达目的，她加了一个冠冕堂皇的理由，"现在不是说培养全科医生的趋势嘛，我会努力，相信我！"

沈心得知高飞借调到消化内科的消息乐坏了，一溜烟帮高飞将她的私人物品搬到内科："你东西就搁我柜子里吧，我今天就配把钥匙给你。"

高飞觉得好像又回到了当初实习的日子，天天和沈心混在一堆儿，总有说不完的话。

沈心嘱咐说："等会儿你去见高主任你告诉他，我带你！"沈心没想到，她还有指导高飞的时候，更没想到的是，高主任指名王苹苹带高飞。

这下子反过来了，当初王苹苹到外科进修时被秦主任给轰走的，高飞觉得这是高主任故意而为之。

山雨欲来。

病理科大楼老旧，电梯也特别昏暗狭小。高飞抱着病历发着呆，电梯门开，欧阳走了进来。高飞特意和沈心换过一轮班，一周有六天都遇不到欧阳的，这么小的概率，现在两个人竟相遇在一个狭小空间。高飞下意识往边上靠了靠，离他的气息远了些。

欧阳目视前方："我不知道你对内科有兴趣。"

高飞僵硬地说："我想趁年轻多学点东西……"她查完了房后，发现自己不再是从前那个脑袋灵光的学生，二十九和十九不止差了十年，她有点像《夏洛特烦恼》里那个老头，"马什么梅？""什么冬梅？""马冬什么？"知识点记住了前面忘后面，记住了后面忘前面。

欧阳冷笑一声："你因为我离开外科完全没必要，不如我离开这家医院。"

高飞断然说："不是因为你。"

欧阳一语中的："那是因为黄成？"那些谣言他早就听到了，不过一笑了之。日子是自己过的，别人说什么都无关系。没错，他是放不下她，关别人什么事？影响世界进程了吗？阻碍了地球运转吗？

高飞木然道："为我自己。"

电梯停，欧阳出，他转过身来，盯着她的脸大声说："那些谣言只有傻子才当回事！"

电梯门老旧了，反应不灵，在他们之间静止许久不关，他不错眼珠地盯着她，时间像是瞬间凝滞了，最后电梯门才"吱呀"一声合上。

欧阳喝多了，他跌坐到自家沙发上，习惯性拿起茶几上的水，发现是一瓶新的，回头打量了一番，他的猪窝竟然挺整洁。高飞离开后他很少收拾屋子。

欧阳掏出手机打电话，从房间的一个角落里传来上官飞燕的手机铃声，欧阳叹口气，说："出来吧！"

上官从窗帘后出，手里还提着自己的鞋，样子狼狈："你怎么知道我在这儿？"

欧阳一指房间："我自己家什么样，难道我自己不知道？你什么时候偷配了我的钥匙？"她给他打过几次电话他都没接，她竟自己上门了。

上官忙摆手："绝对没有偷配，我是……找锁匠上门来帮忙开的锁，拜托师傅现场给配的，等了半小时，隔壁大妈还给端了个板凳给我坐呢……"

"怎么，你父母同意你在这儿上学了？"

"插班读临床医学。"

"医科课挺紧的，你还有时间跑这儿来瞎胡闹？"

上官小心翼翼问："你心情不好吗？"欧阳已经尽量显得平静，但再次被这个丫头片子看穿了。

上官看他不说话，蹑手蹑脚提着鞋走到门口，准备离开。

欧阳突然问："明天有空吗？一起吃个饭，看场电影吧。"他对自己说，该给自己、给她一个机会了。

高国庆又来了。高国庆在建筑工地打了半年工，结果工钱没挣到老板跑了。现在他住的地方也没有，只能窝在涵洞底下，天冷了，他关节炎发了。

看着年迈的父亲，她恨不起来。她后来了解到，他跟着私奔的那女的老公病了，几个孩子都不管，那女的便回去了。高国庆还傻里吧唧贴补人药费。冤孽。

无奈，她给找了个便宜的出租屋，一个月五百，简陋，但比涵洞暖和。

高母大怒，杀她的心都有，高飞吓得魂飞魄散。

高母质问："离开外科，这么大事怎么不和我商量商量？"

高飞松了口气，还以为她妈知道高国庆的事了，她辩解道："我就想多学点东西……"

高母问："南橘北枳的道理懂吗？"又来了，她妈总当她七岁，总是循循善诱劝人从善的老师口吻。

高飞弱弱反驳："是金子在哪儿都发光……"

"你是金子吗……"

"指不定是钻石呢？"

"就算你是颗钻石，也得安对地方，你在内科只会浪费时间，一事无成！"她承认，她妈说得都对，欧阳不可靠，她离开外科一事无成，只是她自己的路多难都得自己走下去。

晚上黄母在饭桌上再度旧话重提："小高，你今天回家存折拿回来了吗？"

高飞早就防备了："我跟我妈说了，她死活不肯拿出来，说要替我存着。"高飞吃准了婆婆内心怕她妈，她妈是谁啊，以前在医院领导都怕她三分。如果知道黄母的家庭财务管理状况，她妈肯定得花上几天时间给亲家好好上一通经济管理课。

黄母狠盯了高飞几眼，高飞赶紧做出忠厚状，婆婆对这套已经烂熟于心，继续将她的军："那换科室的事呢……"

高飞故意迟疑地说："科室啊，我今天换了。"

黄成第一个抬起头，惊讶变成欢喜。

黄母以为她又在撒谎："换哪儿？"

高飞说："嗯，只有内科缺人，不过内科的奖金少多了。"

黄父大感意外："今天怎么没听你说呢？"

"这不想给你们惊喜吗？"

黄母居然有点失望，备好的弹药不能浪费，果断换目标投放："三儿，学你嫂子，你也换换工作。"被殃及的黄蕊不敢伸筷子夹肉，生无可恋地啃着面前的萝卜。

黄河饭后找父母商议想买辆车，自己跑滴滴。

黄母不看好大儿子的智商："你在出租公司混两饭钱就行，有必要冒那风险吗？"

黄河叹口气说："小胖一天天大了，往后花钱的日子多着呢，现在不挣几个，以后还不干瞪眼啊！"

她妈知道儿子说得在理，但还是不放心："买车……怕得好几万块吧？"

黄河说："您翻的那是老皇历，起步十二万……"

黄父看了黄母一眼，对老伴微微摇头，黄母于是说："那我们就帮不了你了！"

黄河无奈站起，想起什么似的："对了，这月小胖要交补习费，您能借我四百八吗？"

黄母清楚记得上个月刚给了大儿子五百块，不用说，他是被媳妇派来讨钱的，黄母闭眼掏了六百。

王苹苹走进内科医生办公室，一副兴师问罪的样子："高大夫，你今天看过十七床吗？"

高飞立刻起身，不知自己被抓了什么小辫子，面露忐忑。沈心保持警惕，立刻放下手里的电话紧盯王苹苹，一副随时要和"对方辩友"死磕的姿态。

王苹苹质问："你给十七床开了一瓶两百五的葡萄糖？"

高飞松了口气："对，十七床突然低血糖。"

王苹苹冷笑道："你知道十七床有糖尿病吗？"

高飞说："知道啊。"

王苹苹顿时一脸嘲笑："那你还敢开葡萄糖？"

高飞反问："虽然是糖尿病患者，可也会有低血糖，她的血糖一升上我就要护士停了药，有错吗？"

王苹苹理亏，但还是强词夺理："你能有错吗？你是谁，你是大名鼎鼎的高飞啊！可你别得意太早，你要总这样，肯定会吃亏！"

沈心果断出手："不吃你的亏就阿弥陀佛了！王大夫，您是不是认为糖尿病患者任何时候都不能用糖？"

面对沈心，王苹苹心生怯意："我意思是……"

沈心厉声说："如果你错了，向高飞道歉！"

高飞发了工资第一件事就是去给高国庆买被褥，他现在盖的那床太薄了。

沈心只买吃的，她往购物车装了好几盒费列罗："情人节特价啊，原先四十五现在只要三十六！"

高飞抽口冷气，三十六可以买大半斤上好的排骨。沈心听不下去了："你到底是结婚还是出家？连零嘴都戒了，人生还有啥意义？"

高飞打趣她："还说我呢，你少吃点零嘴，再长可赶上月球了！"

沈心傲然说："我乐意奔月！"虽然没有情人，但沈心绝不会亏待自己。她没有告诉高飞，王健此后一直没来找她，她不止一次想打个电话问候一下。但转念一想，天天在单位见着王苹苹就算了，难不成以后在家还得见面？她宁可一个人好好活完下半辈子，不愿两个人别扭委屈一生。情人节，巧克力必不可少，至于情人，宁缺毋滥。

两个人走到收银台前，沈心付完款，趁高飞不备偷偷塞了盒巧克力到她购物袋里。

出了超市，沈心舍不得和高飞分道扬镳："你好久都没到我家了啊！"

高飞叹口气："过段时间吧，最近忙着恶补内科学，专业知识落太久了。"跟着王苹苹啥也学不到，王苹苹业务不精，又粗心大意，高飞郁闷坏了。

沈心热情说："来我家，我亲自给你辅导啊！"

高飞老怀大慰，故意问："管饭不？"

沈心忙说："管，不仅管饭，还管菜！"

高飞去了沈心家就发现上当了："你就管吃不管做啊？我什么命这是，在婆家做在这儿也是做！"

沈心恭顺地端杯热饮给她："看看你的手艺练得怎么样了，愣着干吗，干活啊！"

有人敲门，沈心出去片刻回来时手里攥着两枚鸡蛋，她对高飞解释："对门的，来还蛋。"

高飞扑哧笑了："只听过混蛋没听过还蛋，就俩鸡蛋，有必要还吗？"

沈心放下蛋拿起零食："我也这样说啊，可这人真怪，总来借东借西，就是一张纸巾他也非还不可！"

高飞感兴趣了："男的吧，结婚没？"

沈心会过意来了，白眼直翻："他，一脸历史和沧桑！嘿，我说高飞，你结婚后变得忒俗，特像我妈，又家常又八卦！"高飞一想，还真是！

高飞问："干辣椒在哪儿？"

沈心答得干脆："没有。"

高飞奇："你这儿没辣椒？那我这辣子鸡丁还怎么做？"

沈心惊得下巴掉下来了："还辣子鸡丁？你行吗，别整这么复杂，炸两个蛋，炒个青菜对付了完了。"

高飞意兴阑珊："这不顺便练手吗？我鸡丁都切好了，你这怎么佐料都不全啊！"

沈心翻身爬起："得，我去对门借借看。"

沈心不想弄脏手，用脚踹关云山的门，关云山一脸怒容出来开门，看见沈心显出高兴，过了一会儿，他从屋里拎了满满一袋子干辣椒出来。

沈心忙摆手："不要这么多！"

关云山："没说都给你啊，有东西装吗？我怕我用手抓你嫌脏……"

沈心下巴颏一指："跟我进屋！"

高飞正打鸡蛋，关云山一见一声令下："住手！"

高飞吓一跳，僵在原地，老关说："蛋黄不能用！"他上前接过高飞手里的碗将蛋黄抓了出来，高飞莫名其妙看着他。

关云山解释说："只能用蛋清……"老关熟练地用蛋清、淀粉将切好的鸡丁抓匀。

高飞悄悄指着关云山，无声地问沈心"他是谁"？

沈心无声回答"对门的"！高飞心领神会。

三全人站在厨房关云山转不开身，关云山头也不抬："你们出去，我来！"

沈心和高飞在外间，高飞看专业书，沈心看电视一面吃着零食，过了好一会儿，高飞问："他怎么还没忙完哪？"她饿了。

这时，关云山围着沈心的花围裙出，手里各端着一盘菜："开饭了啊！电视关了，都洗手去！"

高飞一脸疑惑："沈心，这是你家吗？"

沈心也疑惑："咱们是不是进错门了？"

关云山刚坐下一副要开吃的模样，沈心和高飞洗完手出，沈心热情洋溢地说："关师傅，你要有事先回去吧，今天谢谢你啊！"

关云山一愣，忙站起来："你们慢吃，我那什么，回去了！"

沈心叫住他，老关一脸期待地看着她，沈心用眼神示意他身上的围裙。送走关云山，高飞有点过意不去："你怎么不留人还往外赶呢？"

沈心奇道："都没请他来，他还好意思坐下吃饭，我要不赶他说不定还住下了呢！"

高飞没明白沈心的逻辑："好歹人做了菜啊，这么老多，我俩吃得完吗？"

沈心教育她："一陌生男子，不知根不知底，我可没胆儿和他共同进食。"她尝了两筷子，差点流下眼泪，"好吃！吃啊，吃啊！"

上官自认为和欧阳经过了暧昧期，正式步入约会期，男女交往中最重要的发展双方共同爱好，所以俩人没事就满大街找好吃的。

上官找到一家网评很高的餐饮店，这家店上过一个美食节目后爆红，门口无论何时都坐满了等食的人。

"这家的鱼火锅超级好吃！你看，这才几点呢，这么多人在等。"上官介绍的口吻就像她已经品尝过了一样，可等了一个多小时队伍也没见变短。她离开的空隙，两个等位的女孩回头看了欧阳几眼，其中一个剪梨花头的女孩露出惊喜："欧阳！"

欧阳茫然，梨花头提示他："牛一鸣啊！牛一鸣是我姐男朋友！"欧阳恍然大悟，这位是牛一鸣的未来小姨子，之前老牛强行介绍过给他，不怪他认不出，女孩估摸是做了韩式半永久，整个外观往网红方向发展。梨花头毫不见外地撇下另一个女孩坐到欧阳身边，估计和对方也就是塑料花姐妹关系。

梨花头亲亲热热地说："你说有时间教我玩魔方的，啥时候啊，对了，你现在电话多少？"

上官出来，见状便上前亲密地搂住欧阳脖子："亲爱的，这谁啊？"

梨花头像打多了肉毒素一样脸僵住了，坐也不是走也不是，欧阳轻轻掰开上官的胳膊，介绍说："这是我同学的妹妹。"

等梨花头尴尬地走开，上官笑容消融，一脸深恶痛绝："没皮没脸的，死盯着你的脸，就跟苍蝇见着奶油似的。"

欧阳不以为然："不过打个招呼而已，你至于吗？小心眼！"

上官见他口气带着戏谑，忍不住脾气，腾地站起身："我就小心眼怎么啦，我可不是高飞，我假装不来！"

欧阳冷冷看了上官一眼，他最烦她提高飞，他起身就走。上官气呼呼地在原地站了片刻，发现欧阳真生气了，她赶紧跟上，欧阳腿长走得很快，她一溜小跑，追得上气不接下气的。

上官猛抱住欧阳的胳膊："我错了！我不应该提你前妻，我错了还不行吗？"

欧阳恼火地说："撒手！"

上官坚决不撒手，俩人在街上僵持住了，欧阳最终妥协了："行了，我带你去吃火锅。"

上官半信半疑，但挽着欧阳不敢松手，欧阳没脾气了，说："我就和一女的说话你怎么这么生气？你要是和男的说话我可无所谓。"

上官嘴瘪了瘪："可气的不是那女孩，是你！你看着人家笑眯眯的，让人误解！"

欧阳一头雾水，上官见他不信，学他的样子挤出一脸色眯眯的笑容："你就这样笑，但凡正常女人都会以为你在泡她！"

欧阳恶心地看着她的笑容："我怎么可能这模样？"

上官嘀咕一句："吐口唾沫自己照照就知道了！"

欧阳回家后反复对镜子验证了半天，觉得上官说的似乎有那么点道理，这话高飞似乎也提过，他一直没往心里去。

他做了个重大决定，后半辈子就板着脸过了。

这个时间，黄母正一脸挑剔地清理高飞买来的菜，儿媳最近都不买肉了，老买青菜。老太太一眼瞅见了那盒巧克力，一看标签，她惊呆了："败家子！就几块破糖就要三十多块钱！合着一小块就要两块钱，能买双塑料拖鞋啦！"

黄父实在忍不住了："哎哟！你年轻的时候不也喜欢吃什么话梅麦芽糖吗？总叨叨个啥，不就是巧克力吗？她还不像老大媳妇一天到晚抱着瓜子儿嗑呢，你就少说两句吧，这话到此为止！"

黄母不服："我不是指着零嘴的事儿！我是觉得这孩子花钱没谱，一件衣服就七千呢！"

黄父及时遏止住她对那件衣服的无尽牢骚："就一件衣服被你成天挂嘴上，二媳妇够可以的啦！买菜、做饭，你吩咐她啥事都赶紧干，怎么训她都乐呵呵的，你还挑三拣四？不就是没把工资折子搁你手里嘛，你打听打听，哪家儿媳妇钱是给婆婆管的？哪家媳妇不吵着嚷着要管钱的？大媳妇一家钱是交给你了没错，结果交一个拿走三个，你说你划算吗？"

黄母一瞪眼珠子："跟我唱反调是吧？要不是你不跟我齐心，家里至于这么一团乱吗？你凭良心说，有她那样的吗？人嫁出去了钱还给妈管着，父亲在世还跟人说'走了'，欺负我读书少，跟我玩文字游戏！"

黄父只好举手投降。

第 19 章

黄成最近走背字，喝凉水都塞牙，早上施工没多久一名老师傅闪了腰，他不得不撂下一堆事儿送人去医院，前后挂号检查就花了百八十块。

黄成身上拢共就那么点钱，问对方带钱没，老师傅可怜巴巴的："我没钱，我不拿药了，回去用药酒抹抹就好……"

黄成气不打一处来，正训斥对方时欧阳锦程经过，远远喊了声："伯父！"

欧阳一眼认出坐长椅上的人正是高国庆，高国庆咧着嘴勉强笑了笑，黄成有些狐疑，没明白他们是什么关系。

欧阳完全当黄成透明人："您怎么啦？"

高国庆龇着牙说："唉！老了，不中用了，干点活还把腰扭了！"

欧阳注意到他身上和鞋面上沾了不少水泥点子，问他："高飞知道吗？"

黄成听到高飞的名字，忽然想起来了，眼前这个老师傅不是别人，是高飞的父亲，婚礼上他出现过。看到欧阳和对方态度亲密，黄成心里老大不是滋味。

完事后黄成送高国庆回住处，他发现出租屋饭桌上压着一张百元钞票，还有张字条，上面写着："我来过，你不在，给你换了被子和垫褥，给你留一百块钱，别乱花！高飞。"

黄成是挺奇怪高飞最近手紧，看来是贴补她父亲了。

回家后黄成问高飞她爹的事，高飞真不想提，问到最后才勉强说："他在我很小的时候跟一女的私奔了，家里的钱全卷走了。我和妈都当他死了，家丑不可外扬，我没告诉过任何人。"

黄成酸溜溜地问："你前夫什么时候知道的……"

"他不知道。"

黄成看了她几眼："他不知道？今天在医院他还和你爸打招呼，看上去两个人挺熟。"

高飞一愣，正要问他怎么回事，黄母在外面一连声喊黄成。一进他妈的卧室，他妈沉着老脸，旁边放着巧克力。

黄父抢先告状："就为了盒巧克力你妈怄气呢，你说说看，至于吗？"

黄成一听就烦了，这叫怎么回事啊："您是不是太闲了？怎么啥事都能犯着你！不就是巧克力嘛，别让大嫂听见，就上次知道高飞买件贵点的衣服还不依不饶呢，别为了盒糖搞得大家都不开心！"

黄父狠狠横了黄母一眼："晚啦！她已经叨叨给你大嫂听了！"

黄成悲痛欲绝，这一家子女人啊，没一个省事的。他随手拿起袋子里的购物小票，一瞧，里面并没有巧克力的清单，心生疑云。

黄成正要去问高飞个究竟，他哥来电找他，三小时后，黄成搀着醉醺醺的黄河回家。

黄河一见他妈，就跟小时候从幼儿园回家一模一样，失声痛哭："妈，她打我，当着我儿子的面！我想还手，她两个弟弟一边一个扯住我，妈，有我这么窝囊的吗？"

原来是黄成大嫂知道高飞买了巧克力，想起今天是情人节，她找老公讨要礼物，两个人三句不合就吵起来了，顺带来了个全武行。

一切归功于黄母。

黄成洗完澡出，高飞还靠在床上看厚厚的《内科学》，看样子今晚她打算就这样过了。他呆呆看着老婆，半晌才说："你知不知道今天情人节？"

高飞心不在焉地："哦，节日快乐！"

黄成拿过高飞的书："你老看书还怎么快乐？"他关了灯，一把搂住高飞，"睡吧！"

高飞拧亮了灯，拿过书："我还不困，你先睡。"她必须在一周内把书通通过一遍，不懂的还要查资料。

黄成伸手夺书，他们这周没过夫妻生活，今天必须解决一下。高飞一躲他没抓到，黄成恼了："唉！你是女人吗？今天情人节你知道吗？"

高飞兴趣成功转移："那你送我什么？"

黄成试探说："你想要什么，花？巧克力？"

高飞想了想："花就免了，巧克力来点儿不错。"她觉得黄成不过就是说说而已，花他肯定舍不得，不能吃不能喝的，而一盒巧克力好几十块，他那抠索劲，不提也罢。

黄成迟疑着："巧克力，你自己没买吗？"

高飞觉得黄成有时候特怪，她继续盯书："我有那闲钱吗？就是有也不敢买，你妈要知道还不得吃了我？"

黄成追问："没人送你吗？"

高飞烦他有时候跟他妈一样聒噪："我出去看书，懒得理你！"

黄母跟儿子叨叨一百遍，必须将高飞的工资卡要过来，真是反了她了，一盒巧克力几十块。黄成则另有打算，他要和高飞好好谈谈，决定不绕弯了："你负担你爸多久了？"

高飞心脏一紧，抬头紧盯他的脸，黄成严肃警告她："他对不起你们，你千万别心软，要钱坚决不给！"

欧阳走进电梯的时候，高飞在发呆，在内科她每天像顶着一锅沸水，有种大难临头的无力感。

电梯门关上，她才发现又剩他们俩，她没注意到有人正打算进来时一瞅他们，又退了出去，否则更添烦恼。

欧阳关切地问："内科还适应吗？"

她不说话他就全明白了，欧阳自说自话："还记得吗？有一年情人节，我问你有什么心愿，你说想和我去上海看我父母，我答应你度蜜月的时候去，最后也没去成，我想知道，为什么你冒出那个念头？"

那都是几百年前的事了吧，高飞喃喃说："我想知道有父母在身边会有多幸福……"她曾羡慕每一个家庭完整的孩子，那是再多满分试卷再多奖状都无法填补的。

高母催着高飞回了趟家，一进屋就将一张单据扔到高飞脸上，那是她给高国庆的租房单据，高飞不知道这玩意怎么到了她妈手里。不过，她没有自己预想的那样惊慌，内心明白，她妈迟早会知道。

高母质问："你老实说，这房子给哪个混蛋租的？"

高飞故作轻松，说："高国庆呗，他现在……"

话音未落，她妈给了高飞一耳光，高飞脸发白，嘴哆嗦着说不出话。

高母满脸是泪："你疯了！是不是钱多得花不出去了！有钱你捐给慈善机构，也不能给高国庆！你忘了，他走的时候连卫生纸和暖壶都没放过！连我放在布娃娃里准备给你交书杂费的钱都摸走了！"记事起她妈就没流过泪，她伤害了这个世界最在乎她的人。

高飞含泪说："妈，你别生气！我是看他太可怜了……"

高母气得坐倒在沙发里，浑身颤抖："他可怜，你吃撑着了，还有闲情可怜他！？"

高飞回到家时，黄成发现她脸上很深的四根手指印，不禁心疼。他没想到丈母娘会下狠手，记忆里他妈也就小时候打过他一次，还是打的屁股。

高飞冷冷问："是你把单据给我妈的吧？"他不仅软弱，还无情。也只有婚后才能认清一个人的真面目。

黄成嘴硬："只有你妈才制得了你。"

高飞不想再和他废话了，他们三观严重不合。

黄河和媳妇的矛盾继续着，黄家父母怎么劝他也不肯回家，长期盘踞在沙发。

黄母拿这个整四十岁的儿子没辙："你媳妇也真是，突然想起过什么洋节！？"

黄父来气了："还不都是你挑起的，忘了？都是谁提醒的？"他学黄母口气惟妙惟肖，"巧克力，疯了吧，买那么贵的巧克力！"

黄母心虚起来："别插嘴了，巧克力和过节有啥关系！"

黄河及时给他妈普及常识："巧克力在情人节相当于咱过年的饺子、元宵节的汤圆、端午节的粽子……清明节的纸钱。"他妈这才明白过来，心说还是中国节靠得住，两口巧克力能买一堆纸钱呢。

黄蕊抱怨黄河鼾声太吵："哥，你啥时候回去？"

黄河委屈万分："你当我愿意啊？你看她打我成这模样了，除非她来接我，否则我一辈子都不回了！"

黄父讽刺说："你可真有出息啊！"

黄蕊一本正经劝说："大哥，你们的矛盾啊，主要是因为住嫂子娘家，解决你俩矛盾的根本问题，买套房！我们那楼盘的二期限量开盘……"

黄母听不下去了，老大想买辆车她都没敢答应，一套房一百万啊。

高飞突然接话："黄蕊说得有道理。"她没指望黄成帮腔，随他闷头吃他的饭。

黄河长叹一声："你们当我不想有自己的地盘啊，谁让我穷啊，就算不吃不喝，我下辈子都买不起房！"

高飞忙说："要不，我们买房，我们搬出去大哥就能搬回来了。"她转头征求黄成意见，"你说是不是？"

黄成看他妈的脸冷得都掉冰碴子了，忙说："我们哪儿买得起房？"

高飞早就算好了："我们不买大的，面积买小点的，首付三十万估计够了，你手里怎么也有十几万吧？我去借点，剩下的找银行，多贷几年，一个月五千以内应该能承受，实在不行，买套二手房。"

黄母紧盯着黄成："十几万？他哪儿那么多钱！"

黄父打岔："不住一起？你们有孩子了谁带？"

高飞说："自己带呗，以前人不都是这么过来的？"

黄父觉得高飞越说越过分，现在哪能跟以前比，自家三个就这么混着带过来了。孙子出生后亲家两口帮着，他们这边也没少帮忙，就这样孩子还三天两头生病，他们自己怎么带？

高飞还不死心："我是说正经的，大家有钱出钱有力出力，好好支持我们一把。"

黄父第一次真怒了："你这想法不实际！"

晚上，高飞等到黄成心情见好的时候试着跟他沟通："我俩买个房搬出去，你哥正好也能搬进来，一举两得。"

黄成不爱听这个："你还真来劲了！"

高飞一反常态，死缠烂打："你好好考虑考虑，我说得在理不在理。"

黄成逼不得已说："你说的能有错吗？不是我手头钱不凑手吗？"

高飞自信满满："如果单单是钱的问题，好办。"

沈心舍弃美容觉陪高飞逛街，她以为高飞想买衣服，没想到居然是看楼盘，她觉得挺新鲜。她力挺高飞搬出来，娘家是狼窝，婆家是虎穴，只有出来住才能逃出生天。

高飞有些气不顺："我跟黄成好说歹说他就是不松口，我觉得，黄成的问题根儿在他妈那儿。婆婆虽然不是坏人，但教育方式大有问题，儿子都快四十了，她还像老母鸡护着小雏鸡似的，我得花大力气给他把这根儿给除了。"

高飞当场看中一套三居室："我就要这套，八十八平方米的，在哪儿交定金？"

沈心惊道："没搞错吧！你要下定，这么大事你总得和黄成商量？"

高飞掏出珍藏的工资卡："一商量肯定就黄了，时不我待！"为了应对黄家，她的卡都放在单位，有需要才拿出来。

售楼小姐殷勤地说："定金一万。"

"我这里面有一万五，全交。"

沈心傻了，第一次看到高飞这么急不可待："大飞姐，人家都是想少交，你还……"

高飞笑了："我要有十万我都交进去，省得到时候动摇。"

一分钟后黄成收到高飞的短信，目光呆滞："出大事了，出大事了……"

第二天黄成不由分说拽着高飞到售楼处退定金，售楼小姐见怪不怪，淡淡说："按我们的行规，定金不能退！"

黄成开始打手机满世界找熟人想办法，高飞则坐到一边气定神闲翻看报纸，售楼小姐给她倒了杯茶。

黄成打了一圈电话毫无头绪，索性挂了电话，发狠说："算了！不退就不退，我就是要解除合约。"

高飞看着他，觉得他特别陌生，她突然有个想法，如果这房子不买，她也不想和黄成过下去了。她被自己吓了一跳，原来婚姻就这么脆弱。

售楼小姐无奈取出合约书："好吧，如果您坚持……"

黄成对高飞怒吼："还不把你的合同拿出来！"

他气得变形的脸让高飞有种作呕感，高飞回瞪了他一眼，决定了，今天退房，明天就离，这日子谁爱过谁过去！她将合约书从包里取出，用力拍到他面前。

售楼小姐的笑脸速冻起来："您不再考虑考虑吗？一万五也不是个小数目。"

一万五！黄成崩溃了，他一宿没合眼，做的最坏的打算就是一万块打了水漂，这多出来的五千块钱就像骆驼上的最后一根稻草，将他彻底压垮。

高飞起晚了，慌张赶到科室时签到表已经被收起来了，正束手无策时，沈心换好工作服漫步走来，高飞赶紧问："你签到没有？"

　　沈心仔细擦着手霜："签了。"

　　高飞叹息："唉，就差两分钟！"迟到是要扣钱的，一次五十块，很贵的。

　　沈心笑笑，轻声说："没事，我帮你签了。"

　　高飞疑惑："不是不让代签吗？"

　　沈心小声说："趁着混乱签的，放心，我觉得我的笔迹仿得比你还像呢！"

　　高飞明白了，这辈子她最应该嫁的就是沈心，除了性别，其他都不是问题。

　　沈心问起高飞买房风波，高飞笑笑，黄成现在开始跟她冷战，黄家人也都如出一辙不理睬她。她不怕冷战，她只怕没有属于自己的地方。

　　高飞不好意思地问道："跟你商量件事，你能借我点钱吗？"

　　沈心明白："你还是要买房？"

　　高飞下定决心："买！当然要买！刀架到脖子上了，目前唯一出路。"她原本下定决心，离婚，离了一次还怕离二次？但回想起黄成对她的好，在他妈的淫威下暗度陈仓的呵护，还有他为救她妈舍弃的两百万合约，林林总总，她不能意气用事。

　　沈心问她想借多少，高飞满怀希望："你有多少？"

　　沈心回想了一下："定期有一万，下月到期，活期有一万。"

　　高飞绝望了："你怎么这么穷啊……"她忘了，沈心是个月光族。

　　沈心建议："我找我哥借点？他有钱。"

　　高飞赶紧拒绝："别！不能扯你们家人进来，我问问我妈吧。"

　　高飞鼓足半天勇气才和她妈提借钱的事。

　　高母的反应正在她预料当中："这事你应该和高国庆商量啊？"

　　高飞没吱声，抬头来笑眯眯地看着母亲，高母被她的表情弄得挺诧异。

　　高飞温和地说："就他，能指望吗？我唯一的亲人不就只有您吗？"

　　高母讽刺她婚后脸皮越来越耐磨了，高飞不怕讽刺，只怕没钱，赔着笑说："您到底借还是不借啊？"

　　高母哼了一声，第二次婚姻给高飞的影响真挺大："黄成呢，难道自己男人都指望不了了？"

　　高飞犹豫起来："他立场不坚定。"

高母一针见血："不是我不愿意借，现在购买属于夫妻婚后共有财产，你这剃头挑子一头热的，别到后来赔了夫人又折兵。感情再深没钱白搭，自己斟酌吧！"

高飞郁闷自己亲妈都不借钱给她，估计这房真没法买了。

晚上沈心约高飞吃火锅，正好高飞也不想回黄家去面对一屋子的冷脸。

火锅刚沸腾起来，突然一个似曾相识的声音传来："哟，你们在这儿吃呢！"

沈心手里夹着肉片皱着小眉头："我怎么听见了富二代的声音——"

香气扑鼻的上官飞燕一屁股在她们身边坐下："我们能坐这桌吗？"欧阳跟在上官身后，他远距离地对她们点点头，高飞扫了他们一眼，欧阳下意识往后退了半步和上官保持距离，他的下意识举动让欧阳暗自生了一下自己气。

高飞已经两杯酒下肚了，人整个放松下来，说："无所谓，你们坐吧，我们也吃得差不多了。"

沈心不肯放弃战场："谁说的！我这还只是序幕……"

既然高飞这么大方，欧阳没理由不坐下："我请客，大家都吃好。"

"你请？"沈心一听大喜，"服务员，这里再加四盘肉！一盘草菇，一盘海带，一盘猪血，谢谢！哦，再来两盘虾球！"

上官补充："四瓶啤酒！谢谢！"

菜还没上齐，上官就连干了几杯，她向高飞频频举杯，高飞无奈应对。

欧阳忙阻止高飞："你喝了不少了！"

三个女人都怪异地看着他。

沈心呵斥："闭嘴，男人只负责买单，少废话！"

高飞不顾阻拦一饮而尽："我干了，你随意吧。"

上官一口喝了，喝完就重重坐到凳子上，她喝急了酒上头，过了片刻突然一捂嘴要吐，欧阳正准备扶她去洗手间，沈心抢先搀起："我去吧，女洗手间，你能进去吗？"

桌边就剩下欧阳和高飞了，双方都不说话，喧嚣似乎暂离。窗外的夜色更深，深邃得无边无际。

欧阳给高飞倒了杯热茶："胃不好就别逞强。"

高飞直切主题："啥时候结婚啊，你？"她觉得上官和欧阳的感情比先前热络多了。

欧阳开玩笑："你啥时候离我啥时候结！"

高飞一怔，这话可够狠的。

欧阳玩着手里的杯子："就你那个性格跟他能过得长吗？"

高飞向他举杯："托你的福！我还偏就过得好了！"

欧阳含笑说："别嘴硬，过得好的女人都长胖，你看你瘦小干巴得跟盲肠似的，你骗谁啊？"

高飞反驳他："我跟着你的时候就瘦！"

欧阳有照片做证："你跟我结婚可是胖了两斤半！"

高飞偏不认账："那是冬天穿多了称的，能算数吗？"

黄成突然出现在他们身旁，也不知他打哪儿钻出来的，高飞给吓得魂飞魄散："你怎么找来了？"她有种小三被抓的尴尬感。

黄成的话像子弹："我说怎不在家吃了，原来在外打野食呢！"他的手一把拖起高飞，高飞没防备，脚下一个趔趄。

欧阳看不了这场面，"嗖"地起身扯住黄成："你松手！"

黄成掉转头盯着欧阳："这是我老婆！"

这是他俩第一次离得这么近，黄成矮欧阳半个头，但气焰反而高了对方半截。

欧阳毫不退让，怒吼一声："她是我老婆！"

高飞惊讶地看着他俩，她刚才喝了两瓶，有点懵，一下子不知说什么才好。

黄成讽刺道："喝多了吧，欧大夫？前妻！懂吗？她是你前妻！"

欧阳意味深长地回喷："赶明儿是你前妻！"她跟他过得那么不如意，只要没有人的时候她就会皱起眉头发呆，她现在难道还不明白，这男人给不了她幸福！

等沈心揽着上官回来，桌边就剩下欧阳一个人。

"高飞呢？"

"被她老公带回去了。"

沈心惊叫："糟糕！她老公肯定以为就你跟她在一起！"

欧阳一脸嘲笑："你看桌上有四套餐具，用脚后跟想都知道不止我跟她啊！"

沈心紧张得啃手指："她老公是用阑尾来想问题的。"

欧阳惆怅地想，"老公"，他以前最深恶痛绝这种称呼。打从 TVB 剧里流行开来，中国夫妻彼此称呼就变味了，他父母也学着撒娇式互称"老公""老婆"，每次听到他就会起风疹一样的浑身难受。现如今，当另一个人戴上他如此嫌弃的头衔，他居然会如此难受。

路上黄成高飞吵得不可开交，高飞最烦当街吵架的。现在她明白了，并不是每个人都拥有可以吵架的空间，当街吵的都是世上最可怜的人。

黄成字字句句如刀："一眨眼工夫就跟他搞到一起了，你不跟我解释解释？"

高飞断然说："没啥解释的。"

黄成吼叫道："别太过分啊！态度好点，解释清楚了我才能原谅你！"他的吼声引来并行车辆的注意，旁边司机摇下车窗打量了半天黄成。

高飞冷笑一声："你千万别原谅我！我爱跟他吃饭，这有说有笑的多好啊，心情愉悦还利于消化！"

黄成咬牙切齿："你就气我吧！"

高飞讽刺道："不生气哪能体现你男人的气量啊！"高飞不知道自己也能这么尖酸刻薄。果然，人是环境的产物。

俩人都拉着脸，谁也不理谁。高飞明白黄成如果不同意买房她妈也不会借钱给她。她的一万五定金搞不好真的打水漂了。她心疼一万五，更心疼她等不到的将来。

高飞洗完澡回到卧室对着梳妆台擦面霜，头发稍微有点湿，脸红扑扑的，映衬得眼睛更大更亮了。黄成不禁怦然心动，冷战以来他们有日子没亲热了。他忙殷勤递上手霜，高飞横了他一眼，但还是接过来抹着手。

黄成深情地说："老婆，你喝了点酒，脸色红润润的，真好看！"

高飞明白他的小心思，她立刻"啪"地灭了灯。

黑暗里黄成凑了过来："被子盖好啊。"他就势搂紧了往她身上摸索。

高飞用力挣脱："离我远点！你快把我挤床底下了！"

黄成气喘吁吁地说："别生气了，老婆，还是我的错……"

高飞起身开灯："你错在哪儿了？一条一条说！"

黄成见她认真的态度，忙认错："一、不该孤立你，让你受气；二、不该违逆你，坚决不买房；三……两条够吗？"

高飞趁机训导他："买房是为我一个人吗？明明是大家都有好处的事，就因为你妈的老观念转不过筋你就一味盲从，愚忠不是忠，愚孝也不是真孝，在家你妈一手把持财权，对你大哥万般迁就，你大哥对自己孩子也是，只知道在食物上一味满足，其他的概不过问，我看都是受你妈影响……"

黄成求饶了："适可而止，别太过了。"

第一课就此结束，之后只要他想过生活，她就进行一次教育。她还就不信了，她一个全科医生还治不了他。

王健知道沈心热情地联系他竟然是借钱，而且替高飞借的，气冲斗牛，他将银行卡扔给沈心："密码是我生日，里面是我工作以来存的钱，不多，你救个急。你到底有没有心啊，沈心，这么些日子没联系，你中间就不能主动给我打电话？"

沈心一脸无辜，心说没事我为什么要打电话。

王健看她居然还是一脸无辜，负气道："记得给我打个欠条！"沈心爽快地打了条，王健捏着欠条满腹心酸地离开了。

沈心将钱交给高飞，心说总算完成大事一桩。第二天她正休，这才想起居然忘了给自己留饭钱，钱包空空如也。如果去上班倒还好了，她有单位的饭卡，一拉冰箱居然比钱包还空。她在衣柜的冬季衣服口袋里摸到了什么，掏出一看，是一团卫生纸，白激动一场。

沈心黯然，自己不会活活饿死在新社会吧？正在此时，不知打哪个仙境飘出一股异香。

关云山正在炒菜，油烟大，他大敞开着门。沈心闻着味儿进屋，故作轻松："关师傅，做饭呢？"

关云山正忙着，没空搭理她，沈心探头看了眼锅里，两眼直放狼光："这是回锅肉吧？香！"

关云山将菜装了盘，这才问她："找我有事？"

沈心用手将面前的油烟挥走："你这屋里的油烟够重的，对健康可不利！火小点！给盐啊！"

关云山奇道："早给过了！"

沈心强词夺理："一看就没给！"她迅速取了筷子尝了一口，"嗯，味道还行！"她自动盛了饭，快准狠地挖了半锅饭走了，"手艺不错！口头表扬一次！"

关云山惊讶地看着沈心端着碗开吃："你真没拿自己当外人啊！"

沈心大大咧咧说："远亲不如近邻！别客气，你也吃啊！"

关云山没好气地："我菜都还没烧完呢，我吃什么吃？"

沈心欣喜："还有菜呢，那我边吃边等！"

关云山瞪着她，最后扑哧笑出来："得，别急着吃，我还有个拿手菜呢。"沈心点头如捣蒜。

沈心到老关家蹭饭的时候，上官决定去欧阳家蹭住。

上官和欧阳认识有日子了，但关系卡在了奇怪的地方，要不是欧阳生理有缺陷，要不就是她自己手段不够高明。她思量片刻，收拾了行李直奔欧阳家。

欧阳看到上官这模样吓一跳："这是……什么意思？"

上官笑语盈盈："我搬过来跟你住啊。"

欧阳忙阻止："可别！你爸妈都知道吗？"

上官高兴地说："知道啊！"

欧阳有点傻眼："他们怎么说？"

上官说："我爸说如果你以后不娶我就废了你……"欧阳当然明白上官的心思，可他就是过不了自己这关。

上官可不管那么多了："我先去洗澡，一路累死我了。"

欧阳拦住她："你一学生不住学校宿舍像话吗？我送你回去。"

看他掏钥匙，上官发出尖叫："我已经退了宿舍。"

欧阳真烦了："你能不能别这么任性！"

上官显然拿定主意了："其他的我都听你的，就一个条件，我跟你一起住。"

欧阳张口结舌："你一女孩，能不能自爱点？"

上官任性地说："我爱你就行了，不需要自爱！"

欧阳快被她气晕了："行，你住这儿！"他转身拿钥匙，"我走！"还好，他有牛一鸣。

第 20 章

出事了。

王苹苹临时让高飞替个班，高飞才刚下夜班，一宿没合眼累得够呛，听王苹苹说她儿子突发高烧，其他人都不同意换班，高飞就接了。谁知偏偏这么倒霉，王苹苹管床的一个病人猝死。

高主任大发雷霆："出现情况你为什么不报告上级医师？这是重大医疗事故！"高主任一直小心经营，还预备在这个年龄有所进步，怕什么来什么。

有状况的时候向上级医师反映，话是没错儿，实际上突发状况时抢救都来不及，连病历都是抢救后补充，有时其他事一并来了，病历都无法及时补。高飞无语，呆立着听训。

医院年初针对医疗事故索赔上升的趋势出台了新规定：所有医疗事故的赔偿医生个人都要支付百分之十，五万封顶。政策出台时医院里一片抗议声，大家都嚷嚷说干不了了，此处不留爷自有留爷处，埋怨归埋怨，大多雷声大雨点小，除非少数几个知名专家或是有通天的路子，并不是自己想去哪儿就能去哪的。

病人家属开口索赔一百万，要求不达成，尸体坚决不火化，每天一行人抬着花圈和遗像堵着医院大门哭闹，媒体来了不少，舆论一边倒，全部在弱势群体一方。

为防止家属情绪失控，高飞深夜才回家。进屋后看到桌上的菜，她才想起今天该她做饭。黄母一改平日的债主嘴脸，温言细语道："饭菜都热过几次了，赶紧吃，吃完洗个澡好好休息。"

黄蕊端出一碗鸡汤放到高飞面前，小心翼翼地说："汤我一直坐在炉子上，我知道嫂子喜欢喝烫点的。"

高飞不知道是自己饿坏了还是饭菜真的可口，她狼吞虎咽。

黄成急急推门进，他去接高飞没接着，见高飞在家立刻放心多了。

他责怪道："你怎么不接电话？"高飞这才发现手机一直设置的静音，

一看五十通未接来电，全是黄成的。

黄母吩咐道："成子，给你媳妇准备好毛巾拖鞋，吃了饭洗洗早点睡。"

黄父闻声赶出来："饱不洗饥不浴，懂吗？瞎指挥，吃完饭让她先看一会电视消消食！"

大家都咋咋呼呼的，高飞偷偷用手指擦泪，她被主任训的时候没哭，这时候眼泪越擦越多。

高飞夜里梦到了那个病人，他才二十三岁，一张娃娃脸，见谁都开玩笑。突然就面色发青牙关紧闭……插管、上呼吸机、给药，心电图依旧变成一条直线——

黄成摇醒了高飞，高飞茫然四顾，突然悲从中来："抢救无效，死了！！"

黄成心疼不已："做梦呢，别哭，别哭。"

病人的花圈摆放了三天还没有消停的迹象，院内开整顿会。高主任天天到院长办公室说明情况，回到科室那张脸上都能刮下一层水泥。

下午沈心突然和王苹苹打了起来。王苹苹对高飞出事不仅不同情，说了几句风凉话，沈心旧仇未平又添新恨。沈心早提醒过高飞，不能给王苹苹顶班，这人太不地道。王苹苹出事后不自省，推说是高飞业务不过硬抢救不力，否则内科怎么单就她出事？沈心把王苹苹的头发给扯了一把下来，王苹苹抓伤了沈心的脸。

事情还没完。

高飞到医务科说明完情况，人刚出来，两名中年妇女突然上前来一边一个扯住她，一个貌似挺和善的女的问她："你就是高飞？"

高飞心知不妙，刚承认身份，就听有人高喊道："别让她溜了！"

"说！好好的人送进医院怎么就没了，是怎么回事？"

高飞没见过这个阵势，慌了："您听我解释……"她见过无数次因病人抢救回来家属感恩戴德下跪的，也见过因为没能救回时家属的失声痛哭，但这样的局面她第一次遇见。

一旁拥来七八个人，个个情绪激动，她越解释对方越气愤。不知谁喊了声："揍她！"无数拳头落在高飞身上，她下意识地抱住头，这时有一个人拼命挤上去，挡在高飞面前，拳头雨点般落在那人身上，高飞惊讶地发现那人是高国庆，她爸。

欧阳闻声冲出，看到触目惊心的群殴场面，眼珠子登时红了，冲上前扯住一个打了再说。

一场乱。

秦主任将一摞报纸展示开，报纸瑟瑟发抖："有你的！欧阳锦程，咱院长都还没上过报纸头条哪！你看看，你一个人就占了一个版面，光荣啊！"

报纸上登着欧阳挥拳的图片，佐以醒目的标题：无良医院治死病人，理亏医生报以老拳！

欧阳拿起报纸瞅了一眼："我还挺上相的……"他估摸老秦还没上网，如果看见各大网站被他刷屏，一分钱没花就上了热搜，不知到时作何感想。

秦主任痛心疾首："你有没有脑子！"他最喜欢的两个徒弟，一个执意去了内科，竟然出了医疗事故，一个以暴制暴和病人家属"打成一片"，职业生涯都留下了污点。

欧阳面无表情："主任，问您句实话，您要在现场，会怎么做？"

他这句话把秦主任给问住了。秦明朗思忖道，如果他在内科，他不能保证比高飞表现得更好，病人的病情永远是发展中的，不是数学物理题目，注定有解。如果看到高飞被打，他会心平气和劝阻吗？他不能保证自己比欧阳更理智。

医疗事故的鉴定终于下来了！结论是心脏猝死，病人有先天性（家族性）长 Q-T 间期综合征，因病人隐瞒了病情，从而贻误了抢救时机。

高飞获知如释重负，如此一来，医疗事故根本就不成立。

王苹苹却说了句风凉话："别高兴得太早，病人准备打官司了，说非告到高飞坐牢为止！"

沈心这天没听到老关下厨房的声音，伸头一看，老关正埋头"唰唰"写着什么。她好奇地拿起放在一旁写得密密麻麻的稿纸，哎哟喂，敢情老关是位作家呢，难怪老见他宅家里。她手拿稿子声情并茂地念了起来："但见慕容姑娘飞起一脚，正中石来的心窝，石来惨叫一声倒地，慕容姑娘大笑道——哈哈哈——你不是本姑娘的对手……"

沈心笑得像个采花大盗，关云山不悦地劈手夺过稿件："没经过允许不能乱翻人东西，这点道理都不懂？"

沈心端把椅子坐关云山对面："你写过什么名著，说来听听？"

关云山勉强吐出一个名字："《断剑恩仇记》。"

沈心认真回忆着："我只看过《书剑恩仇录》。"

关云山说："《笑傲群雄》。"

沈心说："我只看过《笑傲江湖》。"

关云山意兴阑珊了："你见多识少！"

沈心热情不改："你写的这些书都发在哪儿？我去找来看看。"

关云山颇怀疑的态度："你真想看吗？"

沈心热烈回应："想啊！我从小学起就特喜欢看武侠小说！还真没想过有生之年能认识一活生生的武侠小说家呢！"

关云山来了兴致，一个鱼跃从床底抽出一大木箱子，打开木箱，里面全是书稿："都在这儿呢！"

沈心明白了："原来你的作品全部发表在箱子里！"

关云山不服气地说："我发表过对联！"

沈心懂了，估摸是在家门口吧，她见老关脸色一沉赶紧嘻嘻笑着说："我说关师傅……关同志……关大哥……"她一时不知道该怎么称呼对方。

关云山"扑哧"一下乐了："叫我老关吧！"

沈心问："老关，能借点钱给我吗？救急。"黄成终于松口同意买房，高飞又开始头疼尾款，沈心真替高飞上火，找的啥老公啊，让女人操那么多心。她问高飞为什么不贷款，高飞说黄成心疼那点利息。如果贷款三十年，利息和本金都差不多多了。

关云山一听借钱，愣住了，沈心见他不说话，急了："行是不行啊？干脆点。"

关云山将桌子一拍，吓了沈心一跳："交浅言深这话你懂吗？咱什么关系，你就跟我借钱？"

沈心莫名其妙："不借就不借，你急什么？"

关云山说："我就是纳闷，你怎么好意思开得了这个口？"

沈心不以为然："人有三急！保不齐你也有求人的时候呢！能借我谢谢你，不借我也谢谢你，我干吗不好意思？"

关云山委屈说："你这开口不是让人为难吗？不借显得我小气，借你……我和你没到那层次啊！"

沈心好奇："啥层次能借？"

关云山纠结片刻，果决说道："我就不爱和人发生金钱纠纷！"

沈心翻个白眼："就说你小气不就完了，真是……"白费口舌。

正当高飞为尾款一筹莫展的时候，黄蕊塞给了高飞四万块钱，黄蕊知道高飞的新房留一间给她住，心里大为感动。从小黄蕊就不招她妈待见，好吃的好玩的都是哥哥们的，大哥惹祸她挨打，家务活都是她的，从没好事儿想着她。见高飞四处筹钱，黄蕊想起她认识一同学是做建筑器材的，舰着脸找去了，虽然好久没联系，没想随手就掏了四万，借条都没让她打。

高飞拿到黄蕊的钱心里直犯嘀咕，小姑子一直没正式工作，她打哪儿来这么多钱？黄成说管他的，是借又不是偷，到时候给利息不就完了？

装修的钱还没着落，黄成一拿到房钥匙就领着工人量房了，材料跟人赊的，他想花了这么多钱不早点住进去不划算。黄母不放心进度，每天去装修现场三遍，她不懂行又爱指手画脚。工人知道她不是女主人，阳奉阴违的，把老太太给气得哇哇叫。

欧阳听说病人家属并没打算就此罢休，已请了全国最好的律师，还申请了二次医疗鉴定，宣称不告倒医生坐牢不罢休。

欧阳特地请了假在律师楼候着，黎大律师一出来欧阳赶紧迎上前，律师不等他开口就说："我知道你，你上过报纸。"

听到这句欧阳就知不妙，忙解释说："那是场误会。"

黎律师冷冷的，像一座快速移动的冰山："生活中的误会太多了，所以需要律师。"

欧阳紧紧追上："您知道鉴定报告的内容吗？"

黎律师站住，微微一笑："我会轻易相信医疗鉴定报告吗？负责鉴定的人不都是你们一个系统的吗？"

欧阳急了："您得尊重事实！"

黎律师嘲讽地笑："什么是事实？对你们有利的就叫事实？哦，对了，"他摇摇手里的文件袋，"第二份医疗鉴定出来了，已经推翻了病人先天患病的所谓事实，你们等着吃官司吧！顺便免费给你上一课，重大医疗事故医生是要追究刑事责任的，我一定会告到坐牢为止！"他不再理会欧阳，上了自己的车，欧阳赶紧启动车追上去。

不一会儿下起雨来，见黎律师终于忙完了，欧阳顾不上打伞追上前："你懂得什么叫心脏猝死吗？有没有想过，病人患有家族遗传心脏病但在病历中隐瞒了……"

黎律师断然说："是医院篡改了病历！"

"我告诉你为什么，因为病人在恋爱，他怕被自己的未婚妻知道！"黎律师终于站住了，认真地看着他。

雨下得很大，欧阳全身淋湿透了，他抹了把脸上的雨水，急切地问："你和病人的未婚妻谈过吗？"病人未婚妻早就怀疑过对方的身体状况，之前难免有蛛丝马迹。

黎律师笑了笑："她算不上病人的家属，没有婚姻关系，就没有任何法律意义上的关系。"他一句话就灭了欧阳的全部期望。

欧阳吼道："法律不能以偏概全！你也不能因为个人的喜好个人的独断从此断送一位优秀医生的前程！"

黎律师勃然大怒："人命关天啊！人都死了你还在考虑什么狗屁前程？多说无益，咱们法庭上见！"

欧阳从未后悔过选择医生这行，虽然不像其他工种下了夜班能马上回家休息，要查房要开会，抢救完毕还要补写病历，要无数次进修和学习保持知识的更新，更别提休息时单位随时可能召唤。他也见识过几次医疗纠纷，但从未如此绝望过。

第二次鉴定报告的风声传出来，高飞已经知道这场官司看来非打不可了，她，一个不合格的内科医生将站在被告席上。她被停了职，一心等开庭，医院倒是给她请了位律师，高飞和对方交谈过，律师坦白告诉她这位黎大律师很擅长打医疗官司，收集了不少不利证据，进修医师能否独立管床、病情危急时未请示上级、下夜班连轴白班……种种违规再加上第二次医疗鉴定让她的胜算近乎零。

黄成知道，如果医疗事故控告成立，高飞这辈子都抬不起头。他劝过她，算了，别当医生了，也不缺她那点工资。不过他知道劝也没用。

黄成去和牛一鸣商量着将自己的股份抽出来，他在牛一鸣那里前后投入了将近五十万。

牛一鸣一听说他要撤股，眼睛瞪得比牛蛋还大："有你这么做事的吗？这一时半会儿我去哪里给你筹钱去？下月再说吧！"

黄成看着牛一鸣的背影气不打一处来，他清楚牛一鸣手上有钱，他就是故意的。

牛一鸣有牛一鸣的德行，黄成自有黄成的办法。

开庭头晚沈心也没睡好，她突然想起，去世的十七床病人血压偏高，可他却偷偷在病房里藏酒，暖水瓶、热水袋都藏过。病人死后那个暖水瓶就一直搁在病房里没人碰。沈心一早就直奔医院，没错，暖水瓶里还是半满的，打开瓶塞里面一股酒气。她跟欧阳通过电话，知道欧阳在四处帮高飞另找律师，也知道欧阳通过上官的父亲找到一名京城的大律师，人家已经同意接手高飞的案件了。欧阳一听沈心信息喜不自胜，叫沈心赶紧将证物送过去，多少能增加点胜算。上官家也准备了一名有实力的律师整理资料，如果初审败诉，立即准备上诉。

黄母早早起床给高飞预备好了早饭，黄母没见着黄成的人影骂了几句："真不像话，天不亮就溜了，小高啊，一个人去法院行不行啊？要不妈陪你去？"高飞笑笑，她觉得婆婆这人越处越有趣，如有狂风暴雨，她会努力为大家遮风挡雨，一旦外面消停了，她自个儿就变身为风雨。扪心自问，如果她也有三个孩子，能确保一定比婆婆做得更好吗？

天冷，公交车半天都没来，高飞耐心等着，她想，该来的都会来的，不急。

她等车的时候黄成风驰电掣直奔法院。他一眼就认出了病人的家属们，他们穿着深色服装，表情沉重。

黄成上前拦在家属面前，面对着黑压压的人群，他想也没想就跪下了："人死不能复生，我愿意负责！"他曾不止一次想过，如果换作他是病人家属，好好的人没了，那种愤怒和痛苦又岂是金钱能弥补的，即使高飞有理，死者为大，无法说理。

家属撤诉了。沈心听到这个天大的好消息忍不住和欧阳抱了一下，两个人自是感慨老天有眼。

高飞辗转回到家，黄成已经人在家里，她忍不住埋怨："打你电话一直占线！你可真忙！"

黄成样子很疲惫，故意装糊涂："是不是有什么好消息？"

她高兴地说："撤诉了！我没事了，意外吧？高兴吧？"

黄成看到她欢呼雀跃的样子，觉得付出什么都值得，他轻轻说："太好了！"在他的诚恳央求下，终于和对方和解，没事就好，他想。

高飞有点疑惑："为什么会突然撤诉呢？"

"因为，"他认真斟酌着词句，"因为你是个好大夫！"只有他了解，她曾经是一个多么出色的外科大夫，今后也一定是名出色的内科大夫。只有这么近，他才了解，她所从事的不仅仅是份职业。

一早，高飞和人一同跟随高主任身后查房。

高主任和秦主任迎面遇上，他们身后各自呼啦啦尾随着医生们，像两大帮派。双方碰面时礼貌地点头，彼此擦身而过。

欧阳目不斜视经过，高飞低垂着头，秦主任突然停下脚，回头痛惜地看了高飞两眼。

高飞负责为新收入的病人记录病历，病人紧盯她的脸突然叫起来："你，你不就是那个害死人的医生吗？"病人扭头对护士激动地说，"我不要她给我治，我要换大夫！！"

高飞以为家属撤诉就没事了，显然她太天真了。有关这场医疗事故和病人纠纷在网络上广为传播，网络喷子痛骂医院无良医生无德。在如今医患关系紧张的情况下，选择医生这个行业需要更多耐心更多勇气。高飞想，自己的孩子以后会让他（她）学医吗？

内科对高飞的处理是扣奖三个月，高飞坦然接受，人死不能复生，这已经算是最低的惩罚了。高主任向她宣告处理结果时象征性问她有什么意见，她借机询问高主任能否让她参加进修，高主任打着哈哈说等机会。

沈心叫高飞别抱希望了，内科什么都是论资排辈。如果有进修机会不出意外的话，沈心和王苹苹之间会去一个。

高飞和黄成商量着现在是不是要开始买家具了，眼看装修工程快结束了，新家具也含甲醛啊，不也得敞敞气味吗？黄成没吭声，他为了医疗事故的赔款偷偷挪用了公司一笔工程款，还不知从哪个渠道补上。最近牛一鸣学聪明了，居然开始过问公司财务了。

正在这时黄蕊来电，说能不能将四万块还了，借钱的人有急用催她呢。

黄成觉得百爪挠心："这都叫什么事，事儿都赶一趟了！"

高飞赶紧劝他："还是去银行贷款吧，稍微多贷点，买几件家具……"

黄成直叹气："那我明天再去趟银行吧！"高飞心说当初如果听劝直奔银行早就完事了，心疼利息搞得自己处处被动。

欧阳递给沈心一张名片："我一朋友在银行工作，我跟他说好了，要他帮忙办理贷款的事。"

沈心明白过来他又是为了高飞的事，心里怪不是滋味的。

欧阳说："看她今天的样子挺急的，你赶紧告诉她。"

沈心犹疑："高飞想贷款自己不会去银行吗？"

欧阳说："她不是没办下来贷款吗，她没跟你提？"沈心发现欧阳的信息比自己快，这真奇了。

欧阳嘱咐她："你甭跟她提我，随便编一套说辞，有问题你再联系我。哦，最好你亲自陪她去，她这人笨，不会随机应变。"欧阳说完就走，沈心忙叫住他："如果我是高飞，不会希望你帮我。"

欧阳不耐烦了："所以要你编一套说辞，你没听我说话还是不懂我意思？"

沈心挺委屈：干吗总是我撒谎？

沈心刚见完欧阳就被王苹苹找上了，王苹苹质问她是不是找王健借钱了，沈心理直气壮承认了，两个人又是一通吵。沈心越想越觉得窝囊，才几万块钱的事！王健这小子，什么都跟他姐汇报！

沈心琢磨来琢磨去，索性还是自己恶人做到底吧，吃午饭的时候她问高飞："我想还钱给王健……你有钱吗？"

高飞表情凝滞了片刻，心说事都赶趟啊，黄蕊那边，沈心这边都是状况。可黄成去银行办理贷款，莫名其妙被银行打枪，说是信用记录不良。高飞一直不想用自己的名义贷款，她那边还在偷偷贴补她爸呢，如果她的工资卡全部用来还贷，她爸到头来准是死路一条。

沈心故意问："你们为什么不找银行贷款呢？"

高飞叹口气："银行不肯贷。说他信用记录不良……他这人，该清醒的时候糊涂了，怎么也想不起是咋回事，实在没办法也只能试试用我的名义来办理了……"沈心当然也不希望高飞用她的名义贷款，这不就是工资变相收缴嘛。

沈心试探说："我有银行的朋友……我帮你找找看？"

高飞一脸佩服："你还有银行的朋友？之前没听你说过啊？"

沈心陪着高飞和黄成去了趟银行，中途出来打了个电话就搞定了。沈心一拿到钱理直气壮致电王健，王健却一直不接电话，沈心连发几个短信过去："钱是不是不要了！？"

黄成多贷了点钱，将公司的财务缺口给补了，好险，下午牛一鸣直奔黄成，一副兴师问罪的嘴脸："今天碰到戴总，他怎么说款已经全付了？"

黄成故作轻松："哦，我还没来得及给你汇报，我把戴总的款催回来付了公司的房租，人家都来催了好几次，你都不在。"

牛一鸣一愣，不高兴了："这么大事你怎么才告诉我，我还等着付水泥钱呢！"

黄成提醒他："你忘了？水泥钱已经付过了，我现在去趟工地，回头就把收条交给你……"

黄成走后，牛一鸣总觉得哪儿不对劲，但也说不出所以然来。

黄母一听贷款是用儿子的名义办的，心里如焚如煮。这个小高，真是机关算尽啊，就成子那点智商哪是她的对手，以后搬出去肯定被她吃得死死的！眼看着新房装修接近尾声，黄母有了一个大胆的念头。

走进刚刚完工的新房，高飞意外看见客厅里放着新沙发，这款米色的皮沙发放在刚装修好的客厅简直是天作之合，当时听说要一万多，高飞就没敢想。

黄成很是得意："我让大嫂帮着留意，正好有用户买了后嫌太大退货了，大嫂叫老板打了一大折……"高飞还没来得及高兴，里屋突然传来一阵咳嗽声，两个人狐疑地对望了一眼，进了主卧，高飞顿时傻眼，公公婆婆都在忙乎，主卧里已经放满了公婆的东西。他们俨然以主人的身份搬了进来！

看到这幅人间奇景，高飞脑子里一片空白，完全无法正常思想了。

黄母一脸无所谓："哦，我和你爸商量了一下，你按揭还贷每个月压力挺大，我们想把老房出租，给你贴补贴补。"

黄成慌忙看高飞，高飞已经面无人色了，黄成责备说："咋都不跟我商量呢！"

黄母坦然说："怕你不好意思嘛！"

高飞真怕自己会出口伤人，转身跑了出去。

　　高飞在酒吧里一气灌了大半瓶低度酒，心里恨意难消，真是奇葩一家子。要买房的时候坚决不同意，买好了房强行搬进来，见过脸皮厚的没见过这么厚的。服务生给送了一瓶红酒过来。她这才看到不远处上官冲她娴雅地微笑着，不知道她是什么时候来的。

　　上官打扮得艳光四射，香喷喷的小身子挪到高飞近旁，小心窥探她："和你老公怄气啦？"

　　高飞跟她没共同语言，只默默喝酒。

　　上官打探："你和欧阳为什么离婚？"

　　高飞反问："他没告诉你吗？"

　　上官："没啊。"

　　高飞眯起醉眼："我告诉你，他，就是一个不懂拒绝的烂好人，无论什么女人找上门，他都来者不拒！"

　　欧阳到的时候高飞已经醉倒在吧台上了，头发蓬乱，嘴里还喃喃念叨着九九乘法表，她以前只要被她妈刺激了就会这样，欧阳大惊失色："怎么回事？"

　　上官觉得好像刚放下电话他就出现了："你来得可真快！"

　　欧阳没好声气："问你呢，她怎么喝成这德行了？"

　　上官委屈说："我也不知道啊！上次见她挺能喝的，今天还没几瓶呢她就醉了！"

　　一盏小夜灯开着，发出柔柔的暖光。

　　高飞醒来，一时不知身在何处。一块热毛巾轻轻放在她额头，高飞认出是沈心，发出幸福的微笑。

　　沈心慈爱地说："你这孩子，怎么这么叫人操心呢？"

　　"我怎么在这儿？"

　　"你也只能在这儿，除了我，谁还能在你喝醉的时候照顾你呢？"欧阳为了避嫌将高飞送到沈心家里，沈心刚感动一秒钟看到后面跟着上官，好感顿消。

　　高飞不无感动："谢谢啊。"如果没了沈心，她真就一无所有了。她不止一次感谢上苍，虽然夺走了她的家，却给了她一个好友。

沈心微嗔道："下次别一个人偷着喝，怎么也该叫上我一起嘛！"

高飞老实承认错误，不该独自喝闷酒。

"出什么事了？能跟我说说吗？"

高飞摸着额头，羞于启齿："说来话长，不如不说。"

"能把你气成这样的不会是小事，想说的时候就告诉我，我来分担分担。"

高飞摸着胃呻吟："胃里烧得慌……"

沈心得意地飞个媚眼："等着，给你买了冰激凌。"

高飞惊讶地坐起："真的？这么冷的天……"

沈心不一会走进卧室，手里举着支迷你冰激凌，比沈心的手指大不了多少。

高飞死盯着冰激凌："麻烦再给我拿个放大镜。"

回去的路上，上官好奇地问欧阳："没见过你这么奇怪的，买啥不好，大冷的天非要给她买冰激凌。"

欧阳简单说："喝多了酒烧心。"

"那也买个大的，那么小的一口就没了。"

"她胃不好，吃多了冷的第二天疼。"

上官不无酸意："你还真体贴啊。"

欧阳："我们认识很多年了。"

上官心里不痛快，但她说服了自己要大度，于是挤出微笑，问："你们怎么认识的？"

欧阳半晌才说："学校舞会上。"他不愿回忆他们的初次见面，是她们学校的迎新舞会上，烟花绽放时，她在鲜艳热闹人群里，穿着件麻袋一样的白裙，像朵枯萎的花坐在那里。孤独久了的人对这种气息尤其敏感，他像是看见了另一个自己。于是，他鼓起勇气迎向这世上的另一个自己。

晨光曦微，高飞睁眼看见黄成一脸讨好地坐在床边，她背过身去不理他，黄成低声赔着笑说："老婆，你可急死我了，昨天我到处找你，我知道你在沈心家……我也不敢敲门，在外面等了四个小时呢。"他吸了吸鼻子，的确鼻音挺重。

高飞心有点软了："找我干吗？"

黄成说："给你道歉，是我的错，都是我不对，你就别生气了。你昨天跑那么快，要不是你踹我一脚我就追上你了，你看，腿上还有好大一块瘀青呢。"无论他妈怎么错他都会揽在自己身上，就这一点抵消了他的所有懦弱，琐碎，小气巴拉以及无情。

他说着要撩裤腿给她看，高飞没兴趣看，她都下班了，不坐诊，她说："我饿了，去弄点吃的。"

黄成惊喜万分："好！"

黄成买来豆浆油条。沈心、关云山、黄成、高飞一起吃早餐，气氛透着怪异。

关云山负责活跃气氛："我说个谜语大家来猜猜……"

沈心负责怼他："怎么哪儿都有你啊，谁请你来吃啦，还有，吃东西的时候能说话吗？"

关云山笑眯眯地说："你肯定猜不出来！"

沈心果然上当："我要猜得出来你怎么办？"

关云山发誓："我就从这屋子里爬回去！"

高飞在一旁等着瞧好戏："说来听听。"

关云山故作神秘："有一只羊来到草地上……打一种水果。"

沈心抢答道："草莓（没）！爬吧！"

关云山烦她："还没说完呢……"

沈心又抢话："又来了一只狼，打一水果……杨梅（羊没）？"

关云山气坏了："能不能别打岔！听好了，羊正在吃草的时候来了一只狼，狼居然没有吃羊！打一种食物。"

沈心疑惑地看着高飞："不是杨梅吗？"高飞摇头，黄成更是摇头。

关云山乐得满脸褶子："猜不出来吧？"

沈心还不肯放弃："话梅？"

关云山说："你才话没呢！告诉你，是虾！狼瞎了，所以……咯咯咯……"他笑得像只抱窝母鸡。

沈心一愣，随即质疑："虾？那不是水产品吗？"

第 21 章

欧阳发现自己家门居然没锁，还当进贼了，一脚踹开门，发现上官正四平八稳坐沙发上看电视，身上披着欧阳的衣服。

欧阳面露愠色："你又是怎么进来的？"

上官嬉皮笑脸地："你以为你换锁就能拦住我？"

欧阳本来心情就不好，怒吼一声："有你这样随便开人家大门的吗？"

上官给吓一跳，赶紧掏出钥匙："别急，跟你开玩笑的！这是你慌慌张张赶去上班时落在我车上的，你啊！只要涉及你前妻的事就魂飞魄散了！"

欧阳拿过钥匙，确实是自己的，他看了上官一眼："你来干吗？"

上官嘟起嘴："来安慰你啊，你心情不好，我就陪你说说话，散散心。"

欧阳为自己刚才发脾气还存有愧疚，语气温和多了："真这么好心？"

上官好脾气地说："走吧，出去兜兜风去！"

欧阳进屋换衣服，此时家里座机响起，上官径自拿起电话："喂？"电话里是一个苍老的声音要找欧阳锦程，上官放下电话，喊了一声："欧阳，接电话！"

欧阳边穿衣服边出来，一听电话，下意识看了上官一眼："妈，"他解释说，"刚才？是高飞啊，哦，她感冒了，嗓子哑了呗……"

上官赶紧憋出几声咳嗽，欧阳示意她走开："她身体弱，您也多注意点，现在天凉了，保暖挺重要，我们都挺好的，代问爸爸好。"

欧阳挂断电话沉下脸说："以后别瞎接我电话！"

上官吐吐舌头："是你妈？听声音挺和善的，你对她特客气。"她突然一愣，"你妈，不会还不知道你们离婚的事吧？"

欧阳说："没工夫跟他们说。"

上官吃惊地看着欧阳，她不想承认一个事实：欧阳到现在还没从离婚的阴影里走出来。

王健终于出现了，沈心一见他就没好脸，将用报纸包好的钱递给他。她给他打了近百个电话，他都推说没时间。他能忙什么？哼。

王健不接钱。

沈心气呼呼抖着钞票："干吗，不要？不要我可真走了！"沈心真将钱揣自己兜里了。

王健抬起眼皮，冷冷打量着她："如果不是还钱给我，你不会主动打电话给我吧？"

那是当然，这还用问吗？王健梗着脖子发动了摩托："那你还是先欠着我吧！"

沈心糊涂了："啥意思啊！"

王健头也不回，大声说："你这人太无情了！就是普通朋友，平常也该来个电话问候一下吧？"

"是，我无情！那你干吗老来找我，还借钱给我？"

王健愤怒："那是我有病！"他咬咬牙，"从今往后，我再也不会来找你，再也不会给你打电话，再也不会打扰你！"

沈心气得大喊："你说话算话！"

王健难过地回头看着沈心，痛心不已，沈心将钱往他怀里塞："拿走你的钱！"

王健怒道："留给你当分手费！"他手一挥，跨上摩托飞驰而去。

沈心捡起钱，用力拍打，对着王健消失的方向怒吼一声："分手就分手！再也别来找我了！，我巴不得你从我眼前永远消失！"

她吼完才发现，他们不是早就分了吗？她为什么还这么气？

黄母在新房里睡了一宿，第二天脸肿得像猪头。

高飞在医院看到婆婆的样子真是又好气又好笑，剩下的那点怨气全烟消云散，这老太太，真是何苦。高飞等婆婆打完吊瓶，给她削了个苹果，好声劝说："多打两天吊瓶吧，保险点，您啊，实在想住新房子等敞足了气再住，别那么急。"

黄母不相信高飞能这么大度，说："我寻思自己多吸两口毒气，你们就少吸点。"

高飞扑哧一笑："咱还需争这口气吗？您年岁大了，别跟自己身体较劲，午饭想吃点什么？我出去给你买。"

黄母寻思半晌说："想吃饺子……"

医院附近有家饺子店，老太太不想让高飞太操心，实际上她只想喝碗粥，家里熬的那种，但哪儿好意思开口，东西简单但费工夫。中午黄蕊过来送饭，她提着个溜新的饭盒，三层的："嫂子给您买了猪肉酸菜馅的饺子，还有熬了粥和蒸了包子，您想吃什么？"

黄母没想到高飞这么细心，心下一暖："我想吃粥。"

黄成劝他妈新房还没敞好，出院后先搬回老宅住段时间，黄母生怕中调虎离山计，死不吭气。

黄成又好气又好笑："高飞和我说好了，等房子敞好了，您和爸还住主卧，行不？三儿嘛，就住书房。"黄蕊直摆手："那哪儿行啊！我看我还是住回老房子吧！"

高飞忙完了回到办公室，才想起今天忙了一上午还没顾上吃东西。她办公桌上放着一只保温盒，里面是皮蛋瘦肉粥，还是烫的。不用说，欧阳送来的，她轻轻叹了口气。难以想象，他拿着食盒光天化日之下穿过内科长长的走廊时，到底有没有在意过旁人的目光。

她拿起手机，发现欧阳刚给她发了个短信：妹妹，请照顾好自己。

黄母出院后终于同意先回老房子住，不为别的，住院两天花了近一千块，心疼啊。回到家发现大媳妇已经抢占了主卧，自己没来得及搬的东西全给扔客厅里了，家里乱得像1942，黄母气得差点没背过气去。

大媳妇却毫无愧色："当初说好的，成子一买新房我们就搬过来住。"

黄母愕然："谁跟你说好的？都是你们自己瞎琢磨，我从头到尾就没同意过！"黄母已经彻底想清楚了，旧房出租，租金贴给高飞他们还房贷。大儿子，她这辈子贴得够多了，早就不欠他的了。

大媳妇没好声气："您都搬走了还管这多？"

这话犯了黄母的大忌，大媳妇一直没什么分寸，犯上的话没少说，她没想到婆婆也是有底线的。黄母冷笑一声："怎么，不该管？这是我家，我说了算！搬走，给我搬走！"

俩女人前三十年后三十年的事都拎出来，吵了个鸡飞狗跳。高飞和黄成在厨房里做饭，高飞的厨艺已经大有长进，动作麻利，黄成在旁边负责打下手，刚刚跟上她的节奏。

黄成听到外面吵得越来越凶，发自内心地说："老婆，我觉得自己特幸福，人都说三个女人一台戏，要我说那得分什么女人，像你这素质高的，就是不一样！"他脸往厨房外一撇，"那些个家庭妇女，下里巴人，靠边站去！"

高飞横了他一眼："继续吹，我是看出来了，你啊就长了张嘴，反正说话只费唾沫星又不用费钞票。"黄成嘿嘿赔笑。

高飞认真说："爸妈既然想跟我们住，你跟她说，新房给他们空着，随时……"黄成一把抱住她，被她手里的锅铲给烫了一下。

白天吵一天，晚上黄母也不休息，在灯下忙活着，眼睛不好使，拆了织织了拆的。

黄父看不过眼了："织毛衣呢，我说这么大岁数了，织个什么花啊，朴素点不好吗？"

黄母拿远点看看，又错了："给小高织的，她穿得太薄，织点花，厚些暖和。"

黄父颇意外，猜测道："你是不是坏事做太多，良心发现？"

一家挤在一个屋檐下，大家都没睡好，只有黄蕊深夜还在偷偷上网，乐不思蜀。

沈心坐在老关家看电视，电视剧没劲透了。沈心扭头看着厨房里忙得屁颠屁颠的老关，扬声问了句："老关，你以前到底是做什么的？"

"以前？图书馆干过，食堂干过，锅炉房干过，还做过电焊工……什么都干。"

"怎么想起写小说了？"

关云山想了想，没找着冠冕堂皇的理由："喜欢呗。"

"写小说能养活自己吗？"

"怎么，你想试试？"

沈心直摆手："我没那才华。"

关云山将菜上桌："行了，齐活了，去叫你朋友起床，她到底是有家没家啊，怎么见天往你这跑？"

高飞一下夜班就奔沈心这来了，今天是周末，黄家少不了两桌麻将，尤其是搬新家了，亲戚来得更勤了。沈心索性给她配了把钥匙。

沈心没挪窝："让她多睡会儿，给她留点菜就行。她啊，有娘家有婆家，可只有我这儿才是她最舒心的地方。"

关云山评判说："她个性太软弱，没你过得自在。"

沈心看了关云山一眼，这话她不爱听："哟，打哪儿看出她软弱啊？"

关云山说："不听你说的吗，她想单独过，婆婆非跟着，要换你，非闹他个鸡犬不宁不可，她不也将就着吗？这就是她不对的地方，该坚持的就要坚持！"

沈心寻思着："你这话跟她妈说得差不多，所以她不敢回娘家啊。作家，给你纠正个词，她那不叫软弱，是顾虑……"在乎了就会顾虑，沈心懂高飞，她比任何人都渴望有个正常的家，不想伤害别人，自己就得受委屈。

高飞醒来时肚子饿得厉害，一口气吃了三碗米饭，都不好意思了。

关云山热情地告诉高飞："沈心不在你也可以到我这儿来吃，不管早饭，管晚饭、中饭和夜宵。"

沈心忙解释："他是作家，十一点起床。"

高飞肃然起敬："哟，作家呀！都写过啥？"

沈心赶紧帮老关宣扬："《断剑恩仇记》《怒海飘萍》……都是武侠小说。"

老关听了嘿嘿直乐，高飞喜欢这种和乐的氛围，瞅着他俩，偷乐了一下。

关云山问她："你笑什么？"

高飞忍住笑说："没什么。觉得你俩像一家子。"

沈心脸顿时歪掉了："胡说什么呢，我跟他？"一旁老关更是乐得合不拢嘴。

沈心嫌弃地打量老关："我跟他一家子？你看他一脸褶子，长得跟中国历史似的，啥眼光啊！"关云山殷勤地给高飞夹菜："有眼光！"

高飞乐不可支："别误会，一家子嘛，像父女俩。"

老关这才发现，高飞有点蔫坏。

老黄家亲戚们来勤了，事儿也来了。亲戚们掐指一算，小两口结婚都一年了，怎么新媳妇肚子没动静啊？二手货就算了，别是个残次品啊，黄母揣摩高飞身子太虚，遍寻偏方给高飞炖起了补药。

高飞惊讶地看着黄母如捧圣旨般小心端出一碗汤药，药汁黑乎乎的，碗大得能当洗脸盆，她被吓得三魂飞了七魄："妈，这是些什么啊？"

老太太神秘兮兮地说:"这是一个八十四岁的道士的秘方,每天有几百人排队呢,趁热喝了!"

这种民间高手的方子,高飞哪敢信啊。婆婆急眼了:"我可是排了七个小时才排到的,花了我五百多块呢!"按照黄母的价值观,这五百块相当于她半条命了。

黄成看他妈变脸,赶紧给高飞递个眼色,高飞只好勉为其难尝了一口:"好烫,我凉会儿再喝……"趁着黄母一扭身工夫,黄成也不顾烫口迅速端起药碗一饮而尽,捂着嘴将空碗塞进高飞手里。

黄成连着帮高飞喝了一个疗程的药,喝得每月定期流鼻血。为了早日摆脱黄母的唠叨,黄成加大了夜晚的"工作量",夜夜笙歌,高飞浑身受不了。

高飞特意去了趟妇科,主任看了检查单告诉她:"你的身体没什么问题,就有点贫血,先适当增加点营养吧。对了,你爱人做过检查没有?建议他做个检查排除一下。"

黄成不爱听这话:"笑话!我去检查什么,我身体棒着呢!"

高飞驳斥道:"知道你身体棒!不是要你排查一下嘛,不麻烦,只用花你两小时,我下午陪你去吧!"

黄成工地人手吃紧,房价上去了,连带着装修市场也火热起来。他忙得脚丫子朝天两分钟都抽不出来,但被高飞三催四请,实在没法了勉为其难去了趟男性专科门诊,检查结果一出来他就傻眼了,精子存活率极低,暂时没有受孕条件,得调养一段时间。

高飞来电话询问他的检查情况,他脱口就说自己没事。

挂掉电话,他心情更沉重了。作为一个男人,他张不开嘴对她说"对不起,是我不行",现在只一心盼着医生妙手回春,药到病除。当下,他并不知道自己的隐瞒将带来多少风波。

黄成出差了。高飞一早到她妈家帮忙大扫除,她妈近期精神不太好,报纸看着看着就睡着了,忘性也大,刚说的话就不记得了。

黄成打高飞手机不通,打到丈母娘家,高母接的:"她不在,你有事打她手机吧。"

高母刚挂断电话,高飞从洗手间出来,将她妈吓了一跳:"你在家啊!"

高飞莫名其妙:"我一早就过来帮您清理完厨房,还把旧报纸给卖了

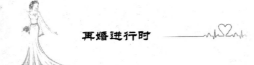
啊？"

高母皱皱眉，想起来了，责备地瞪了她一眼："我是说前天的报纸怎么不见了呢？"

高飞觉得有点不对，忧心忡忡地上前摸摸母亲的额头："妈，您哪儿不舒服吗？"

高母躲开高飞的手："没啥不舒服，你回吧。"她妈不论从哪一方面都没信任过她。

晚上高飞刚进婆家门，发现手机出门时忘鞋柜上了，黄成给她打了无数电话。

高飞赶紧打回去："手机落家里了……我在我妈家帮着洗床单啊，一早就去了……"

高母明确否认了高飞在家，听到截然不同的答案，黄成声音透着不信任："你不是在蒙我吧？"

高飞皱眉："我蒙你干吗？你啥时候回？后天，怎么又后天了？"

她的声音透露出焦灼，他的心再度柔软了："想我啦？"

高飞小声说："你妈又给我熬药啦！你赶紧回来救命吧……"她的胃可经不起一天一海碗的药汁。

吃饭时，小胖躲厨房里不肯出来，大嫂揪他出来时，小胖不敢看高飞，原来高飞的 U 盘被他折断了。小胖嘟囔着辩解："我想看看这个是怎么嵌进去的，没想到这么不结实……"

高飞倒抽口冷气，她清楚记得 U 盘是放在包里的，里面是她第二天参加医院成果发布会的资料。她还在停职阶段，内科属她最闲，发布会高主任千叮咛万嘱咐的，就这，她也没办好。无名怒火从脚底心直蹿到头顶心，上小学三年级的孩子，连别人的东西不乱翻的道理都不懂？

大媳妇无所谓地说："不就是个 U 盘吗，我赔给你！"

现在说什么都来不及了，高飞顾不上吃饭了，赶紧上医院图书馆找资料。

晚上九点图书管理员下班了，高飞还坐在电脑前毫无头绪。

欧阳进来时看到她明显一愣，高飞比他更惊讶："你怎么在这儿？"如果不是了解他，八成会误解他跟踪自己。

欧阳拍拍手里的资料夹："明天成果发布会，突然想起有个数据需要补充一下……"

高飞忙说："抱歉，电脑我得占用，我资料全丢了，正从头找呢。"

"不急，你用，我查下书。"欧阳到书架上找书，高飞继续忙了一会儿，意识到整个图书馆就他们两个人，心里没来由地忐忑起来，她赶紧给沈心发了个短信：我在院图书馆，资料全丢了，速来！

沈心正吃着老关亲手做的特色夜宵，收到短信没问原因就急急忙忙赶到图书馆，沈心发现欧阳也在，愣了愣悄声问高飞："你俩约好的？"

高飞白了沈心一眼："碰巧，他也参加发布会。"

沈心俩眼发直："这也太巧了点吧？"其实也在情理之中，老秦目前最看好欧阳，这样抛头露脸的事当然是他；而老高对内科人手吃紧，对发布会秉承着应付的心态，自然会派出闲置的高飞。

高飞指示她："你就守在这儿，一步都不许离开。"

沈心恍然大悟："明白了，我就是那镇宅之宝，避邪圣物！"

黄成突然来电，高飞在手机里告诉他："我没在家，在医院图书馆呢，还有谁？沈心啊，啥时候回去我不知道，弄完就回。"沈心赶紧咳嗽一声，也不知黄成听见没。

高飞挂断电话继续，沈心枯坐一边百无聊赖，她问高飞："你饿不饿？我去买点吃的来……"

高飞慌忙拽住她："一步都不许离开！"

沈心委屈地嘀咕："我饿了……"她想了想，转头问欧阳，"欧阳，你饿吗？"

欧阳头都没抬："不饿。"

沈心堆出一脸笑："我帮你查资料，你去弄点吃的来行吗？"她以前这招百试不爽，经常使唤欧阳去买个点心跑个腿什么的，欧阳都会依命行事。

欧阳抬起头瞥了她一眼："你帮我查？"

沈心顿时泄了气，她想起今时不同往日了，她是欧阳前妻的闺密，就这层关系，啧啧。

正在这时老关来电，说沈心家水哗哗的，赶紧回，淹了楼下就糟糕了。沈心一听就像导弹发射似的，弹起身就溜了。

沈心一走高飞更慌了，像要被收考试卷子的学渣，哗哗地翻书，恨不能脚都跑上来帮忙才好。

欧阳那边早就完事了，还指望着用高飞的电脑，他见高飞合上书便问：

"完事了？"

"还不知哪儿跟哪儿呢！资料不全啊！"她彻底心灰意冷，这都快十一点了，今天算是搞不完了。

欧阳瞅了眼她的页面，还只是个框架，内容骨肉分离，问："你没存盘吗？"

"我先存了一份在科室电脑里，存U盘时随手就删掉了。"

欧阳问："你清空回收站没有？"

高飞回忆了片刻："不记得了……"

欧阳安慰说："就算清空也有办法恢复一部分的，我帮你看看。"

黄成当晚就回了，到家后没见到高飞赶紧追到医院。上午电话不通，他心里就不踏实了，刚才打电话听高飞旁边的环境静悄悄的，更起疑了。果然，一到图书馆楼下就见高飞出来了，她旁边就是她前夫欧阳锦程。他赶紧闪躲到垃圾桶后面，不禁一阵心酸，他为什么要躲？

夜色里，他们两个人离得很近。

黄成老早就发现，从走路的姿态和距离就能判断一对男女的关系，高飞和欧阳并肩大步走着，她的头刚到对方耳垂，这种身高差看着那么般配。他们不交谈，但步调一致，那么心意相通。

似乎应验了先安家再立业的俗语，买房后黄成的生意明显好转。他手上多了几个大订单，牛一鸣每天乐得合不拢嘴，黄成千叮咛万嘱咐他别再随便接单，他一人顾不过来。牛一鸣深不以为然，现在做工程的有几个自己跑工地？做不完的活儿转包不就得了？俩人的合作理念大相径庭。正忙碌时，一名长发美女袅娜娜来到黄成办公室，含笑凝视着黄成。

黄成以为是哪个客户来了，半晌才认出眼前的是自己的前任助理，女大十八变，这个小刘从头到脚可谓焕然一新。

刘欣嫣然一笑："我从总部调到分部来了，怎么，你不欢迎？"

刘欣是特地来探望黄成的，听说黄成结婚了，找的还是个离过婚的，心里的好奇多过失望。刘欣第二次来时也刻意装扮了一番，修身长裙很好地勾勒出身体的曲线，妆容适宜，香气扑鼻。一进公司，牛一鸣就被吸引了，眼珠子都快瞪出血来了。

老牛压根没想起眼前的美女就是当初工程队那个灰头土脸的小助理。刘欣对牛一鸣完全视而不见，老牛惹一鼻子没趣，办完事刘欣问黄成："你晚上有时间吗？外面一起吃个饭。"黄成一口回绝，跟女性吃饭，肯定他掏钱，他舍不得。

牛一鸣急忙凑进来："我请，我请！"

黄成选的街边大排档，牛一鸣已经声明了自己请客，但黄成就是省不了抠门的心。好在刘欣不以为意。牛一鸣觉得这女孩太与众不同了，温婉懂事，大方得体，一颗老心如小鹿乱撞。

刘欣和黄成有一句没一句哈啦着，老牛闲置在旁郁闷得快失血了，黄成接到家里电话说他妈摔了。他一走，牛一鸣正好和美女独处。

黄成赶到病房时，黄母的腿已经打上了石膏，黄母住院都是高飞帮着打点，高飞困了，趴病床边在打盹。

问起他妈摔跤的原因，原来他妈穿的两块钱的拖鞋鞋底打滑，黄成大发脾气，每次都这样，嘱咐又嘱咐，不能省小钱出大事，可老人偏是不听！

黄母手指高飞示意他小点声，高飞还是被他吵醒了，揉揉眼问："您还想吃点什么？"

婆婆心疼地说："不用了，你回吧。"黄母受伤后高飞急着送她到医院，脸盆什么的都没带，给这个打电话没空，给那个打电话一直不接，全靠高飞里里外外的。

高飞说："我哪能回去啊，你腿不方便，晚上要起夜怎么办？"

婆婆住院后家里乱成一团，黄父平常挺能说会道的，一下全抓瞎了。高飞见状，将一家人都发动起来，买菜的做饭的送饭的洗衣的，大嫂想躲都没躲过。大嫂不高兴了，凭什么全家听这个二手货的？

没承想，连黄河都坚决站弟媳妇这边："妈这一病也够麻烦她的，医院里她耍跑，家里的事也靠她，你少说两句。"

刘欣终于找了个机会和黄成独处，她一句话就说到黄成心坎上了："黄大哥，那个牛总啥都不懂！那天我们老总和他谈建筑结构，他眨巴着眼睛一声没吭！他一走我们老总就说了，这公司里要不是黄总撑着，早垮了！所以我就说了，这世界上，那有头脑的干活，那没头脑的拿钱！"黄成笑而不语，心里使劲点头，可不是！

刘欣撺掇道："你应该考虑自己单干，你看，业内大家都认可你，有知名度，有客源，资金方面可以找银行，而且我认识几个朋友也可以说服他们来投资。"

黄成早想和牛一鸣散伙了，但没好意思撕破脸，老拖着。

扯了会儿闲天，刘欣话题又引到高飞身上："我们聊不了三句话就拐到你媳妇身上，你呀，特在乎她。"

黄成叹气："特没出息吧？"

刘欣忙摆手："哪里，特酷！不过，你老婆在乎你吗？我看你出来这么久了她连个电话都没有。"

黄成这才意识到，无论他出差在外还是工作中，高飞从没主动找过他。

第 22 章

沈心经过走道时，高飞突然从楼梯下钻出来，将她吓得原地大叫一声。

高飞神神秘秘告诉她："楼梯下有个通道你知不知道？"这是高飞无意中发现的，她在医院工作快十年了，头一次发现楼梯下有个小门，里面直通车站，比走前门的路线短多了，可以节省十分钟。一问，那是医院的人防工程，现在处于半废弃状态。

沈心惊魂未定："你是有多缺时间啊！都不走'正道'了。"

高飞掰着手指算给她听："公交车一般五分钟一趟，到了高峰时间是十分钟一趟，如果我错过一班公交，回家的时间就会晚半小时，半小时我可以淘米、洗菜、摘菜，再给我十分钟我可以做出两菜一汤……"

沈心悲痛地看着她："知道了，做饭婆！知道人防工程是干吗的？早先是为了防止空袭建造的，不是为你的两菜一汤！"

沈心想告诉高飞今天是她生日，她三十岁的生日。看着高飞锱铢必较得连十分钟都要省，她哪好意思浪费她宝贵的时间。无论她多不愿意，从前两小无猜混在一起浪费时间的日子已一去不复返。

沈心一人蜗在家里快快不乐地看着电视里的大女主戏，这些个"男人都爱我，女人都害我"的戏真有人看吗？想吐个槽都没伴！

电话响，沈心眼睛一亮，结果是她妈，她暗暗叹口气，语气欢悦地说："妈，嗯，吃了。生日？还过啥生日啊，过一次老一岁，我知道！我也想结婚啊，不是还没影儿吗？"

沈心挂断电话，这个世界上最爱她的人果然是她妈。

沈心的门被敲响了，开门一看竟是欧阳，欧阳晃着手里的礼物盒，一脸阳光："生日快乐。"

没想到生日祝福会来自于他，沈心心情复杂："你记得？"她以前的生日都是高飞拉着欧阳跟她一起过的。有一年三个人都喝多了，稀里糊涂的都窝在沙发一起睡着了，沈心口水流了欧阳一胳膊。

欧阳解释说："本来想下班就过来的，手术结束得晚。"

沈心小心拆开礼物，惊叹一声，是一款水晶手链，施华洛世奇，她最喜欢这种又贵又不实用的东西，欢天喜地戴上："谢谢！"

两个人的气氛比三个人的时候尴尬多了，让他们回想起那个尴尬夜晚，沈心故弄玄虚地说："嗯，我发现一个秘密……"

欧阳一脸不置可否。

"你喜欢上我了！"看到欧阳的错愕，她哈哈大笑，"开玩笑的！"希望时至今日，他们之间的那场尴尬就此化解。

沈心送欧阳送到楼下，她目送着他。夜间气温降了，出门时她忘记加外套，冷得缩着脖子，但不忍离去。他的影子消失在街尾，她开始流泪。他们第一次见面的时候，人海里她一眼看见了他，所有美好的词汇都无法言说那种感觉，他矗立在那，她下意识向他靠近，以为很近了，却在一瞬间他就消失无踪。

哭泣的沈心被不远处的高飞尽收眼底，高飞这才注意到沈心凝望欧阳的神情，那样专注而深情。她心头滚过一阵阵惊雷，想起她妈曾意味深长地说：你观察力还差着呢，有视角盲区。

高飞她从没想过，沈心喜欢欧阳。

"我在找他，估计很快就找到啦！"大学时的沈心用今时相亲的频率满世界蹭课，寻找她的梦中情人，期待重逢。

高飞曾强烈怀疑这位梦中情人是否真的存在过，难道不是在人海里的幻影？

沈心曾激烈反对她和欧阳的交往："你们不合适，不是一般的不合适，是三般四般的不合适！你喜欢的他都不喜欢，他喜欢的你都不喜欢，你们就是，惊世骇俗的——不般配。"

"你妈反对得有理啊，你们个性不合……"

但她还是温顺地当起他俩的地下交通员，翻着白眼给他们传递消息和礼物，却无端失约了他们的婚礼。

沈心开门看见高飞，大喜过望。高飞看到沈心的欢喜劲，内心一酸，勉强笑着说："抱歉，来迟了，生日快乐。"她发现自己并没生沈心的气，她知道，喜欢什么人，不是自己能决定的。按照沈心大大咧咧的性格，瞒这么多年够难为她的。

沈心用力一拍高飞的肩膀："表现还不错，我以为你忘了呢！"

高飞老实承认："真忘了！还好刚记起来了……"

沈心伸出手来："礼物呢？"

高飞歉意地说："去买生日蛋糕，蛋糕师傅下班了。"

沈心从牙缝里恶狠狠说道："没礼物？你好意思来见我吗？"

高飞厚颜无耻地说："我就是给你的最好礼物！"

沈心用力掐她："有你这样的吗？进屋不带礼物？"

高飞从身后拿出一条水晶项链，和欧阳送的是同款设计，如果不是她了解他们，会以为他们是约好了的。沈心愣住了，高飞以为她是喜出望外呢，得意地说："施华洛世奇，你最喜欢的……"

沈心不知道说什么好，方圆百里能买着施华洛世奇的店也就那么一家，夫妻俩一前一后去光顾居然没遇上，不知道这算有缘还是无缘。

黄成故意和刘欣聊到很晚，回到家高飞正在灯下算账。黄母住院后高飞发现家里的开支严重超支，这才开始佩服黄母的理家有一套，那功夫，不是经年累月学不来。

黄成最烦她对自己的无视："……你怎么不问问我晚上在哪儿吃的？和谁一起吃的？"

高飞继续核对账目："这还用问吗？"

黄成气恼地叫嚷道："我怎么发现你一点儿也不关心我！"

高飞愕然："你又不是小孩子，四肢健全生活能自理，我要怎么关心你？"

黄成懒得理高飞了，自顾睡觉，高飞见状只好配合他："哦，你晚上在哪儿吃的？和谁一起吃的？"

黄成故意炫耀道："女的！"

高飞直奔主题："你喜欢她吗？"

黄成仔细思考："那还谈不上……"

高飞安心了："那不就完了，有什么不放心的，满大街都是年轻漂亮女性，我跟谁急去，睡吧！"

黄成匪夷所思地盯着高飞半晌，说不清他老婆是缺心眼还是大智若愚。

黄成决定进一步测试一下高飞。他特地到商场的化妆品柜去蹭了点香水，趁人不备抹了点口红揪着自己的衬衣印了个红唇印，显眼得就是瞎子也能看见"出轨"的迹象。

黄成神头鬼脑地回到家，他妈在家，高飞说他妈非吵着要回家洗澡。

黄母吩咐黄蕊帮她洗头，黄蕊不知在琢磨什么，滚烫的水往她妈头上浇，黄母杀猪般一嗓，高飞赶紧进洗手间帮忙。黄成完全没机会给高飞展览身上"出轨的证据"，好容易巴望着高飞闲下来，他赶紧说："我衣服脏了，你帮忙洗洗吧？"又特意嘱咐道，"我衬衣很贵的，不能机洗啊！"

高飞刚将黄成的衬衣放进盆里，正在找洗衣液，黄母拄拐进来不由分说将衣服抢了过去："我两把就揉了，你歇着去！"

高飞不擅于拉扯，也就罢手了。黄母拎起衣服一眼发现了口红印，她闻了闻上面的味道，气呼呼地："一股子臭鱼烂虾味儿！"

黄成被黄母提着耳朵狠狠训了一顿，如果敢外遇就打断他的腿。黄成百口难辩，郁闷死了。

如果不是高国庆说漏嘴，高飞都没想到他会脸皮厚到管欧阳借钱！

高飞第二天上班将钱递给沈心："你抽空帮我还给欧阳，一共是两千八百块。"

沈心坚决不接："干吗我去？你自己不会还？"

高飞央求道："我谢谢你了，行不？"

沈心气鼓鼓地："我就是你的邮差，当初你妈拼死反对你们时都是我传递消息，那时如果没有我，你们早就散了！"

高飞一愣，表情有点恍惚。是啊，如果没有沈心，她和欧阳真不一定走到一起。她们之间到底谁更傻啊，或者，她俩就是一对大傻瓜。

沈心早上也忙，好容易才抓到欧阳的魂，她火急火急地掏钱给他："点一下，两千八。"

欧阳纳闷地接过，边数边问："我有借钱给你吗？"

沈心真不想说实话，闷声说："是高飞她爸找你借的。"

欧阳马上塞还给她："让她自己来还！"

欧阳大步走开，沈心慌忙跟上，她没他腿长，可怜巴巴地央告着："欧阳，欧阳！你俩怎么都这么轴啊！别害我两头跑啦，你倒是接呀！"

欧阳已经走远了，沈心对着手里的钱耍狠道："干脆，我自己花掉得了，反正也没人知道！"

高飞下班后照例走防空洞，走道里光线昏暗。一拐弯前面一个黑影闪现，吓得她魂飞魄散，近些才发现是欧阳。为了避开他，连还钱都是让沈心代步，居然在这儿都能遇上。

冤家路窄。

两个人同时问："你怎么在这儿？"

欧阳一挥车钥匙："我下班啊，从这儿走不正好到停车场吗？"

两个人不约而同在昏暗的通道中并行，欧阳看她走得飞快，讽刺说："你赶着去投胎啊？"

高飞快速反击："赶着帮你接生！"快到入口时高飞想起什么："等等、等等！"她拦住欧阳，"我先出去，你过五分钟再出去！"

高飞是不希望俩人同时出去被人误会，欧阳看她那个矫情样，没坚持。她刚坐到公交最后一排，手机响起，欧阳的怒吼估计司机师傅都听见了："高飞，我怎么能信你呢，我被锁在防空洞里啦！"就那么一会儿工夫，保安就把防空洞的闸门给拉上了，高飞没辙，只好下车回医院。

黄成回到家，一看鞋区就知道高飞没回："爸，今天不会又是您负责晚饭吧？"

黄父围着围裙出来："有吃的就不错了，知足吧！半小时前小高来电话说马上到家，这会儿还没见影子，我能不做吗？"

"黄蕊呢？"

"嘿，谁知道晃魂晃到哪儿去了，等你妈回来收拾她。"

高飞进屋慌慌张张换鞋："我回来晚了！"

她的慌张透露出某种信息，黄成见高飞包搁在沙发上，里面露出她那部经常忘着带的手机。他犹豫片刻，拿起手机翻看，刚通过话的是个没保存的号码，他果断回拨过去，接电话的是个男的。黄成迅速挂了电话，他当然听出对方是谁。

夜深了，黄成独自在阳台上吸着烟，他戒烟好几年了，身上装着烟一般是为了招待客户，现在不知不觉又抽了起来。上次看专科门诊的药已经吃完了，没什么疗效，专科来电催促他复诊。

是天意吗，他连个孩子都没法给她。

黄成真想找什么人聊聊，他埋头工作的时间太久了，身边只有客户几乎没有说闲话的朋友。和刘欣闲聊了两句，刘欣一句话就点了他的穴："你们结婚有一年多了，怎么还没要孩子？"他沉默了一天，对谁都没有说话的欲望。他觉得自己坠入了泥潭，越想抽身陷得越深，他到底该怎么做？

刘欣和黄成吃完饭回公司，同事说一位老太太拄着拐坐在公司门口候她多时了，刘欣认出对方是黄成的母亲："伯母，听说您住院了我都没时间去看看您，您啥时候出院的？"

黄母厉声说："别整那些虚的，你知道我儿子结婚了吗？"她的一嗓门将全公司的注意力全引来了。

刘欣无端有些慌乱："知道啊！"

黄母冷笑说："我怕你不知道，特地来告诉你一声。"

刘欣看看四周，其他人都装没听见，她解释："您可能对我有点误解……"

黄母用拐顿着地："我也七十岁的人了，吃的辣椒比你吃的米多，一眼就能看出你是什么人物什么来历，跟你说声我儿子没钱，你要跟着他啥实惠都没有，那外遇之类的，就免了啊！"

刘欣心说这老太太什么毛病啊，但不敢惹她，忙堆起满脸假笑："您放心！您儿子绝对安全，有您在，他甭说外遇，内遇都没有，我跟他就是单纯的工作关系！"

王健有日子没出现了，沈心虽然早有预备，但在街头看见他和新女友亲密无间走在一起时，心还是堵得难受。王健没看见她，和女友在水果摊上买水果，俩人手牵着，连掏钱的时候都不撒开，也不知道上厕所怎么解决的。小女生二十出头，脸嫩得像揉进了宝石粉。

平心而论，他们挺配。

关云山大开着家门，一见沈心的身影他赶紧招呼了一声。

沈心随口应了一声没回头，关云山装作若无其事地问："吃了吗？"

沈心情绪低落："中饭都没吃呢！"

关云山问："我饭做多了，能帮忙吃点儿？"沈心回过头，关云山笑容可掬。

竟是很丰盛的一桌，沈心问："你一个人怎么做这么多？！"

关云山说："所以叫你帮忙吃啊！"

沈心半信半疑正要吃，关云山端出一盘生日蛋糕，还是个寿桃形状。

沈心恍然："今天是你生日吧？"

关云山愕然："不是你的生日吗？"沈心愣了一下，想起有次老关问她生日，她信口胡诌，谁知他竟记在心里了，意外有点感动："嘿，我上个月就过了！"

关云山有些失望，但还是忙帮沈心夹菜："吃吧吃吧，多吃点，浪费了可惜，知道这鱼多少钱一斤吗？还有这排骨……都涨价了。"

沈心感叹道："是啊，什么都涨，就是工资不涨，尽管如此我也要坚强地活下去，因为墓地也涨了……"

关云山"呸"了一口："胡说八道什么呢，小孩家说话没遮拦！"

"小孩家"吃着喝着，突然想起件大事儿，问："跟你打听个事儿……你是喜欢上我了吗？"

关云山差点把汤喷出来，一时之间不知道说什么，看了看沈心的脸色，他郑重点点头。

沈心诚恳地问他："你觉得自己配得上我吗？"

她这么直白，让关云山半晌不知道说什么好："配得上啊，你看我吧，虽然没有正经职业，但人好，脾气好，会做饭菜，长得也不赖！你说呢？"

他这么自信真出她的意外，沈心将吃剩的骨头排列整齐："你连个正经职业都没有就敢说配得上？"

关云山急眼了："庸俗了不是，没有正经职业不等于没收入。"

考虑到作家的自尊心，沈心三思了片刻，问："你这作家一个月能挣多少？"

这可戳了老关的肺管子："庸俗，作家不能讲月，讲篇，讲本儿！一篇文章，一本书，得这么算！"

沈心当即妥协："行！那您一篇儿，一本儿，能赚多少？"

关云山转动着眼珠子，又想回避这个问题："我们怎么就说到这个更庸俗的话题了！"

沈心也不明白为什么要故意刺激老关，他是个好人，但至多也只能当朋友，不如早点说开了完事。

高母不见了！

高飞在家附近找了一圈，只知道门口收废品的说她妈三天前提着一捆旧杂志出门了，没注意到老太太往哪个方向走了。

高飞急疯了，哭着给黄成打电话，黄成赶紧召集亲戚朋友帮忙。黄蕊和大嫂都赶紧请假，黄河也不拉活儿了，满大街转悠，全家忙乎了一天一夜却一无所获。

高母就像一颗不起眼的气泡，在这个生活多年的城市消失得无影无踪。

遍寻不着母亲，高飞一个人在街头漫无目的地游荡。现在才明白，没了妈妈才真的没有了家。

她妈从小待她严苛，学习必须保持第一，绝对不能早恋，她想学画画，她妈却逼她报考医学院，人生轨迹被把控得死死的。大学期间她如同逃出牢笼的鸟，身心俱获自由。可惜自由是短暂的，一毕业她又进了监控区。

从没想过有一天，母亲会消失不见。

欧阳在街头见到了游魂一样的高飞，把她领回了沈心家。两个人帮着高飞回想她妈，还能去哪儿，高飞想不出她妈能去哪儿。她生活简单，就几个固定的地方，生活起居很有规律，准时得像时钟。正毫无头绪的时候关云山来了，手里拿着张地图，他多余地对他们解释："我家里什么地图都有，写小说的时候查个地名什么的方便……"

他们想到一个地方就在地图上拿红笔做记号，高飞想起那天母亲是拎着旧杂志出的门，她原以为是卖废品，现在忽然想到母亲在老年大学开了健康讲座，搞不好杂志是送给学生们的。

于是寻找范围扩大，以老年大学为圆心，四个人再分头去找。又找了一晚，高飞淋了雨，再也撑不下去了。沈心顾不上自己也淋湿了，到家用毛巾包住高飞的头不停地替她揉，再拿吹风吹。关云山在旁边瞅着，心里特别感慨，就是亲姐妹也不过如此了吧。

欧阳进厨房煮了碗姜汤出来递给高飞。高飞接过姜汤，手抖得像只流浪狗，口不对心地念叨："我好多了，给大家添麻烦了，都回去吧，不早了……"

欧阳敦促她把姜汤趁热喝了，沈心故意说了句："最近感冒的人特别多，你是得多注意点！"

欧阳瞪了沈心一眼，前两天上官生病了，欧阳带上官去打了几天吊瓶。为了避嫌他特意绕道去的别家医院，不知沈心怎么知道的。

门没关好，黄成突然进来，大家都吓一跳，黄成尽量不去看欧阳，对高飞说："你手机关机了？"

高飞哆嗦着说："没电了。"

黄成发现高飞淋湿了："赶紧回家洗个热水澡。"

高飞一起身被什么绊了一下，一个趔趄，黄成反应过来伸出手，欧阳已经抢先一步搀住了高飞。

气氛怪异得连大大咧咧的老关都觉得不自在起来。

从沈心家出来，黄成突然看见门口一家花店开着，跑去买了一支玫瑰，高飞惊讶地看着他。

黄成像举着伞一样举着玫瑰，一脸别扭："我从来没送过你花。"

就一支，但她还是深深感动了，他这是希望她能开心。她难得撒起娇来："我走不动了……"

黄成勉为其难，将衣领竖起来遮住自己的脸："上来吧！"他姿势还没架稳，高飞一纵身，黄成没架住竟然单腿跪下来了，高飞乐得从他背上滑了下来，在原地哈哈大笑，笑到眼泪都出来了。

黄成想，好久没看到她笑了，婚姻对她而言，更像一场无休止的考试。

半夜高飞手机响，一看是高国庆来电，她心说谁这么讨厌把手机号告诉这人啦！还以为又找她要钱，差点都不想接听。

没想到高国庆居然捡到了她妈。说高母人在饭馆外站着，人糊里糊涂的，根本不认得他，高国庆是问到欧阳才拿到了高飞的手机号。

第二天高飞赶紧带她妈去看病，医生诊断说是老年痴呆症，这种病目前基本没治，服药在其次，主要是好生照料，身边时刻离不了人。

高飞去了保姆市场，正规保姆一个月两千五起步，这个价位让她长了见识。

黄成换了个专家门诊，开了一堆检查后，又开了一堆药，服药的时候还得躲着，身心俱疲。黄母向儿子打探到底啥时候能有孩子，她怀疑高飞会不会有什么毛病，黄成一听就炸了："别瞎说！"黄母叹息一声，跟老伴说，这个媳妇啥都好，就是儿子太宠着了。

刘欣终于向黄成表白了："听说建安的工程是你负责？你现在既然忙不完，我一个亲戚刚入行，你把工程转包给他，正好皆大欢喜。"

黄成很惊讶："你亲戚也做这行，哪个公司的？"黄成先还以为刘欣对他有"意思"，现在他发现她这人可真有"意思"，有什么想法不能敞亮点直说吗？绕来绕去的，替她累得慌。

刘欣有点扭捏："刚入行，还没上手……"

黄成果断拒绝："没做过的，我可不敢随便给人做。"建安是老客户，这次的工程虽不大，但交给别人不放心。

刘欣向他暗示有好处，黄成都断然否决。

黄母跟踪了儿子，发现他还在和"狐狸精"来往，不问青红皂白将黄成骂了个狗血淋头。黄成被骂了心里却舒坦得很，他发现她妈对高飞是打心眼里喜欢上了，这说明什么，说明他挑媳妇的眼光还是不错的。但想起高飞还和前夫的藕断丝连，一点微小的快乐再度烟消云散。

高飞又跑了几次保姆市场，一无所获，合适的保姆不好找，有的不愿意住家，有的说不愿意看护老人，有的要价过高。没想到她这边毫无眉目，那边黄母已经替她找了个小保姆，姓余，岁数不大，才十七岁，是黄家远亲。

小余一个月五百，这是黄母谈好的价格，高飞低声问黄成："一个月五百，是不是太低了点？"

黄成告诉她，亲戚家穷，全家地里刨食一年才不到四千的收入，五百对于他们已经是惊喜了。

高飞有点过意不去，但转念想想也不知道这个小余行是不行，先用着吧。

小余不会用煤气灶也不会使洗衣机，教了几遍都不行。高飞便嘱咐她先看着高母就行，一日三餐都是高飞做好了，小余只负责端上桌。

没过几天高飞就不想让小余继续干了，她学东西慢，却很快迷上了电视。电视机二十四小时开着，小余看电视的时候百事不管，一会撕着纸巾哭得泪花花的，一会又乐得前仰后合，连高母自己出了家门都没察觉，幸亏高飞迎面碰上了老人，否则后果不堪设想。

但没想到她还没好意思跟小余提这事，小余反而向她要求涨工资："俺表姐也是给人做保姆，她一个月可是三千呢，俺都没脸跟家里说。"

高飞没想到她心还挺大，小余委屈地说："钱太少了，俺干着活心里不痛快！"

看在亲戚面上，高飞强忍着不耐说："小余，你要嫌少，我跟你哥商量商量看能不能加点，不过据我所知，两千多一个月的保姆都要买菜做饭打扫卫生，你到我们家一个月了，饭没烧过一餐，衣服也只是洗自己的，主要工作就是看着老太太……你觉得你一个月拿多少合适呢？"

小余立马说："没问题，我可以买菜做饭打扫啊！"晚上收桌子时，小余摔了一个碗和两个盘子，及时展示了她的潜力。

黄母神神秘秘告诉黄成，一早高飞到洗手间吐了。黄成知道高飞有胃病。但黄母言之凿凿的，黄成半信半疑，他复诊时问医生现在他老婆可能怀孕了，医生仔细翻看着厚厚的检查单，使劲摇头："目前你的精子数量远远达不到要求……"

黄成抱着一线希望："只是数量少，但不等于没有啊！？"

医院笑得意味深长："你确定你爱人怀孕了吗？"嘴角一丝戏谑让黄成感受到了满满的恶意。

高飞回到家时，发现气氛相当诡异，黄母颠颠地出来迎接，一家子在桌旁笑眯眯等着她，像候着娘娘似的。

大媳妇按捺不住地问："小高，你现在几个月啦？"

高飞尴尬地声明："嫂子，我没怀孕！"她心中只叫苦，到底有完没完啊，一天到晚肚子肚子。

大家面面相觑，黄成反而释然了。

大媳妇却没打算就此放弃，问她："洗手间里的验孕试纸是怎么回事？"大嫂细心，在洗手间纸篓里翻出了半截试纸，上面确切显示怀孕了，大嫂见高飞矢口否认，真后悔没留下"证据"。

高飞一脸莫名，什么验孕纸啊？正要问个究竟，黄蕊不小心碰洒了汤碗，看到黄蕊苍白的脸和哆嗦的眼神，她心里一紧，没敢深究。

高飞待家人都睡了，悄悄潜入黄蕊屋里："三儿，你跟嫂子说实话，是不是有啦？"

这一问，问出黄蕊一串眼泪。

高飞明白了："具体什么情况嫂子不清楚，但现在要么结婚，要么赶紧流产，你得有个决断，别拖。"

黄蕊带着哭腔说："跟他说了后……打他电话都不接，发短信也不回！"

不用说，遇到人渣啦，高飞想了想："那我陪你去做手术……"

黄蕊抖了一下："我怕，听说很痛！"

高飞叹气："傻孩子，当然疼了！女孩子，要学会自我保护。"意识到现在说教已经迟了，她安慰道，"别哭了，过几天我正休，先带你去检查检查，看能不能做无痛流产。"

黄蕊犹豫着说："能不能别去你们医院，万一被人认出了怎么办？"

"行！我带你去别的医院。"

黄蕊央求她保密，高飞再三保证，黄蕊这才放心。共同生活了一年，高飞内心已经将黄蕊当自己妹妹了，高飞心疼小姑子，越是在家中不受重视的女孩越容易受到外界诱惑，每人的原生家庭都无法抉择，如同命运。这种不光彩的事一丝风都不能透给黄家其他人，就他们家那个传话速度和婆婆的暴脾气，高飞信不过。

天刚蒙蒙亮，高飞悄悄起身去叫醒黄蕊："待会儿我先走，省得他们起疑，我在车站等你。"高飞想了想说，"记得吃早饭，记得吃药。"

黄蕊一夜没睡，瞪眼到天亮，脑海里像跑马灯一样回忆起那个人的点点滴滴。她没告诉高飞那个人就是当初借钱给她的"同学"，其实也不是什么同学，就是无意中认识的一个社会人。直至今日她才明白过来，是自己太傻，居然相信那种人的花言巧语。

黄蕊等高飞走了会儿，偷偷去厨房倒了水，服了药。药盒原本塞进了包里，结果再往包里塞卫生巾的时候才发现包小了。时间不早了，她慌慌张张将包里的东西全倒出来，拣重要的放进去，其他有的没的就先摊在桌上，忙乱间空药盒掉到地上她也没发现。

吃了药后手术时间不长，但疼痛还是远超她的承受力。高飞见黄蕊术后太虚弱，改了计划，就近开了个房间让黄蕊先缓缓。

高飞怎么也没想到这家宾馆是鸣成公司的客户，牛一鸣到宾馆找经理结账，进门正好看见高飞上电梯。牛一鸣没参加黄成的婚礼，只在别人分享朋友圈的照片上辨认过，她很好认，一双大眼睛让人印象深刻。牛一鸣心说，这种纯天然的气质美女，难怪欧阳念念不忘，甚至"美女"这种俗词对她都有些亵渎，如果早认识他根本不会把小姨子介绍给欧阳。

牛一鸣的账结得不顺，经理说有两个卫生间渗水，尾款没法结。牛一鸣赶紧叫黄成派人去瞧瞧，顺口说了在宾馆看见高飞了，黄成一下子就愣住了。

高飞最近神神秘秘的，黄成心有疑虑，他知道高飞这天正休，一般这时候她都在她妈家，没事去宾馆干吗？他赶紧打电话回去，小余回说今天没看见高飞人，黄成接着给高飞去电话："你在哪儿？"

高飞想也没想，回答："在外面呢？"

黄成追问："哪个方位？"

高飞语气有点慌张，快速说："商业街上，正逛着呢，没事我挂了……"

黄成的半边脸已经僵了。商业街？和她通话时周围很安静，他也不知道自己怎么度过这一天的，脑子里全是胡思乱想，过了一小时又给高飞打电话："现在在哪儿呢？我来接你一起吃饭。"

高飞挂了电话回了趟娘家，那边小余又吵着加工钱，虽然小余做的菜高母根本就不吃，还得高飞重做，但高飞给她加了三百，也没敢告诉黄成，只想着熬过这段时间再去保姆市场打听打听。

高飞下意识拒绝："正吃着呢，吃完就回家。"这不是吃饭的点儿，黄成心里更不舒服了："你和谁一起吃呢？"高飞不明白他今天是怎么了，以前没这么絮叨过，她扯理由说手机没电了，赶紧关了机。

沈心一早想起一连几天对面老关都没动静，她敲了几次门总是无人应答，她琢磨了一下，掏出身份证来将关云山的门捅开。关云山正昏昏沉沉躺在床上，身上盖着乱七八糟的衣服，身旁扔着饭碗、方便面袋子，屋里一股怪味儿。

沈心赶紧上前用手探了下呼吸，还有热乎气，她用力推醒关云山。

关云山微微张开眼睛："是你啊……"老关赶了几天稿，颈椎病发了，就此昏死过去。

沈心下了一大海碗面条，搁了点盐其，他啥也没放，老关呼哧呼哧一口气连汤带水都吃完了。老关吃面的时候沈心在一旁阅读他呕心沥血完成的书稿。

关云山期待沈心的赞叹："你觉着怎么样？"

沈心毫不客气，一点也不顾及颈椎病人的心情："第一，男主角太嘴贫，看多了惹人烦；第二，都啥年代了还玩失忆啊，这个桥段过时；第三……"

关云山被她说得头发一根根都竖起来了，他不高兴了："叫你给个意见是客气，你意见还真不老少！"

沈心发现老关的毛病不仅只限于颈椎病了："你这人怎么不虚心啊！"

关云山忍不住嚷嚷起来："你认真看过没有？尽说些表面的东西，肤浅！"

沈心根本不理他，继续说："第三，故事太拖沓，看得我累得慌，三十万字，时代已经提速了，你老在那磨叽，这要印出来费纸，看着费眼，少写点废话，树都少砍好几棵呢，只当给环保做贡献了你！"

她的小嘴一张一合，吧唧个不停，关云山恼羞成怒："你说完没有！？"

沈心哼了一声："白居易同志写诗都念给八十岁老妇听呢，你多跟老白

学学那胸怀，啊！"

沈心和关云山讨论文学的时间高飞已经回到婆家，她让黄蕊晚半个小时再回来。

黄成闷闷地打量着她的一举一动，他试探道："逛了一天，买什么啦？"

高飞还没意识到他的古怪，最近事太多了，她脑子转不动了："没买什么，穷逛吧……"

黄成等高飞走开了，贼一样悄悄打开高飞的包，拿出手机来发现关机了，他开机一看看，手机还有百分之十的电，低电量，也属于"没电"的标准。

好死不死的，一条短信这时进入：今天很抱歉，因为有事没能赴约，改天向你解释！

这个号码黄成清楚记得是欧阳锦程的。已经都不是一个科室了，还约什么宾馆？黄成差点将手机摔到地上，虽然强忍住没发作，他一直在黑暗里发抖。

沈心第二天跟高飞直道歉："抱歉抱歉！昨天没去！"

高飞一时不记得约了沈心什么，好半天才想起，工会主席前几天给了她两张音乐会的票，出来正好遇到欧阳，高飞问他跟上官是不是该办事了，她红包已经备好了，欧阳却说，跟她不可能，他还等着高飞给他介绍呢。

看他一脸认真，高飞心念一动，给了张票给欧阳，另一张票则给了沈心。她心里忽然闪过一个念头，如果当初不是因为自己，沈心和欧阳或许会幸福地生活在一起吧。

沈心跟自己不同，她父母恩爱，哥嫂幸福，这种幸福家庭出来的孩子自带幸福基因。这个世界上最适合他的，只能是她了。

那时那刻，她觉得这不失为一个好结局，他们三个至少有两个人会幸福。

听到沈心的道歉，高飞莫名又松了口气："你没去……"她想，原来自己的"撮合"只流于表面，并非真心诚意。

沈心不好意思地说："我和作家一聊天，忘了时间，你也没来个电话提醒我……"

"我也没去，"高飞欲言又止，"唉，算了，没啥事。"她不知道，欧阳拿到票的时候心情那份纠结。以前约会的时候他们曾去听过音乐会，那时候意不在音乐上，而是紧扣的十指，音乐会只是个约会背景。欧阳随即发现高飞给的是工会发的票，每个科室有两张，他失笑了，干吗啊，旁边都是医院同事，这个笨女人到底还是少根筋。基于礼貌他发了个短信告知高飞不去了，全然不知这个短信给高飞引来什么麻烦。

黄成越来越怪，每天很晚才回，回家也懒得说话。高飞无暇顾及他这头出了什么问题，她发现小余公然撒谎。她妈被烫伤了，伤得有点重，小余说她洗衣服时老太太自己摸厨房里去了。结果高飞下楼时发现小区贴了告示，从昨天就开始停水，她回去追问小余洗的衣服在哪儿呢？她答不出来，就知道哭，高飞急了，说了她两句，小余就打电话给黄成告状说高飞要赶她走。

没想到的是，黄成居然帮小余说话，说人家还小呢，教育两句算了，又没出什么大事。高飞当时就和黄成急了，烫伤还不算大事儿？老太太自己溜达出屋了算大事不？你站着说话不腰疼啊。

为个小保姆他们大吵一架。

婆婆当然也站小余这边，价格这么便宜哪找去，亲戚家孩子知根底，得过且过吧。

高飞郁闷地吃着饭，大媳妇这天刚和黄河为了点鸡毛蒜皮干架，搬回自己家后，黄河现在嗓门越来越大，他不爱老去蹭饭，要媳妇自己做饭吃，媳妇喷他窝囊，他回喷她"素质低下""学学人家高大夫"，大嫂想起这些话气得饭都吃不下了，当着大家面突然放了个冷箭："小高，问你点儿事，你在吃堕胎药吗？"

高飞惊讶地看着大媳妇，黄蕊小脸立刻煞白，不知道风声怎么走漏的。

高飞怕被瞧出端倪，眼睛不敢再看黄蕊，故作镇定道："没有。"她能感到所有人目光的逼视，心说大嫂就爱瞎咋呼。

大媳妇居然掏出了空药盒扔到桌上，用力过猛，差点滚到菜碗里："我在簸箕里捡的，那天我说看到检孕试纸你还否认……"大嫂冷冷哼了一声，不说了，室内的温度直降到冰点。

高飞责怪地盯了眼黄蕊，小姑子糊涂，这种东西也不收拾好，真是可怜之人必有可嫌之处！

一家人都盯着高飞的脸，黄母看着药盒声音颤抖："小高，你说说，到底咋回事啊？"

黄蕊知道躲不过了，发着抖，眼睛紧闭活像待宰羔羊，不难想象道出实情这家会掀起的狂涛巨浪。高飞想起在家中这个地位不高的小姑子在家务事里对自己多次援手，买房时没钱也仗义相助，受到恩惠时的感激涕零——她再多不是，也是她的家人。她明白，现在如果将实情都说出来，这个孩子就完了。

高飞咬咬牙："是，我堕胎了！"她不知道这句话给黄成带来毁灭性的打击。

除了黄成，其他人异口同声："为什么！"黄成无声盯着高飞，高飞却淡定地吃着菜，家里所有人，就她还能吃下去。一个没生育能力的人老婆怀孕了，她堕胎，还妄图瞒着大家，还用问为什么？只能是怀的不是他黄成的孩子。

高飞咬牙继续撒谎："我没准备好，就没打算要。"

黄母心神俱裂，带着哭腔问："你啥意思啊！都一把年纪了还准备什么！你这不混蛋吗？"她伤心地看着高飞，这个她寄予最大希望的儿媳让她再度失望了，她这就没打算过踏实日子啊。

回屋后高飞跟黄成解释说："事情其实不是你想的那样，我有苦衷……"发生了太多事后，她对他的嘴信不过，只能如此，"以后跟你解释……"以后什么时候？她也不知道。

黄成不语，她希望是他信了。

第二天，沈心告诉高飞，关云山搬家了。事先也不是没有预兆，老关说住这里就是为了安心写书稿，书稿完成了，他该走了。

关云山对沈心憋了一肚子话："我老家在江西景德镇，我原先是个厨子，绝活是做豆腐，能做一桌豆腐宴，开了十年饭馆赚了点小钱，我不想再做厨子了，小时候的理想是当作家，我就……"

沈心生硬地说："都要走了，跟我说这些干吗？"

关云山低声："不是想让你多了解点我吗？你看，我俩认识这么久了，其实对彼此都还不了解。"

沈心失笑："行，我知道你是个想当作家的厨子，你知道我什么？"

关云山诚恳地："我知道你是个顶讲义气挺重情的好女人。"他看出来了，沈心和闺密的前夫关系不简单，当然也不复杂，他也是有经历的人，懂。

沈心冷着脸说："这话听着怎么这么难受！？"

关云山叹口气："我知道配不上你，所以，我祝你幸福！"

沈心干净利落："谢谢！你也是，好好过！"

沈心说，两个都是成年人，一点拖泥带水都没有。

这话让人心不疼，胃疼，高飞说。

下了几天的雨，天开始放晴。高飞独自坐在医院的小花园里晒太阳，欧阳不知是有意还是无意，从她面前经过，他没有停步，只是放慢了脚，说："抱歉，那天没去。"

"没事，我也没去。"

欧阳问："怎么想起来请我去听音乐会？"

高飞干笑几声，挥挥手，不想继续话题。

欧阳最后说："跟你说个事，我和上官飞燕定下来了，我要往前走了。"

说完这句他就走远了，高飞想，上次明明是他说的，他和上官没那可能，她再度轻信了。好在他们现在的关系，不过是比陌生人近点，比同事疏远点，这种轻信她承受得起后果。

欧阳越走越快，有一刻他出现幻觉，她在背后喊他，她说，我们还能重新开始吗？他当然得拒绝，当初他选择的开始，却是她选择了结束。

阳光如瀑，心却是冰。

第 23 章

胃持续疼了好几天，沈心催高飞赶紧检查检查，在他们医院就这点便利，自己人做个检查不花钱也不用排长队。

高飞异常抗拒："没必要，老胃病了，我知道。"她很清楚，这老跟黄成怄气，她压力太大了所致。她不止一次自问，处理得对吗？如果换了旁人，是否能够有更好的方法？应该是有的，她的道行显然还不够。

沈心不由分说拖着高飞去了胃镜室，高飞嚷着怕疼，沈心说用麻药呢，无痛，高飞死活就是不肯，无痛也难受啊。沈心"唰唰"开了两张检查单，仗义地说："我陪你做一个，行了吧？"

高飞没见过这么变态的，好闺密陪着上厕所就算了，还陪着做胃镜，简直闻所未闻。知道躲不过了，她妥协："知道了，我自己进去，行吧？"

沈心不上当："咱俩一起进去做，互相监督。"

第二天结果就出来了，病理室要求高飞复查一次。

复查，意味着没好事儿，有可能是癌变。高飞干这行的见太多了，但没想到有天会轮到她自己。

高飞没有马上去，她有好些要事要解决。

第一桩要事是小余。邻居大妈跟高飞说过几回，小余每天打扮成一朵花似的溜出去，半夜才回来。小余清楚高飞的倒班制度，都是趁高飞不在的时候出去的，邻居实在是看不下去了。高飞知道和黄成说也白说，她一面继续托人找保姆，一面开始行动。

高飞跟沈心调了个班，一早在娘家外面守着，眼见小余如邻居所说打扮一新出门，立马给黄成打电话，要他赶紧来。

黄成本想去工地一趟，听高飞口气不善，他带着一肚子疑惑赶来。

果然，黄成听了高飞对小余的控诉觉得没什么大碍，小孩子嘛，在外难免寂寞，出去找个老乡耍耍也正常。高飞听着来气，现在黄成全跟她拧着来，是非黑白都不分了。每周小余一天正休，怎么就不够出去耍了？做饭不行，衣服洗不净，工资开到一千了嫌少，找保姆本来就是为了省心，这倒好，偷偷把老太太一人扔家里，等出事就迟了。她自己又是个女孩子，经常闹到深夜才回来，她的安全还让人挂心呢！

两口子正辩着，小余开门进来，她的头发不知道抹了什么，一根根竖着，描眉画眼，手里还提着一袋吃剩的零食。

小余冷不丁看见高飞和黄成都在家，在门口傻愣住了。

黄成温和地问："小余，怎么今天一早过来都没看见你呢？"

小余顺口说："买菜去了……"她意识到自己手里没菜，忙补充说，"哦，我给阿姨去买瓜子和话梅去了……"

高飞追问了一句："是我妈亲口说的，她想吃瓜子和话梅？"

小余虽然觉得太牵强还是硬着头皮说："嗯。"

高飞看了黄成一眼，黄成当然知道岳母从不吃零嘴，但对这点小谎言不以为然，高飞决定另找突破口："小余，昨天早上我过来也没看见你啊？"

小余怯怯说："我买早点去了。"

高飞追问道："前天呢？"

她的口气让小余意识到不妙，小余便开始眼泪汪汪。高飞抢在黄成前面开口："小余，你一个人离开家出来挺不容易的，我妈情况也特殊，不好照顾。这样吧，你以后在家里就帮着看着老太太就行，我再请一个阿姨，她负责买菜和做饭。"

黄成吃惊地看着高飞，不知道她肚子里卖什么药，俩保姆，请得起吗？

小余转动眼珠，她意识到如果请两个保姆，她肯定一月拿不到一千多了，何况买菜才能有理由出去，每天在家看老太太，那还不闷死了？她赶紧说："不用那么麻烦，还是我买菜吧。"

高飞再进一步："小余，你知道现在排骨多少钱一斤吗？"

小余看着高飞脸色，弄不清她的用意："十四，"她见黄成脸一变，忙改口，"十八？"现在的物价，最便宜的排骨都得三十了。

高飞穷追不舍："那小白菜呢？"

小余问："七角？"

小白菜都两块五了，她错得太离谱，黄成脸色越来越难看，明白高飞说的没错，这孩子根本就没将家事放心里，他们是花钱请个大爷。

高飞淡淡说："你说的菜钱都不太靠谱啊，那先就这样吧，阿姨明天就到。"

小余听了这句像点了穴："大姐！你这是不信俺！你告诉俺，俺到底做错什么了？"

高飞见她还是理直气壮，又好气又好笑："需要我说明吗？"

小余含泪说："虽然俺小，可俺懂，你打心眼里瞧不起俺，太伤自尊了！俺不干了！"

小余一边抹泪一边进屋收拾行李去了，黄成起身想安慰两句，高飞咳了一声，黄成只好坐下。过了一会儿，小余拖着大旅行袋出，大声声明：

"谁也别留俺，俺不在这儿干了！"

高飞正中下怀，吩咐黄成："你买票送送小余，对了，这个月工资说好了一千，虽然现在只是月中旬，你还是给她一千，记得跟她爸妈报个信，让家里接一下站。"

小余大吃一惊，她原以为主人会留她。她表姐说了，现在住家保姆的行情涨了，都三千了，她才一千，根本就是盘剥。表姐要她态度坚决，不能被城里人欺负，如果谈不拢就假意离开，吓唬吓唬他们。

黄成意外发现，高飞如此不留情面，以前她不是这样的！他现在完全不认识她了，或者，他从头到尾并不了解她，他不发一语帮小余拎着旅行袋出去了。

屋子空了，高飞身体也像是空了，她没有能力去做温婉善良的那个高飞，她必须承担她该承担的。

高母午觉睡醒了，见高飞有气无力趴在桌上，慈爱地问："怎么啦？菲菲……"

高飞心底一阵酸楚，她妈曾经慈爱过，她还是"菲菲"的时候。她妈不是生来就是尖酸刻薄脸，也是被一步步给逼成的："妈！我要是死了，你以后可怎么办啊？"

小余被开掉后，黄成连着一礼拜都泡在工地上，中间回趟家也冷着脸，高飞没有精力去哄他，整夜被疼痛折磨着强忍住不出声。有一瞬间她想，如果换作是欧阳在她身边，她会哭着请求安慰吗？不，他的鬼鬼祟祟和神神秘秘，比病痛更折磨人。

高飞重新找了个保姆，新来的保姆五十出头，挺能干。算算她每月赚的钱还不够她妈开销的，幸亏她妈自己有工资，谁说养儿防老呢？她活得真够失败。

沈心找她就一件事："你什么时候去复查？"

高飞含糊其词："这两天真没空。"讳疾忌医就是这个道理吧？不去看病，什么病都没了。

病理科催高飞去复查，连打几个电话，电话错打到外科，正好欧阳接的，欧阳好奇多问了几句，听到消息立马跑到内科。

欧阳出现在内科病区门口，来往的医生护士都冲他行注目礼，有熟识的和他打招呼，他也充耳不闻。

整个喧哗的世界突然安静下来，只剩下他们两个，一如当初那个简陋的舞会上，网购来的廉价彩带随风飘舞，还未散会就飘零散去，似他们珍贵而短暂的青春岁月。他眼里只有她，她孤独存在于沸腾的人群，那份悲凉刺骨。如果这个世上没有了她他会怎样？他没想过，这一天眼看来到了，他才明白她已经深入他的血液。他唯一爱过的人。

高飞刚查完房，看到欧阳站那儿一脸凝重："找我有事？"

欧阳艰难地问："我想问你，怎么突然想起请我去听音乐会……"那张音乐票成了他心里的一根刺，无数次他希望自己准时赴约。

高飞心说又提这茬啊，没完了啊。她轻描淡写说："突发奇想呗，不是有现成的票吗……"

欧阳打量着她的脸，她若是假装没事，就真的有事。憔悴的脸、下垂的肩膀处处暴露她内心的脆弱和精疲力竭，她这几天肯定没睡好，常从噩梦惊醒。她冷和害怕的时候会蜷成一团，她一直不习惯撒娇，更不习惯寻求帮助。

或许她是发现自己得病后才约的他吧？在她举目无亲的时候唯一能想起的只有他，他本该给她支持，却鬼使神差拒绝了。他突然提议："我们今晚一起去听音乐会吧！"

高飞很是意外，苦笑着摇头："不合适。"

他的内心如此痛，如此崩溃。这不是爱，他反复告诉自己，是人道主义救死扶伤。

沈心心神不宁，病理室来电通知高飞的复查结果出来了，她先以百米跨栏的速度来到病理室窗口，路上撞了高主任都没有停步，没想到欧阳捷足先登。

欧阳将检查单上上下下仔细审视了几遍，一把塞到沈心手里，啥也不说，大步流星地走了。

沈心赶紧拿起检查单瞪眼看，没事！复查结果诊断高飞只是浅表性慢性胃炎，沈心欣慰地笑了，双手握拳蹦起老高。高飞查完房回到办公室，沈心像个小炮弹一样冲进来，一把抱住高飞举高高。

"你没事你没事！"沈心将检查单一把塞到高飞手里，"你看，你看！"

高飞看着看着，突然捂住嘴，她想忍住，但最终号啕大哭。她郑重地将两次检查单放进自己的钱包里："以后我要每天看看这个，提醒我自己有多幸福！"

这时科室电话响，高飞笑着去接听，一脸疑惑地将电话递给沈心，沈心听了电话后脸色大变，腿一软跌坐到椅子里。

高飞有种不祥预感："怎么了？"

沈心的检查单被胃镜室弄反了，该复查的是沈心。

第二天高飞下了夜班，正在食堂吃着早饭，手机突然响起，病区召唤："高大夫！十七床病危！"

又是十七，只要她在医院一天这个数字很难绕过去，高飞迅速跳起，以百米冲刺的速度往外跑。

病人虽然救过来了，但病危后医生十七分钟后才赶到，病人家属发起投诉。

高主任大怒："谁的班儿，谁的班？"

一名医生轻轻说："是，沈大夫的班……"

高主任一愣，高飞咬紧了嘴，早上接班的时候沈心晃了一下就不见了。她记起，今天沈心复查的结果该出来了，她暗暗自责，最近娘家婆家自顾不暇，她竟忘了沈心。

高主任厉声喝道："沈心人呢！"从来没见高主任这么气过，高飞忙说："沈大夫临时有事，请假了！"沈心的事科室的人还不知道，高飞知道沈心的个性，她肯定不愿自己得病的事被旁人知道。

高主任愕然，两眼死盯着她，估计吃她的心都有："她请假？我怎么不知道！"

高飞撒谎说："她突然不舒服，跟我说了一声。"

高主任厉声质问："她跟你说了？那你呢？你为什么不在病区盯着，那个时候你在哪儿？"出事后，她过了一段"观察期"才再度进班，目前她的处方、医嘱、病历都由上级医师监督过目。

作为补偿，这锅她必须背，她说："我在食堂。"事后沈心并没有因为高飞的替罪而开心，反而非常愤怒："我擅自离岗，这是我的错，关你什么事，怎么哪儿都有你？"

高飞小心问："你的复查结果出来了吗？"看到沈心的脸色，她什么都明白了，"不会有事的，我再陪你去别家医院看看。"

沈心大声说："跟你说正事呢，别打岔！我这去找主任说清楚！"

高飞一把拉住她："这事本来我就有责任，如果下班前我再巡视一遍可能就没这事了……也就是扣奖金，我又不是没扣过，你又何必再掺和进来！"她的内疚并没有因此好转一丝一毫，她想，如能选择她宁可替沈心生病，但现在说这有什么用？高飞，你真的很虚伪啊。

她空着手回到家，预备好好补上一觉，迎接她的却是满满一屋子的人，比抢救室还要热闹。

今天是周末，又是黄成家人雷打不动的团聚日。

高飞少不得打点精神帮忙招待，这时有人在外面敲门，她拉开门意外看到了高国庆，他来就是要钱，要两千，高飞气呼呼地将兜里的钱都掏出来："你看看，我身上拢共就这么多，都拿去都拿去！两千？你到底要干什么，要这么多钱？"

高国庆不接钱，一脸的失望："我真有急用，你帮我想想办法！"

缺乏睡眠的人脾气总特别坏，高飞忍不住吼了一声："我又不是印钞机，我只有这么多，你要就拿走！"吼完，高飞又后悔了，看看高国庆那可怜巴巴的样子，她心软了，"你等着，我去借。"

她只能跟黄成借钱，一听借给高国庆黄成断然拒绝，不借！还嫌耳光打得不响亮？

高飞没辙了，出门没瞧见她爹的人影，她赶紧到出租屋去找，邻居却说高国庆突然搬家了，还为住房押金和房东大吵了一架。

高飞知道高国庆确是遇到麻烦了，心情更恶劣了。

亲戚们终于散去，黄成已经睡了，门上贴一张字条：往后回家请在十一点以前，以免打扰其他人休息！

他们之间连对话都省了！黄成蒙着头，高飞猜他是因为高国庆的事生气了，她有气无力地坐到床头，解释道："他毕竟是我爸啊，他肯定遇到什么麻烦了，我不帮他谁帮他？"

黄成毫无回应，她好像在对着一面墙说。

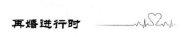

　　黄成现在四面都是墙，他的秘密，他的烦恼，他难以言说的夫妻生活。他们的夫妻生活一直都是他主动，高飞从没有表示过兴趣，他一度认为她是矜持。有一夜意乱情迷，她模糊呓语道：欧阳——

　　他当时就进行不下去了，这就是娶个二婚女人的恶果吧，她的生命里镌刻过一个男人，印记深到不可磨灭。他回想起与她的相识，始终都是他单方面的追求，他那时不在乎她爱不爱她，长期无回应的付出也没有关系，他爱她就足够了。

　　医院马上要开展新一轮进修，名额有限，连回家病休的沈心也开始回科室上班。

　　高飞对沈心完全猜不透："现在你还有心进修，身体扛得住吗？"

　　沈心翻个白眼："'神兽'本来休假到下周的，昨天就提前来上班了，证明她在打进修的主意呢，我偏不让她得逞！"

　　高飞有些失笑，这斗争到"忘我"地步了，忍不住提醒她："你现在最要紧是治病！"

　　沈心两眼喷火："生命不息，战斗不止！"

　　王苹苹和沈心是一对天敌，王苹苹在内科虽然资历比沈心高，但真正当班的日子远没有沈心多，科室口碑不怎么好，进修机会高主任内心不想给王苹苹，却又怕她哭闹。俩人僵持不下，高主任两面劝都不退让，几根稀疏的毛被自己抓挠得见底了，上报名单日期最后一天，老高发脾气说，干脆让高飞去得了！这下，水火不容的女人都消停了：行。

　　高飞简直不相信这么大运会让自己撞上，她将有幸见到消化内科目前最权威的专家。

　　沈心意味深长说：你这是触底反弹了！

　　高飞明白，沈心就是特地为她争的。

　　高飞回到家夜已深，黄成睡了，她于是给黄成留了个字条：我下周去上海进修，为期三个月，家里的老老少少就全拜托你了，还有，我妈那儿希望你多多照应！

　　凌晨黄成看到字条，不悦地盯了高飞一眼，提笔在字条上写了两个字：已阅。

诸事不顺，公汽半路上爆胎，高飞赶到车站迟到半小时，幸好火车误点了。她刚上车就启动了，好险！她正在放行李，一个人在背后惊讶地喊了声："高飞？"

高飞忽然有种灵魂出窍感，她极慢地回过头，欧阳，她有点晕："你怎么在这儿？"

"我去上海进修……"他怀疑地看着她，"你也去吗？"他清楚内科的状况，狼多肉少，怎么也不会轮到这个缺心眼的。

高飞和沈心一路上微信联系，沈心得知外科进修的是欧阳，一点都不惊讶，原来消息早就传开了，也就当事人自己不知道而已。

欧阳削了个苹果递给高飞，高飞赶紧摆手不要。欧阳便将苹果切成均匀的小块儿，用牙签穿上递给她，高飞不自然地看了他一眼："你自己吃吧。"

欧阳一副牌认识了整个车厢的人，他招呼高飞一起玩，高飞拒了，她睡了一觉又一觉，发现路程还没过半，便在欧阳的反复邀请下加入战局，这下时间过得快多了。

高飞在开水间给黄成打了个电话，电话通了，对方拒接，同时信息进入：什么事？

高飞歪着头盯着手机，他还在闹别扭，不是更年期了吧？

她不知此时此刻黄成正在男性科排队看病，医生面无表情，说话抑扬顿挫："先吃一段时间药观察观察。"

黄成弱弱说："我在别家医院治过了，一直没效果……"

医生依旧无表情："别着急，坚持，坚持才能胜利。"

处方上全都是草药，他哪有时间熬药？医生终于有点笑意了："没事，我们有代煎草药的业务，要是您嫌麻烦，还能替您磨成粉装在胶囊里，我们都替您考虑到了，您就好好治！不树立治病的信心，病怎么能好呢？"

黄成拿到几瓶胶囊，发现价格比之前的草药贵了一倍都不止，感觉上当了。

欧阳去餐车买了两个盒饭过来，他递给高飞一个："趁热吃。"

高飞赶紧掏钱，欧阳被她的举动逗乐了："你还真见外啊。"

高飞心说，你本来就是"外"，前任，就是外得不能再外。

刚才打牌的女孩拿着瓶辣椒酱过来："欧阳，吃辣的吗？"

欧阳忙接过："谢谢，正觉得菜没味呢。"

另外一个女孩抱着方便面碗过来在欧阳身边坐下："欧阳，你有女朋友吗？"

她的好友捂嘴大笑，差点岔气："干吗？你不是想追人家吧？"

女孩稍微有点不好意思："我就随便问问！"

欧阳笑眯眯看了看她们："谢了啊，我有老婆了。"

高飞看了欧阳一眼，心说还没跟上官结婚呢，就老婆老婆叫上了，咋不喊妹子呢？

高飞拥着毯子睡着了，手机滑到了地上，欧阳伸手捡起时一个微信弹出，是沈心：和前夫在一起的感觉到底怎么样？是不是重温当年蜜月的感觉？嘿嘿嘿……

高飞这边火车刚发车一小时后，沈心的爸妈从深圳赶回了，沈心猜到是高飞给他们报的信，她始终不放心留沈心一人面对手术，她没自己想的那样坚强。

一家人在餐厅正吃着饭，互相嘘寒问暖时，关云山不知打哪儿冒出来，趋前和他们打招呼。

沈心看到老关又惊又喜，关云山意味深长地说："咱真有缘啊，这都能遇上。"

沈心父母还没明白过来怎么回事，关云山自来熟地和沈父握手："你好，我是沈心的朋友，"他问沈心，"这二位是……"

沈心介绍说："我爸妈。"关云山的表现像个迎宾员："伯母好！"他转身对沈父也鞠一躬，"伯父好。"

沈母捂嘴乐了："这是谁啊？"

关云山回答："我姓关，关云山，关是关公的关，云是赵云的云，山是高山的山……"

沈心对父母介绍："他是作家，"她扭头问关云山，"作家，你不是搬走了吗？怎么还在这个城市呢？"

关云山嘿嘿乐着："我搬走是没错，也没走多远。"他还在这座城市。

下了火车，高飞正准备打电话却发现手机没电了，她和沈心聊了一夜，有电才怪。

欧阳掏出自己手机："用我的吧。"

出了站，欧阳要和接站的人联系，高飞一摸兜，欧阳手机竟不翼而飞了，高飞一下子就傻眼了，在车站里有个男的撞了她一下，被偷了？更糟的是，她的钱包也不知去向，那里面可是她出差的全部费用。

欧阳大光其火："你怎么还是成天迷迷糊糊的！"

高飞赶紧道歉："我赔你，我赔！"

欧阳气呼呼地："里面存的电话号码怎么赔？"高飞不知道怎么答，吓得眼睛眨啊眨都说不出话了。

欧阳的气来得快去得也快，看着车流直叹气："我怎么这么倒霉啊，你手机没电，我手机丢了，我们还怎么和医院联系？"

"我们自己找过去不就行了吗？"她小心翼翼说。

欧阳斜了她一眼："那是，你认识路吗？"

高飞惊讶："你认识啊，你不是地道的上海人吗？"

欧阳苦笑着："高飞啊，你这辈子最幸运的就是认识了我！"

高飞不服气地咕噜了几句，见欧阳盯着她，她立刻笑容满面："是！我这辈子最幸运的就是认识了一个能说会道还认识路，身上还带着钱的大帅哥！"

欧阳哼了哼，再婚以后她脸皮真是越来越厚了。俩人找了一大圈儿，腿都快走折了，终于找到进修的医院。

胖得跟白面馒头似的王主任热情接待了他们，他很遗憾地通知他们，因为正在召开学术会议，周边宾馆酒店都住满了，目前只能提供一间宿舍，另一个人的住处晚些时候解决。

王主任为难地看看时间："我马上还有个会，要不，你先在这儿休息一下，我一开完会就回来解决你的住处。"

王主任交代完，飞也似的走了，高飞正准备离开，欧阳拦住："你连路都不认识去哪儿？别又丢了人……先把你的手机充上电，咱俩现在就只一部手机。"

高飞想想也是，赶紧给手机充电："对了，你带了银行卡吗？我让人给汇点钱来。"

欧阳身上除了充足的现金，银行卡信用卡都带齐了，他说："回去再说吧。我俩省着点花三个月没问题，钱还是我保管，你要花就找我要……"他坏笑着抽出十块钱，"这个给你零花。"

高飞被他弄得哭笑不得："我身上还有点零钱。"

晚上无事可做也无处可去，孤男寡女待在室内也太奇怪了。所幸上海这个城市的夜美轮美奂，高飞独自到街上溜达，街头一位老太太卖兰花，高飞付了钱，见对方岁数很大，找的钱就不要了，谁知两个人拉扯起来，高飞想走，对方也不让她走，噼里啪啦的上海话她一句没听懂。还好欧阳咬着糖葫芦过来，问了两句，对高飞说："她说你的钱太旧了，让你换一张。"她不禁哑然，没承想自己在国内还有语言障碍的时候。

老太太笑眯眯地伸出干枯的手摸了把欧阳的脸，大有吃豆腐之嫌，对他说了几句。

回去的时候高飞问他和老太太说了什么，欧阳说："我问她为什么这么大岁数了还卖花，她说，今生卖花，来世漂亮。"

来世？高飞不禁莞尔，老人真有趣，她开玩笑说："真有来世就好了。"

他意味深长接了句："如果有来世，我们应该是兄妹。"

她却想，如果有来世，她会躲开他可能经过的任何地方。

欧阳突然想起什么，自己乐半天："我上大学的时候有段时间缺钱，我就去批发袜子在学校卖，生意还不错，一双袜子赚五毛，我两个月赚了一百多块呢。"

高飞没法将小商小贩的形象和眼前这位大兄弟联系到一块儿："袜子？是男士的女士的？"

"女士丝袜比较好赚……"

"这倒是发挥你的特长了……"

欧阳明白她的意思："我那时可是很羞涩的呢！"第一天他硬是张不开嘴，写了个价格牌子放摊位上，谁问他都脸红，练习了几天才勉强张开嘴。

"羞涩"这词跟欧阳没法联系到一块儿了，高飞问："你缺钱为什么不找家里要？你家境好像还不错吧？"

欧阳欲言又止："没那习惯。"

高飞的手机已经充好了电，她打给王主任发现对方关机了，高飞傻了，出去住？这不符合报销的原则。倒不是她心疼钱，而是她现在手里没什么钱，还得管欧阳要呢。

　　欧阳建议："不早了，你今天就睡宿舍吧，我出去住。"

　　"那住哪儿？"

　　欧阳一耸肩："你忘了？我本地人啊，怎么可能找不到住的地儿呢？"

　　高飞一想也是，他本地总有亲戚朋友，或者回他父母家？欧阳拿起外套开门，高飞喊住他："你把手机拿着，万一有事方便联系。"

　　欧阳想了想，伸手接了过去。

　　欧阳没走远，他带着行李奔医院候诊大厅。大厅里温度有点低，他将外套搭在身上觉得也还凑合。

　　欧阳家其实离医院也就五站地，他想起婚后高飞说过数次想拜访他父母，有一次甚至两个人买好了火车票，结果临时有事没走成。没想到和她同回上海是离婚后。他想告诉高飞如果她还想见他父母，明天可以一同回他家，他拿起手机拨电话才想起这就是高飞的电话。

　　高飞的手机里有几个简单游戏，他玩了片刻，有了点睡意，平躺下来时，手机意外弹出一张照片，他的照片。欧阳一愣，他打量这照片，是张偷拍，看环境和穿着，应该是一年前，她再婚不久。欧阳觉得更不懂高飞了。

　　欧阳在医院的长椅上做了个梦，他们还在热恋的时候，那时候流行数码相机，他攒钱买了一个，给她拍了很多照片，照片上她都是含着笑的，何时起，她的笑容没有了？

　　高飞也做了个梦，梦里她见到了欧阳的父母，他们做了一桌子菜，笑眯眯地看着她吃，就是不说话……她恍惚中明白这不是真的，但就是不想醒来，直到房门被人狠狠敲响了。

　　门外站着王主任，王主任一见到是她，敲门的手就悬在了空中，眼睛下意识越过高飞往里看："不好意思，昨天饭局喝多了，头痛得很就没过来……欧阳大夫醒了吗？"

　　高飞还没完全醒，揉着眼说："欧阳昨天自己找地方住去了……"

　　正巧欧阳从外面进，手里还提着早点，他一看到王主任就热情招呼：

"王主任，吃了没？要不一起吃？"

王主任看看欧阳，又看看高飞，他觉得这对男女有种说不清道不明的密切感，他一脸心照不宣："我吃过了，你们吃，你们吃！我先去转转，等会儿带你们去科室。"他着重说"你们"，高飞知道他误解了，八成认为他俩就在这一间屋里"凑合"了，她皱了下眉故意问欧阳："你昨天在哪儿睡的？"

欧阳想也没想："在一个能看夜景、空气特别好、环境超棒的好去处。"

欧阳将早点递给高飞，王主任将他的温存尽收眼底："对了，我早上给经理打了电话，他答应三天后就腾一间客房给你，要不，你先在这儿委屈委屈？"本来他因为没安排好有点不好意思，看到两个人关系挺密切的，他歉意全消。

欧阳爽快地说："三天后就三天后，没事，我有地方住。"

王主任胜利地一拍手："那就解决了！"

第 24 章

高飞的进修导师是苏教授，消化内科的权威，曾经留学德国多年。高飞刚雀跃三秒钟就傻眼了，苏教授满口上海话，她听不懂。

高飞跟随着苏教授一起查房，病人也都是一口地道的上海话，两个人对话如同炒豆，高飞听得云里雾里，只得狂记笔记，不懂的字用拼音。

苏教授问完病情，突然回头考高飞："这种情形下需要用西地兰多少剂量？"

高飞猝不及防，对于教授那支零破碎的话语努力在脑海里拼凑着，她好容易想出了答案："西……地……兰？五毫克！"

在她苦苦思索的时候苏教授一直掐着表，傲然看着高飞："侬想的这个时间里病人老早就死了……侬不要捣糨糊……"

这句高飞倒是听懂了。

欧阳进修第三天才用公用电话给上官联系，上官都要疯了："怎么一到上海就关机了！啥意思啊！"

欧阳少不得赔小心，终于哄得上官眉开眼笑。跟上官在一起欧阳觉得自己像养父，她时而大发脾气，时而装萌扮小，欧阳看到她有时觉得怜惜，有时又很烦她。他自己也不懂自己到底对她什么感情。

欧阳在食堂见到高飞，见她一脸沮丧，欧阳早有耳闻："你的导师是大名鼎鼎的苏教授？他说话不太好懂，脾气挺大，你要不和王主任说说，让他给你另找一个导师？"

高飞迟疑："这不太好，他现在就带我一个。"其他的进修医生都被吓跑了。

欧阳叹口气："你都听不懂他的话，能跟他学什么？"

远处一名曼妙的女子身穿白色工作服翩然经过，她停下打量了一下，惊喜地高喊了一声："欧阳！"

欧阳对高飞介绍说："我中学同学，夏天！"夏天肤白貌美，看不出实际年龄，高飞觉得她有点眼熟。

夏天对欧阳微嗔道："你来了也不和我联系！不够意思啊！"

欧阳耸耸肩："手机丢了，没法和你联络。"夏天看着高飞，也有似曾相识感，她好奇地问："这位是？"

高飞一下想起来了："你是同济毕业的吧？我比你低两届。"眼前的学姐在迎新晚会上台表演过现代舞，独舞，身材真好，该胖的地方胖该瘦的地方瘦，服装道具也精美，舞蹈更是专业水准，当时沈心看了老大不乐，学医的还能歌善舞的，多浪费啊，合着做着手术，音乐大作，挥舞着手术刀忽然来一段？

夏天喜出望外："哟，那是我学妹呢，真有缘！"

欧阳晚上约了夏天吃饭，高飞看夏天那个神气就明白她对欧阳有点"意思"，她很识趣地回宿舍研究笔记，没想到意外接到欧阳母亲的电话。高飞联系不了欧阳，只得只身前往。

她们约在一家上海菜馆。欧阳的母亲如高飞印象中那样慈祥，一见面她紧抓着高飞的手："和照片上的差不多！"

高飞问道："伯父呢？

欧阳母叹口气："他也想来，只是年初心脏做了搭桥，身体实在不允许，我就自己来了。"

服务员上了菜，欧阳母说："也没问你爱吃什么，我就做主给你点了上海菜让你尝尝，你看你太瘦啦！得多吃点！"

上海菜都挺精致，口味清淡，高飞吃了不少。欧阳母笑笑说："小程昨天给我打电话说来上海进修，说你也来，可把我高兴坏了。"高飞心想，小程，好个温柔的昵称，他在家应该一直挺娇宠的，所以他这么以自我为中心。

"你们结婚时我和他爸想过去看看，小程说没必要，我们就没去，"她从包里掏出一个锦盒，"这是原来我结婚的时候他爸送我的手镯，不值多少钱，是个心意。"

高飞忙放下筷子，摆手："不用！您自己留着！"

欧阳母取出手镯自作主张套到高飞手上："我一直想亲手替你戴上，你别推辞，他弟媳妇一个，你一个，祖传的。"

高飞莫名其妙："他弟媳妇，欧阳有弟弟？"

欧阳母一愣："他这都没跟你说？"她脸色黯然下来，吞吞吐吐地说，"这孩子，打小就内向，其实，他不是我亲生的……是抱养的……"

高飞惊愕不已，欧阳从没提过。

欧阳母小心翼翼看了高飞一眼，说："我和他爸结婚后一直没孩子，那时候医学也不是很发达，我们商量了一下就想去儿童福利院抱养一个，看了几个孩子都不太满意……"

"我们一个亲戚自作主张抱来了小程，当时他才三个月，也不哭，就瞪着黑眼珠瞅着我，我一看好可爱啊，留下了……一打听，他身世挺坎坷的，父母生下他不久发现他得了病，病不太好治就扔下他偷偷走了，是一个好心的大夫把他救了……"

高飞发现自己在流泪，她不知道，她从来都不知道，想起他那无忧无虑的微笑……有段时间缺钱去卖丝袜……她应该有所察觉，而粗心的她，错估了他的幸福。

眼泪太多了，她赶紧扭头看别的地方。

欧阳母忧郁地说："他本来不知道自己身世，是我跟他爸有一次晚上聊天时无意中说漏了嘴，被他弟弟听到了，兄弟俩有次起争执时他弟弟就叫他滚，说他不是这个家的……小程气呼呼地来质问我，我傻了，不知道当时我说了什么，他爸脾气躁，训斥了他几句，他就离家出走，到同学家去住了……他才十五岁……我后来找他回家，好说歹说才把他劝回来，他就不怎么和我们说话了……"

黄成在公司里一直忙到很晚，他见牛一鸣打扮得一身光鲜进来，问他："明天和腾辉公司谈的时候是你去还是我去？"

牛一鸣理所当然回答道："咱俩一起，你对业务熟，关键时候能插得上话。"

黄成又问："可千禧酒店那儿得盯着，那帮人只要咱们不在现场就开始胡来，是你盯还是我盯？"酒店漏水的事到现在还没解决，够烦人的。

牛一鸣颇犯难，挠挠头："千禧我去，你去和腾辉谈吧，他们那个副总不好弄，爱抠字眼，你去对付。"他思索片刻说，"建安的活儿我签了啊，交给刘欣去弄，她给咱交管理费。"

黄成知道这些日子刘欣和牛一鸣天天泡一块儿，一切在他意料之中："那你自己盯着点，她是外手，到时出事了你得扛着。"

牛一鸣不以为然："能出啥事？傻子都能干的活。"牛一鸣接了个电话，立刻眉开眼笑，"夏天，欧阳在你身边？他去上海我怎么不知道？"

黄成一个激灵，立刻给高飞发了个信息：你现在人在哪儿？

片刻，高飞回复：餐厅，吃饭。

黄成短信：和谁？

高飞回复：一朋友。

黄成短信：你前夫？

高飞回复：不是，一女的。

黄成认准了高飞这时候就是和欧阳在一起，质问她：你和他一起进修为什么不告诉我？

高飞回复：我也是到了才知道，相信我。

黄成摁灭了手机，气呼呼发动了车，非要他话说到这份上她才承认。他觉得自己真是个蠢蛋，就算换科室了又怎样？人家总有办法约在一起，现在自己倒变成了第三者。

和欧阳母亲分手后高飞回宿舍路上越走越慢，从前她挺羡慕欧阳，父母双全，他们也不像她妈似的步步紧盯，她没想到他的身世会是这样。他为什么不说？难道同她一样，心里有着不愿被人知晓的伤痕吗？

手机响，是个女孩，她不客气地说："喂，麻烦找下欧阳锦程！"

高飞一愣："欧阳？好的，我会叫他打过去。"

对方疑惑地问："你是高飞？"

"嗯，我是，"她猜出是上官，忙解释，"我现在内科进修，明天遇到他我告诉他你来过电话，你是，怎么知道我的电话的？"

上官听上去很不开心："我打不通他的手机，问了他科室他们告诉的号码……原来你也在上海，一起约好的吗？"

高飞忙声明："纯属巧合！" 高飞有点怨欧阳怎么不赶紧买部新手机，想到因为自己才害他丢了手机，她也不好意思老催。

欧阳提着打包盒在宿舍外面等她，高飞索性将手机递给欧阳："上官找你，你有空给她回个电话吧……"

欧阳看到屋里的泡面责备道："又吃泡面？都说了我给你带吃的。"

高飞想说她晚上跟他妈一起吃过了，一想到他的身世她不禁一阵鼻酸，他注意到她心绪不佳，以为是她为进修的事烦恼。

他离开后，她才想起他妈的手镯该还给他，她一路追出去，眼看着欧阳大步走进医院的候诊大厅。她尾随而至，竟然看见欧阳半躺在候诊椅里，这就是所谓的"空气清新环境优雅"的住地了。高飞远远看着，悲不可抑。他明明有家却不回，生活在这个世界上，并不是只有自己伤痕累累。

黄成半夜接到保姆电话，说高母不舒服，他赶紧起身去送岳母进了急诊室。

黄成拨打高飞的电话通知一声，没想到接电话的居然是个男的，凌晨三点，欧阳锦程接的电话！

欧阳在电话那边说了什么他没听进去，脑子里嗡嗡作响，他挂断电话，发了个信息：高飞，你母亲病重，马上回家！

过了片刻他见高飞没有回复，又追了条：马上回家，否则离婚！

高飞得知母亲住院了，赶紧向医院请假清理行李回家，欧阳在一旁冷眼看着："我都跟他解释过了，你放弃进修值得吗？"他该说的都说了，他手机丢了，借了她的……话没说完，对方就掐电话了。

　　高飞期间发了无数条短信给黄成解释，他都没有回，高飞知道他肯定看都没看就删掉了。她叹口气说："我妈病了，而且沈心也要做手术……主要是……我也不想进修了……"

　　欧阳说："你刚才不也确认过你妈已经没事了吗？沈心有秦主任主刀，你还有什么不放心？"

　　高飞茫然说："借我点钱买车票，一回去寄还给你，还有，你别在候诊大厅睡了，我走后你就能回来了……"

　　欧阳一怔，无所谓地一笑："我有地方住，你别杞人忧天了。"高飞很想问，告诉我，你还有什么地方可去？

　　两个人都选择了闭嘴。

　　离开车还有半小时。高飞坐在行李上瞪视着自己的手，这是沈心为她争来的进修机会，就这么放弃了？

　　欧阳看着她心事重重的样子，突然失笑："这就是报应吧？就像当初你不相信我，现在他也不相信你，你现在体会到我当初的感受了吗？"

　　他坏笑着，一脸幸灾乐祸。

　　高飞觉得他说得对："是我的报应，是我不好……"她垂下头，眼泪多得手都不够擦。

　　欧阳见状赶紧走开，后悔自己的口不择言。

　　高飞眼泪流干了，发出一个短信，如同下定决心般：我绝不离婚！

　　欧阳手里提了满满一袋食物走向她，他笑得没心没肺，像没事人一样："给你买了些上海的特色小吃带回去吃，这是梨膏糖，这是蒜香青豆、高桥松饼、五香豆……"

　　高飞看着他孩子气地一样样展示给她看，她突然发狠说："我不回去了，帮我把票退了。"

　　欧阳接过她手里的票转身离开，高飞呆呆看着他的背影，他为什么什么都不问，为什么不埋怨她的多变。

　　高飞继续给黄成发信息：你肯定对我有什么误会，本来想马上回去跟

你将一切说清楚，不过，我不想稀里糊涂放弃来之不易的进修机会，我希望你能信任我，我相信我们之间没有什么大不了的事。我们的婚姻得之不易，我很珍惜！绝不希望随意放弃，等我回来，我会全部说清！

手术完毕，沈心缓缓睁开眼睛，觉得浑身都不是自己的，看到她妈，沈心喃喃宣告："咱胡汉三又回来了！"

沈母心疼地说："你爸刚回去休息，你嫂子出去给你买日用品去了，你哥下午就到。"

沈心慢慢悠悠地说："惊动中央惊动地方，太要不得了！"

沈母乐了："你就贫吧！高飞来了几次电话，我告诉她了，手术很成功，让她安心进修。对了，刚才你朋友来看你，你没醒，我就叫他回去了。"

沈心转动眼珠："哪个朋友？"

沈母说："一个警察，长得不错，说明天再来看……"

估计是王健，知道自己病了还来探望，是个好同志。

沈母一指旁边的康乃馨："这是他送的花。"

沈心皱眉："康乃馨？他当今天是母亲节吗？"沈心转念一想，比玫瑰好，保鲜久，没刺，还便宜。

高飞得知沈心的手术成功，心情大好。她现在对苏教授寸步不离，随时找机会和他交谈，哪怕是用她不太熟练的英语，她发现，苏教授的普通话其实还没有他的英文好懂。

高飞刚到外科病区护士站，身后突然有人拍了她一下，夏天笑吟吟地看着她。

"欧阳刚刚去病理室了，等会才回。"夏天挺好奇地，"你是和他一家医院的？"

高飞"嗯"了一声，夏天小声问："听说他老婆和他一个科，你见过吗？"

高飞狐疑地看了眼夏天，夏天一脸好奇："他老婆漂亮吗？"

高飞不知说什么才好，勉强说："一般吧。"

夏天笑嘻嘻地说："知道吗，他老婆和我们是一个学校的。大二那年欧阳去学校看我们，在舞会上，他迷上了一个学妹，又不好意思去告白，我们都自告奋勇想替他去，把他吓跑了！哈哈哈……"夏天笑得前仰后合。

高飞质疑："他是那种不好意思的人吗？你是不是弄错了？"

夏天想了想："他现在倒是变得挺开朗的，不，简直是开朗过了头！你可能想象不出他当年有多内向，不过，听说他后来还是和那个女孩结婚了……哟，他来了！"

欧阳迎面走向他们，将病历夹往桌上一扔："找我有事？"

高飞这才想起来："上官来上海找你，今天上午的航班，我特地告诉你一声。"

夏天却会错了意："你老婆姓上官？"她在脑海里快速回想，"这个姓很特别，我怎么不记得有这个人，上官什么？"

欧阳意味深长地看了夏天一眼，笑笑，他拍拍高飞："给你介绍一下，这是我老婆，高飞。"

夏天受到了极大的惊吓，高飞恼怒地看了眼欧阳，微笑着对夏天说："已经不是了！"夏天表情顿时很诡异，随便扯了两句就跑了。欧阳奇怪地看着她的背影："她对你说了什么？"高飞没有答。

欧阳正在食堂吃饭，高飞主动端着饭盒坐到他身边，欧阳一脸惊吓，还以为她回忆起了过去的事。

高飞掏出身上的小本，快速翻看："kuokuo 是啥意思？"

欧阳明白了："想学上海话？"

高飞不好意思地说："刚才又被苏教授骂了！"

欧阳回到病区，想着高飞学上海话那个笨样，失笑起来。高飞实习的时候，秦主任对女医生有偏见，嫌她们事儿多，他毫不留情地训斥高飞的时候，她也是现在这个样子，执拗地和自己过不去。听说她说的普通话苏教授没懂，她居然用英语和苏教授争辩，很好，这才是他妹子。

一道红光一闪，上官从天而降："亲爱的，我来了！"

她的头发是红的，衣服也是红的，成功吸引了病房所有人的目光，欧阳笑着摇摇头："怎么，连学都不上了？"

上官得意地说："这几天我们到医院参观实习，我就请假过来视察一下你，回去直接考试，不耽误功课。"

欧阳质疑："不参加实习能行吗？"

上官一挥手："没事，我是天才啊！你先忙，我去酒店休整一下，回头

接你过去吃饭。"

欧阳说："行，回见！"

上官正要走，想起什么，从口袋里摸出一部手机："知道你没有手机不方便，我有两部，这部你拿去用。"

这部手机和欧阳丢失的手机同款，欧阳明白她是特意给自己买的，笑一笑接过："行啊，等我有了新的这个就还你。"他将手机塞进口袋，连开机键都没摁下。

上官和欧阳安静地进餐，俩人分开一个多月居然没什么话聊，上官看着眼前的欧阳，直觉他离自己更远了。

上官没话找话："高飞在内科进修还顺利吗？"这话一出口她就直想抽自己，欧阳一提高飞就有话说了："她那人，性格太轴，上海话也听不懂，天天挨训……"

上官热情提议："把她叫出来一起吃吧，你让服务员晚点上菜。"

欧阳摇头："她不会来的！"

上官已经不管不顾拨通了电话："喂，高飞，我是上官，你现在过来和我们一起吃吧，我们在淮海路……嗯，嗯。"

高飞和夏天同时进来，夏天解释说："恰巧遇到的。"

上官站起身大方伸出手："我是上官飞燕，欧阳前任病人，现任女朋友。"

夏天也欣然说："我是欧阳前任同学，现任同事。"

高飞见状自嘲说："我是欧阳现任同事，前任老婆。"

高飞本来觉得自己挺幽默，欧阳却翻了个大白眼。

人多了，上官像游进深水的鱼，更加自如了，摇头晃脑起来："等我毕业后想回广州去，我的家人都在那里。不过，要看欧阳愿不愿意跟我一起回去。"

夏天心直口快："那不太可能，欧阳毕业时放弃了留校，特地去的武汉。"

欧阳打断夏天："其实我也挺想换个环境。"

上官似乎对这个回答很满意，她给高飞夹了一筷子鱼："你小时候的理想是什么，别跟我说是医生。"欧阳将那筷子鱼迅速给夹走了，上面全是小刺。上官这才意识到从前吃饭的时候欧阳爱点鱼丸，他自己却一口没吃，看来那是高飞喜欢的，顿时如鲠在喉。

高飞随口说："我从小一直想当一名画家，或是幼师，没想过当医生。"

三人都好奇地看着她，高飞无奈地说："我母亲是医生，她希望我成为一名比她更成功的医生！"

上官转头问欧阳，欧阳搪塞道："忘了……"

吃完饭夏天和欧阳抢着买单去了，上官问高飞："你觉得我和欧阳合适吗？"

高飞若有所思："你了解欧阳吗？"

上官很自信："我敢说，比你了解得多！"

看到高飞怀疑的眼神，上官歪了歪小脑袋："我知道他的身世，你知道吗？"看高飞的眼神上官就知道这局自己胜了，不过她没提自己偷偷查看欧阳的电脑，调出了欧阳和夏天的对话记录，发现夏天一直在帮欧阳寻找当初收养他的那个医生。

她觉得胜券在握，但还是很虚心地对高飞说："能帮我个忙吗？帮我劝他去广州，我相信他离你远点对大家都好。"

高飞不得不承认，上官说的是事实："他不是已经答应你了吗？"

"他那是在人面前维护我的面子。"

高飞注视着上官，年轻真好，可以勇猛无畏地追求自己想要的，如果自己回到二十多岁，她敢吗？她思忖片刻："你答应我一件事。"

"说吧！"

高飞对她说，也是对自己说："无条件信任他，永远信任他。"上官一副"当然"的神气。

大家分手后，欧阳送高飞回医院，俩人沿淮海路走了很远，肚子又饿了，刚才尽说话了，都没吃米饭。

俩人找了个小饭馆，欧阳要了瓶白酒，自己先饮了小半杯，突发感慨："你啊，其实是个好医生，好女人。"

高飞接话："但不是一个好老婆。"

欧阳真诚地说："是我不好。"他真诚地认错，虽然为时已晚。

俩人半天没说话，高飞心里一阵酸楚："不，是我不好，我啊，什么都

做不好，是个彻头彻尾的失败者！"

高飞一口喝光杯里的酒，自己再满上，不知不觉俩人喝光了一瓶二锅头，高飞带着醉意用筷子扒拉着盘子里的肥肠，皱眉："不对！这，是乙状结肠！你看看这花纹！"

欧阳一看，也大声嚷嚷起来："这是黑店啊，拿乙状结肠冒充肥肠！"

老板过来一脸的央告："您小声点，客人都被你们恶心走啦！我免费送一盘菜，行不？"

高飞眯着眼手指老板背影，不屑地摇头："人心不古，人心不古！米粉里加雕白块，荔枝上喷稀硫酸……"

欧阳附和说："就是！还有奶粉里加三聚氰胺，动物里人最可怕！"他用手指着自己，"拿我亲生父母来说，我出生三天后就抛弃了我，因为我得了新生儿肠梗阻，他们一看不好治，把我扔进了医院的垃圾桶！你见过这种父母吗？知道我为什么当医生吗？我父母把我扔了一走了之，是一位实习大夫收养了我，救活了我！"

高飞恍然大悟："因为她你才当医生的啊？"她情不自禁竖起大拇指，"比我高尚！你后来见到过她吗？"

欧阳一脸遗憾："我知道的时候医院都拆了，物是人非，到哪儿去找她呢？我只知道那位医生姓惠，当时没结婚，她本想收养我……如果不是我的养父母一直把我蒙在鼓里也许我早就找到她了！"他从没放弃过寻找，但时过境迁，希望渺茫，即使对方活着，岁数也不小了，这辈子或许都见不到了。

高飞语重心长地说："毕竟你养父母养大了你，你对他们太冷漠了……"

欧阳大怒："知道什么叫冷漠？我养父母对我做了什么，你知道吗？在我两岁时他们有了孩子，当我养母发现自己怀孕后就将我送到了孤儿院。可没有想到，她那个孩子没保住，所以她才将我从孤儿院领了回来！他们以为两岁的孩子没有记忆，可是我却如此清楚地记得！我、我一辈子都忘不掉！"

她明白了："因为你自己的童年不幸，你才坚决不想要孩子吧？"她随即愤怒，"那你干吗结婚？"

欧阳吼叫起来："我为什么结婚？我为什么毕业后去武汉，我为什么会再见到你，你说我是为什么？"

他和她，就像世界的两极，无论他做什么，到她那里全都是错。一错再错，他们再也回不了头。

高飞反击："因为你以自我为中心，你随心所欲，你没有责任感，你处处留情！"

欧阳双眼红得吓人："你，胡扯！什么叫没有责任感？处处留情？你，你因为童年的阴影，看人的眼光变形了，你不觉得吗？"

他一语中的，高飞不得不承认，他们即使离婚了也还能彼此伤害，因为太熟悉了，太清楚对方的软肋。

高飞沉默良久，她苦笑着承认："因为太在乎，心痛得没法忍受，你不懂。"

他愣住了，始终不肯放手的是他，他一直以为是她薄情。他们都太过于关注着自己的伤口，忘记对方与自己一样痛，甚至比自己更甚。

欧阳背着酒醉的高飞走在灯火辉煌的都市里，这里原本是他的故乡，但他却一直以为自己最爱的那个人所在的地方才算故乡。他爱过，伤害过，等待过，心灰意冷过。他借着酒精的作用鼓足勇气问："我们……我们还有机会吗？"

高飞在他背上睡着了，他用脚趾头也想得到她的回答，于是他继续问："不等来世，我们今生就做兄妹吧，我想照顾你一辈子。"

当他第一次见到她的时候，就想这么说，妹妹，我想照顾你一辈子。没想到真的说出口，是十年后。

上官一直在给欧阳打电话，但电话里传出的是冰冷的声音：您所拨打的电话已关机……

她的爱情，似乎永远不在服务区。

高飞顺利结束了进修，临走时苏教授很有些恋恋不舍的意思，高飞是唯一一个在他手下完整进修完毕的，他嘱咐高飞有机会务必再来。高飞明白再次进修的可能微乎其微，但还是满口答应。有时候承诺不过是种美好的期盼。譬如婚姻，说好要给予幸福，结果却是伤害。

一下火车，她的行李就被疯抢客源的黑巴士拽走了，欧阳冲上前去帮高飞抢回了行李，他的围巾滑落下来，快掉地上了，高飞赶紧帮着重新系

好了。

远处，黄成从车里静静注视着他们，在熙熙攘攘的人流里，他们视线短暂的交流里都是脉脉温情。

他发动了车，前方拥堵，他果断掉转车头离开。

第 25 章

黄蕊早早在楼下等着高飞，两个人一起进门，黄母在厨房里听到声音嚷嚷道："高飞回来了吧？"她的大嗓门好久没听见了，现在高飞觉得特亲切。

黄父赶紧帮忙接行李："终于回来了，你不在，这家里死气沉沉的！"

大媳妇嗑着瓜子："你不在，成子可变得蔫巴多了，就跟没了电池的收音机似的，时出声时不出声的。"

大家相视大笑，高飞赶紧吩咐黄蕊："三儿，我箱子里有给家人带的零食，你帮我都取出来分给大家吃，别忘了给小胖留一份啊！"

黄成在卧室整理账目，他的背佝偻着，显得像是苍老了十岁，高飞伸手搂住黄成的脖子，将脸贴在他脸上。

黄成推开她，高飞搂得更紧。

黄成烦："撒手，有点自尊成不？"她听出了他声音里的伪装，乐了："哟，上纲上线了？行，你对我有什么意见，跟我说吧！"

黄成想用力推开她，她身上那股馥郁的气息不期而遇，他不禁情迷，伸手搂紧了她。

夜深了，黄成赤裸着上身在吸烟，他这时候特别恨自己，恨自己不够果断不够爷们。他本打算高飞一回来俩人就办离婚，但没想到一见她又晕乎了。高飞迷迷糊糊中抱住黄成，发现他没睡："怎么啦？"

黄成下定了决心："我们离婚吧。"

高飞眨眨眼，清醒了，翻身坐起："你到底怎么啦？我不是都跟你解释过了吗？"

黄成说："我最讨厌人骗我！"

高飞愣住了，她前前后后说了那么多，他竟然一句没听进去。接下来两人是一通好吵，高飞知道黄成心眼小，但没想到他记性这么好，那些有的没的，他全紧密汇集到一块儿，最后得出一个结论：高飞和欧阳藕断丝连，珠胎暗结。

高飞听了只想掐死他，她终于泄气了："我累了，明天还要上班呢，改天再和你说。"

黄成抱起被子准备出去睡，他觉得俩人躺一张床上还真没办法下定决心，高飞阻止他："你还没完了，你！"她知道，他这么一闹，黄家上下都不宁。

黄成拖着被子用力一挥手，没留神，手误打在高飞眼睛上。

第二天一早高飞直奔病房看望沈心。只见关云山坐在沈心床头小心地给她喂汤，高飞忘记了脸上的伤，忍不住打趣道："这小气色比我还红润呢！"

关云山骄傲地说："那是！我每天换着法儿给她补呢！"

高飞打趣说："作家，那你每天不写作啦？"

沈心一抬手示意老关退下："他这是在体验生活，文学作品源于生活高于生活，没有活生生的体验，他怎么可能写出动人的文字？"

关云山临出门递了一句："哟嗬，合着你生病是替我增加生活体验，那你牺牲也太大了！"

沈心打量着高飞："出什么事了？"

高飞耸耸肩："唔，不小心撞门上了。"见她不信，高飞开玩笑，"难不成你以为是家暴？"

沈心冷笑一声："你和欧阳一起进修，你家里那位难道没什么意见？"

高飞呆了片刻："你觉得黄成会因为这个生气吗？可我怎么觉得进修之前他就不对劲了。"

沈心叹息："你啊，对感情总是粗枝大叶！"她不想告知高飞医院里关于她和欧阳的流言蜚语，太难听，不想脏了嘴。

高飞不想说自己了，心疼地握住她的手："切掉三分之二的胃有何感想？”

沈心耸耸肩："身体里少了癌细胞，浑身轻松，没看我变得多苗条吗？省掉减肥了！"

高飞看到桌上放着 ipad，王健借给她的，里面下载好了她喜欢的美剧。王健谈了个年龄相当的女友，俩人隔三岔五闹脾气，只要女友一闹，王健就奔沈心这里倾诉，沈心帮着开解。

高飞听了不无担忧，沈心得意地扫了她一眼："嫉妒吧，姐桃花运来了，三角恋！"

高飞从沈心病房出来，迎面遇上欧阳，他径自上前查看高飞受伤的左眼，高飞想躲没躲过："不小心撞门上了！"

欧阳冷笑："你这谎话不高明，你还不如说他无意中打到你的呢！"

"还真别说，真是他无意中打到我的……我向天发誓，真的！！"

欧阳怒吼一声："你他妈的窝囊，你找的这个男的真他妈人渣！"他似乎忘了他们身在何处，来来往往的人都对他们行注目礼，这样肆无忌惮，怎么可能不引起误会。

高飞淡淡说："就算是我被打了，跟你有关系吗？"

欧阳愣住了。是，他们没有任何关系，法律上、血缘上都没有。

公司被人砸了，屋子里一片狼藉，黄成站在废墟中生闷气。

牛一鸣进来一脸莫名其妙："怎么回事？"

黄成冷眼瞅着牛一鸣："你还问我？建安的工程你不是转包给刘欣了吗？她底下的工人偷工减料，工程出了问题，人家找来啦！"

牛一鸣急了："我不是叫你这几天去建安看看的吗？你可一次都没去！"

黄成愕然："我去，你签的字，你负责！"

牛一鸣恼了："黄成，你这样说就不对了！你负责技术这层，你不去谁去？"

"谁签字谁去！"

"你要这样说我就不得不提醒你了，和你一起开公司，我揽活我出资金我还要下现场，你不干活只拿钱，这说得通吗？"

黄成不禁大笑："你下现场？你连水泥和沙都分不清你下什么现场！"

牛一鸣恼羞成怒："我告诉你黄成，你的歪歪心我早看出来了，我只是碍于情面没说而已，你从我公司前前后后挪用了二十多万，你当我不知道是吧？"

黄成发现自己错了，牛一鸣干活糊涂，算账可不糊涂。黄成索性承认："是！那时家里出了点事，我是从公司挪用了点钱急用，不过账我都填上了。"

话不多说，黄成和牛一鸣迅速算账散伙，他抱着自己的东西来到停车场。身后欧阳喊了他一声，黄成刚回过头，脸上当即挨了一拳。

欧阳咬牙收回拳头："抱歉，本来不想偷袭，实在没忍住。因为，看到你都让我恶心，让我没法控制自己的手！"

黄成看了看手上的血，脱了外套扔一边，他觉得他们早就该打一架了。

高飞刚进屋，黄成就从包里掏出文件："这是离婚协议，你看看，没什么异议咱就把事办了。"

她注意到他的脸上有伤，手上也是，她不记得昨晚拉扯的时候她伤到他了，她问："你是真的？"

他的表情就是答案，高飞接过协议书，翻了翻，协议书有条有理，房产归他，他补偿等额房价，她不由自主地笑了："一共二十三页……真具体，看来你是深思熟虑过了，不过，你提离婚，家里同意吗？"

黄成一脸嘲讽："我们结婚的时候，他们也不同意啊！"

周一，院长在高主任的带领下大查房，大家如临大敌，高飞跟在后面，不时用小本子记着。院长走到一名年轻男性病人面前，询问了几句。这个病人才二十三岁，因为头晕入院。

院长转向大家："还有什么要补充的吗？"大家都沉默着，高飞翻着笔记，忍不住提出自己的疑惑："这个病人的家族史中有三个患上癌症，我建议进一步检查。"

院长定睛看着高飞，思索片刻："就目前的检查，你认为有遗漏吗？"

高主任冷冷看了高飞一眼，高飞没意识到。

高飞思考说："就血液分析来说只做了常规，血糖偏低，心电图正常，我认为做个肝脏彩超……"

病人听不下去了，打断了她："喂喂，等等！我只是头晕，不过想吊几瓶水补充一下。你们医生讲点医德好不好，不要无端就开一大堆检查单给我们病人增加负担！”

查房一结束，高主任将一摞资料拍到高飞面前，用手一一指着："你什么意思，图表现是吧？这个病人是我亲自下的诊断，你出我洋相也得出对地方！你自己看看，心脏彩色多普勒、肺部透视、血常规、心电图，所有结果都在这里，还需要什么？更主要的是，用药后病人的头晕已经大大缓解了！"

高飞毫不掩饰疑惑："就病人的家族史来说，直系家庭成员三位患癌，疑点重重。"

高主任吸口冷气："你跟我说家族病史，他母亲死于肺癌，外公死于前列腺癌，他妹妹患上乳腺癌，毫无联系的三种病。你觉得他可能患其中哪一种癌？"

高飞坚持道："就目前的几项检查，我觉得应该做一个肝脏的多普勒排除。"

高主任冷笑："想排除肝癌？他头晕的症状，你有没有考虑过排除脑瘤？"

高飞说："如果排除肝癌，下一步可能考虑脑瘤。"

高主任吼叫道："你以为病人是你盘子里的菜，你想他做什么检查他就会乖乖去？你这是过度检查，我们会被投诉！这不是外科，你这份疑神疑鬼我不买账！想留在这里就按我的方式干，不想好好干，一个字，滚！哪儿来滚哪儿去！"

欧阳在走道外面都听到了高主任的吼叫，他突然闯入，当着高主任的面拖着高飞走了出去。

高主任匪夷所思地盯着他们的背影，气不打一处来，抓起电话拨通外科大主任办公室：秦明朗，你的人我用不了，哪里来回哪里去！谁？还有谁，高飞！

两名医院"最佳好声音"在电话里吼叫了半个小时。

高飞用力甩欧阳的手，欧阳抓得更紧，高飞好不容易甩开。

高飞哆嗦着："你这是干什么？"他还嫌事不够大，光天化日之下这是做什么！

欧阳比她更气："你做人太失败了，有你这样的吗？在院长面前驳主任面子！你才来内科多久？你是专家吗？你是权威吗？你有什么资格乱说话？"

高飞气得不知道说什么好，上前一步："你有什么资格指责我？"她看到了欧阳的手，他的手上包着纱布，她忽然有个奇怪的念头，"你，不会去找过黄成吧？你们打架啦？"

欧阳傲然说："没错，告诉他有种别揍女人，他手痒痒我随时奉陪！"

高飞完全失控了，尖声叫道："有你什么事，你知不知道因为你他要跟我离婚！"

欧阳尖锐地说："那就离，你又不是没离过，你还怕再次离吗？"

高飞怨恨地看着他："你不是要去广州吗，怎么还赖着不走？"

他眼里的怒火似乎能将空气点燃："我就是来跟你说再见的，再也不见！"

下午她被踢出了内科，卷铺盖重新回到外科。

保姆这时来电话跟高飞商量，她家里有事下月她就不干了。

所有的事儿都冲她来了。

她疲惫不堪，血槽已空，回到家还没来得及喝口水，黄成迎面一句话："你考虑得怎么样了？"

天空阴云密布，要下雨了，高飞坐在天台的角落发呆，她刚回到外科，还没有给她安排具体事务，每天都很闲。

沈心出现在她面前，递给她一杯牛奶。高飞笑着接过，沈心手术恢复得不错，来探望她的人手一提牛奶，沈心卖了一批给医院小卖部，另外一批留着慢慢喝。

看到沈心的好气色，高飞想，总算有一桩顺心的事儿，只要好好的，其他什么事她都不怕了。

沈心劈头一句："你离开内科怎么也不跟我说一声？"

高飞淡然道："又不是什么荣耀的事。"她是医院第一个去内科进修的外科医生，也是第一个被踢走的，接连打破纪录。

沈心打抱不平："是不是老高为难你？"

高飞摇摇头："是我自己做人太失败！"

高飞问沈心的个人事情怎么样了，她觉得老关对沈心挺上心，就看沈心自己了。

沈心摇头："难，我已经过了容易感动的年纪了，心像是结了层硬壳。"

高飞猜测："受过伤害？"

沈心想了想，很干脆地点点头："是！"

高飞继续猜："伤害你的那个人是我吗？"

沈心毫不犹豫："是！"

高飞笑了，笑容有几分心酸几分落寞："为什么不早说？"

沈心拍拍闺密的头："反正我也间接伤害过你，也许我伤害你更深，所以我遭到报应了。"

她们固然幼稚，所幸足够宽容。

高国庆来跟高飞告别，高飞看着站在自己面前的父亲，他曾经是多么气宇轩昂的一个人，现在被生活摧残得凉薄。他们都是弱者，弱得超乎想象。

高国庆搓搓手，不好意思地说："以后我不会再来打扰你了，工友带我去海南做个工程，等我挣了钱，就连本带利都还给你。"

高飞表面平静，心里却有种说不出的不舍："多注意身体，赚钱不重要，健康最重要。"

高国庆表情很难受，他点点头正预备离开，高飞突然说："上去坐坐吧，既然来了。"

保姆开了门，高母越过高飞的肩膀看见了高国庆，高国庆不安地低下头，使劲搓手，一副随时准备开跑的毛贼样。

高母和蔼地说："国庆，你回来啦，吃饭没有？"

高国庆吃惊地看着高母，高飞也很意外，她妈糊涂后病情越来越重，有几次都不认得自己女儿，没想到她一眼就认出了高国庆。

保姆跟高飞结完账收拾行李走了，高国庆问她："你妈都这样了，你咋一次都没跟我提过呢？"

"这和你有什么关系呢？"高飞淡漠地说，她想自己要不要就休个长假，在家照顾母亲算了？

"看过医生吗，治过吗？"高国庆显出担忧。

高飞回答："看过，老年痴呆症，在吃药……"她不忍告诉他，治疗并没什么起色，母亲并不是那种乖乖吃药的人。

这时中介所回电话，告诉她现在没有合适的保姆，要等到下月中旬才可能有人手。

高飞挂了电话，犯了会儿愁，她忽然意识到对面还坐着高国庆，忙说："您没事就回去吧。"

高国庆喃喃说："你这没人不行啊，我替你照顾她吧，等你找到保姆我再走。"

高飞意外地看着他，仿佛不认识眼前这个人似的。

高国庆在厨房洗碗，他佝偻着背，洗得很仔细，将碗底都洗了一遍又一遍，又用抹布将灶台抹得干干净净。他乐于下厨，做千层饼，做手擀面，做白菜馅的包子。她妈特别喜欢他做的千层饼，一口气能吃四张。她妈不喜欢吃胡萝卜，高国庆就捣碎了包饺子吃。

高飞在他身后轻轻说："爸，您也累一天了，歇会儿吧！"

高国庆手停住，又惊又喜，这是他离开二十四年来，她第一次叫他。

高飞问父亲："我想问问您，您，能不走吗？能永远留下吗？"

高国庆愣住了，僵硬地转过身来，看着女儿。

高飞哽咽着："我从小没了爸爸，班上的男同学都喜欢欺负我，他们在我的凳子上放图钉，把我的辫子绑在椅子上，藏我的课本，我哭着回家的时候，妈妈没有安慰过我，她只要我好好学习，超过嘲笑我的每一个人，可是，就算得到全班第一，全年级第一，他们还是嘲笑我……其实我很想告诉他们，我有爸爸，只是爸爸出远门去了，总有一天，他会回来，再也不会离开。"

上官逛街逛到珠宝柜台，趴在钻戒柜台就不走了，一眼相中了一枚钻戒。

欧阳劝她说："你一学生，应该朴素点，别弄得珠光宝气的。"

上官喊冤："我够朴素啦！今天不是钻饰打折吗？先买着，结婚的时候就不用买了。"

欧阳没搭腔，他还没给高飞买过钻戒，他们都不信这个，宁可攒钱买房布置小窝。他们都是受过伤害的人，不相信仪式，只想抓住属于自己的时刻。他之前不爱称呼她"老婆"，嫌俗气，离开后他才发现，这个称呼才能表达所有权。

上官见他没声音，赶紧说："别往心里去，我没说一定跟你结婚，我是

说结婚的时候，不管跟谁结，我都戴这枚戒指！"

欧阳还是没说话。

上官忍不住质问："你不是说要离开医院吗，怎么说话不算话呢？"

欧阳注视着她："我已经办好了离职，"她还没来得及露出喜色，他说，"我不去广州，去北京。"

上官明白了，她忍住泪，低头自行戴上戒指，还笑了一笑："欧阳，看来我们真的要说再见了！"

她声音微微颤抖，他柔声说："我送你回去。"他不想伤害任何人，却最终伤害了她们。他努力过了，终于明白，内心的缺口永远无法缝合，即使时间也无能为力。

上官回去的路上没有哭，她想，为他已经哭得太多了，爱一个人不如放手。

欧阳准备递交辞职报告那天意外得知，沈心的癌细胞转移了。

晚上沈心拥着被子在家看电视，电视里的人总显得那么欢乐，像是生活在另外一个星球。门被敲响了，她妈开的门："心心，找你的。"

沈心看电视正看得入神："是小王还是老关啊？东西放下来吧，自己倒茶，自己坐。"

意外的是，欧阳坐到她身边，沈心无限诧异："我是做梦吧？您怎么想到光临寒舍啦？"

欧阳拿起茶几上的东西就吃："突发奇想，想来看看你。"他看看手表，"时间还早，带你去兜兜风？"他自己也不知道为什么会来，他本该回家收拾行李，但当他知道沈心的病，他的心被狠狠刺痛了，他欠她的，欠她们的。

沈心突然伸手拧了一下欧阳的脸，欧阳疼得抽冷气，沈心乐了："嗯，很疼，那就不是做梦！"

欧阳怒："你干吗不拧你自己？"

沈心悠然道："我再有病也不会伤害我自己，等着，我换身衣服来！"

这个点儿，花鸟市场的摊主们都忙着收摊，欧阳尾随着沈心走在人流里，沈心左顾右盼，活跃得根本不像个癌症病人，她不时问价钱："老板，热带鱼怎么卖？"

回来的路上欧阳问："买鱼就买一对，哪有买一条的？"

沈心傲然说："我就养一条，要是它有了伴儿，它就不理我啦！"

一阵风吹来，沈心对欧阳使个眼色，欧阳误解，回头看看，身后并没有人。

沈心烦："非得我亲口说出来吗，把你的外套脱下来给我穿上！"

欧阳开玩笑说："脱下来我冷怎么办？"

沈心诱导说："电影里不都这样演的吗？脱吧，你想冻死我啊？"

欧阳脱下外套披在沈心身上，细心地帮她竖起衣领，拉上拉链。

沈心提议："去海边兜风去！"

欧阳拒绝："夜晚海边风大，明天再去。"

沈心充满期待地："明天也会来看我？"

欧阳很肯定："嗯！"

沈心问："需要的时候你就会出现？"

欧阳郑重点头，辞职报告还在他身上，如果她需要，他会留下来照顾她，就当是赎罪好了。

沈心定定地看着欧阳，面露忧伤："可是，欧阳，怎么办呢？我知道你老喜欢我了，可是我已经有喜欢的人了。"

欧阳简直哭笑不得，沈心看到他的尴尬欢呼雀跃得像个孩子："我也有这一天，我也有这一天！欧阳锦程，你被我甩了！"

她终于解脱了，也顺手解脱了他。那些暗恋的美好又哀伤的时光终于一去不返。

第 26 章

高飞请了假陪沈心聊天，沈心却非要闹着逛街，结果才走到一半就晕了。

高飞在急诊室门口焦急等着，高飞觉得这辈子都没这么煎熬过。

关云山走过来，坐到她旁边，半晌才闷声说："我老婆也是胃癌。"

高飞一惊："你结婚了？"

关云山说："结过，我老婆人挺内向，只知道闷头干活，那时候我开一小饭馆，生意不好的时候就冲她发火，她总不吱声，饭馆红火起来，她却病倒了，很快就去了。"

"胃癌的初期几乎没什么症状，就算有，她也不会说什么，是我太马虎了。回头想想，这小半辈子除了忙着赚钱啥也没干。老婆死后，我就卖了饭馆。"老关低着头自顾自说着。

行走在这个世界上，每个人都有自己的伤痕，何时发作，未知。

王健守到手术结束，期间他女友不停给他打电话，在电话里闹得厉害，他只好又匆匆离开。

沈心终于苏醒了，她的嘴唇和床单几乎一个颜色，一看到高飞她就说："抱歉。"

高飞发脾气："如果真感到抱歉，就应该尽早动手术！忽然这么一下，命都被你吓掉半条！"

沈心喃喃："我不想再做手术，命中注定的跑不掉了，总比死在手术台上好。"

高飞流泪了："瞎说！"

沈心帮她擦掉眼泪："别哭了，放心，我不会离开你的。"她再度击中了高飞的泪点。

高飞紧抓着她的手，她满怀恐惧叫道："你得，你得说话算话！"她们在一起的时间比任何亲人都要多，她们都懂，并不是有血缘的才叫亲人。

沈心微笑着："其实，我也很幸福。我喜欢的人都在我身边陪着我呢，幸福，是在你身边的，触手可及的才叫幸福。"

总值班紧急呼叫，一小时前市区一列火车与客车相撞，紧急呼叫外科医生前往抢救。

情况比想象得更糟。地板上、咨询台上到处是病人，呻吟声、呼叫声、血、奔跑的人……一个男人扛着一条腿撞开她们往里冲："医生，这里还有一条左腿！"

秦主任一眼看到了高飞："赶紧消毒，过来帮把手！"

他让高飞帮忙清创缝合，外伤病人多得吓人，人手远远不够。但他忘了她只是"曾经"是个外科医生，她好久没拿过手术刀了，大脑一片空白。

"高大夫，缝合包。"护士的动作很快，但在瞬间仍能感觉得到护士的疑问，你能行吗？

高飞深深吸了口气，病人的创口呈三角形，创口不齐，不易缝合，如果打上麻药会加剧水肿那就更难了。她看了眼病人："会比较痛，可以忍耐几分钟吗？"

"没问题。"小伙子看上去比她还要镇定，"您放心吧，我神经粗着呢。"

高飞仔细清理着创面，打开缝合包快速缝合起来，她的手指修长，有种神经质的灵巧，细长的不锈钢镊子牢牢地把握住弯头缝合针，针敏捷地从皮肤穿过。她快速缝好了二十一针，然后对那个目瞪口呆的护士说："你来包扎。"

天终于亮了，清洁工开始上班，地板上的脏污很快就焕然一新。欧阳走到高飞面前，递给她一个饭盒，高飞谢谢都来不及说，埋头狼吞虎咽。

"听说你一个人处理了六个病人。"欧阳问。

"确切地说，七个。"

欧阳若有所思："有没有人夸过你是个天生的外科医生？"

高飞看了他一眼，摇头，他知道什么？从小学三年级起，她可以独自剖开一只鸡，分离每件内脏，然后将它缝合起来。他怎么可能了解一位母亲的奇怪教育方式？

他们肩并肩坐在晨曦里吃着冰冷的盒饭，黄成提着一罐汤在楼梯拐角处。他深深领悟到，如果没有自己的出现，高飞和欧阳还会在一起。他们命运相连密不可分。他没法鼓足勇气上前将鸡汤递给高飞。

秦主任在开颅手术的手术台边倒下了，他一直有高血压，连夜的劳累让他体力透支。欧阳奉命接手了他的手术，秦主任指定高飞做他的助手。

手术进行到一半出了状况，取出了患者脑部的血块后发现病人脑中还有一个很小的肿块，高飞建议摘除，否则病人可能会面临第二次开颅。欧阳一口否决，摘除术必须得到病人家属签字，擅自摘除会造成医疗纠纷。

"现在病人的身份不明，怎么可能找家属来签字？"高飞瞪视着欧阳，觉得他真是个混账，他以为人的头颅是抽屉可以随便开开关关？欧阳根据对她的了解，根本不浪费时间和她争执，他示意护士上前："把高大夫弄出去。"

她竟被"驱逐"出了手术室。

高母的记忆似乎停留在二十多岁，吃饭吃得好好的，她突然对高国庆说："国庆，我们要个孩子吧？"

高飞差点把筷子给吞了。随即觉得自己反应过敏了，倒是高国庆温和地笑："行啊！"

现在他们老两口走出去，没人怀疑他们的恩爱，时间拿走了什么，时间就还回来什么，谁都预料不到。

高母表情认真地说："我想要个男孩，男孩皮实！"

高飞惊住了，事后高国庆宽慰女儿："你妈现在完全糊涂了，你别往心里去。"

高飞心里不爽："原来我妈一直都想要个男孩？"

高国庆老实承认："是啊，不过我喜欢女孩，女孩乖巧，贴心，你说是不是？"

高飞怨愤道："男孩皮实，怎么叫皮实，难道我不皮实？"她发烧还坚持上学呢，她怎么就不皮实了？

高国庆忙解释："嗨，跟你没关系，她那是心病！以前她收养过一个男孩，不知道怎么回事就喜欢得不得了，还声称为了这孩子要独身一辈子，那时候媒人把我介绍给她，她还跟我说起过，我劝她算了，没结婚养个孩子算怎么回事？唾沫星还不淹死你，劝她将孩子送人了。可能心里老挂记着吧，总说想要男孩，不过生下你她也没说什么，也养……"

高飞突然想起什么："那个男孩叫什么，妈收养的那个？"

高国庆莫名其妙："我哪儿知道？我又没见过。"

沈心终于同意了第二次手术。病床边关云山在削苹果，沈心看了他一眼，知道他在闹情绪。今天早上王健来过，王健和沈心一直叽叽咕咕低声谈话，完全避开老关。沈心没告诉老关，王健要结婚了，他和女友都累了，决定定下来了。

沈心说："我现在这状况能吃苹果吗，作家也该有点起码的常识吧？"

关云山削完，大大咬了一口："别误解，给我自己吃的。"

沈心正要说话，值班护士进来，客客气气地对沈心说："对了，沈大夫，提醒您一声，您该往卡里打钱了，最近我们的治疗费卡得特别严！"

沈心忙说："知道，知道，不会令你们为难的，明天就打钱。"她二次手术的事儿没告诉家里，怕他们担心，在发愁从哪儿弄笔手术费。

关云山问她："你这动个手术需要多少钱？"

沈心："没算过，先往里存个万儿八千吧，如果手术成功，后面还有化疗放疗，都需要钱，省得他们天天催费。"

关云山沉吟片刻："这事就交给我吧。"

沈心不敢相信自己的耳朵："什么什么，我没听清。"以她对老关的了解，这家伙比黄成还抠，简直是黄成的平方。

关云山大声说："你治病的钱，我出。"

沈心两眼大放光芒："老关，跟你打听个事儿，你到底有多少积蓄？"想起他清朝的柜子，沈心一乐，连病痛都减轻了不少。

关云山皱眉："你一病得七荤八素的人还有闲心惦记着我的财产啊？"

沈心思忖着，如果嫁给老关算不算嫁入豪门。

第二天，沈心第二次动手术，高飞一直送她到手术室门口："我等你出来！"

沈心泪光闪烁："如果我出不来了，替我养热带鱼！"

高飞瞪眼威胁说："你要不出来，我生吞了它！"

沈心掉开眼光找老关，关云山立刻说："知道，你一出来我就把所有存折都交给你管！"

高飞用手充当麦克风，对她作采访状："现在你什么心情？"

沈心想了想说："特激动，感谢 CCTV，感谢 MTV……"

手术室的护士边笑边推沈心进去。

欧阳要走的消息在医院传开了，高飞是最后一个知道的。

当天中午欧阳一进食堂，不少人起身同他握手，嘴里都说着依依惜别的话，欧阳煞有介事地握手，像明星开演唱会一般。他端着食物坐到高飞面前，将碗里的瘦肉，慢慢夹给高飞。高飞这次没有拒绝，她想告诉他，那个脑部手术的病人的瘤子检查为非霍金瘤，不能随意切除，一旦触动便会爆炸般感染全部血液，她想告诉他，他的决定是对的。

他则想告诉她，当他来到她的家乡，当与她如期重逢时，就在食堂，他上前将碗里珍贵的五花肉都倒到她碗里，她一脸的惊吓表情永生难忘，那是他们第二次见面。

过了 N 年他才知道，她最讨厌五花肉，他全力给予的并非她想要的。

分别在即，他们什么都说不出口。

周围的人似乎全部消失不见，只剩下他们俩。

欧阳轻声嘱咐："妹妹，胃不好，记得定时吃饭，手还生，最近大手术也别上。"欧阳又想了想，生怕有什么遗漏的，最后说："别嫌我啰唆，也就最后一次了，你就学着多关心自己吧。"

高飞抬起头说："你有时间去看看我妈。"

欧阳听了很意外，他勉强说："看情形吧。"

高飞想，欧阳可能会是她母亲当初收养的小孩吗？可惜以记忆力为傲的母亲无法亲口回答这个问题了。

他终于要离开了，他的离开对他而言，对她来说都是件好事吧？他们之间再无牵绊。

沈心一直在病房里焦躁不安，手术成功后她平静地接受着放疗、化疗，那些痛苦让她深深体会到：我还活着。

老关体贴地说："去送送人家吧，不去，就怕留下遗憾啊。"

沈心凝视着窗外，天色微明，离欧阳离开的时刻越来越近，她笑了起来。

一早黄成突然来到外科。他当着一众医生护士的面，将离婚协议拍到高飞办公桌上，大声说："我要跟你离婚！"

高飞厌恶而震惊地看着黄成，他知道她爱面子，所以当众让她难堪。最亲近的人往往伤你最深。黄成怒吼一声，额头青筋暴露："签字！我没那耐心跟你死耗！"

高飞慢慢拿起协议书，她签了字："家里你自己去说，我现在还有个大手术，恕不奉陪。"

高飞当天就搬回了娘家，高国庆一看就明白了："真的散伙啦？"

高飞自嘲地笑笑："嗯。"她曾经对母亲发誓不离二次婚，命运弄人。

高国庆突然问："欧阳那边有消息吗？"

高飞摇摇头："听说也没去哪家医院，谁知道晃哪儿去了，他就是这么个人，有一出没一出的。"她警惕起来，"您啥意思啊？"

高国庆循循善诱："我觉得你俩还能重新过到一起，考虑考虑？你别老一根筋，开阔点思路？"

高飞无奈："跟您没法说！"她忘了，这么个曾抛妻弃女的人，他们不在一个对话层面。

离婚出乎意料地顺利，一个小时后他们每人得到了一个红色的《离婚证》。

黄成对高飞说："我送你回去吧。"

高飞本能拒绝，出门的时候发现下雨了，雨越下越大。高飞便上了车，车上两个人都不说话，他的车开得很稳很快，除了电台里若有若无的音乐声，间或传来雨刮"唰、唰"的声音。高飞看了眼手机上的时间显示，估计还有五分钟就到家了，她爸她妈都在家里等她。曾经失去的，终于换了种形式回到她身边。

也不全都是坏消息，那名低血糖的病人再度发病，因病情加重病人去了上海，正好入住高飞曾经进修过的医院。高飞通过电话和苏教授交换了看法，最后病人确诊为：肝癌。病人是因为肝癌诱发的低血糖朦胧，她当初增加肝脏多普勒检查的建议是正确的。

黄成扫了一眼她的手机："这还是结婚前一天去买的那部手机，性能还好吗？"

高飞淡淡地说："还不错。"

黄成看着她，他看得久了些，也许想永远记住这张脸，他笑笑说："其实你一直没有忘记他。"

高飞愕然，人和人之间的沟通何其难，他认定的事情，解释也多余。

"我和你结婚时，他来婚礼现场示威，他看你挨了打第二天就跑来找我，我们死掐了一架，谁也没占多大便宜，两败俱伤。"高飞仍是不语，心说你是欠揍，欧阳是发神经。

黄成今天的话多过了过去几个月的："好了，现在你们之间的障碍清除了，你们'死灰复燃'，我'退出江湖了'。TMD，我觉得我真伟大。"他飙了句脏话随即大笑起来，笑声在车里回荡，尾声却是有点干巴巴的。

高飞冷冷抛了句："欲加之罪，何患无辞。"

"那你能解释一下你手机里他的照片是怎么回事吗？"黄成眯起眼睛看着她，高飞张口结舌，情不自禁地捏紧了手机，指关节因为用力而发白。

——那张照片是黄蕊无意间偷拍的，但她一直没有删掉，是啊，她为什么不删？

高飞天真地以为黄成不会翻她的手机，他何时发现的？离婚是蓄谋已久的吗？高飞牙关紧咬。她现在再说什么他会信吗？

视野里突然出现了一辆大货，对方速度奇快，高飞大叫着示意他注意前方，他们迎头撞上。

高飞恍惚着，眼睛里像扎进了无数碎玻璃，灯光刺眼，地摇晃得厉害，耳边不时有人在呼喊："高大夫，高大夫，你看得见我吗？你能睁开眼睛吗？"

上千条白影子在她眼前晃动着。

她猛地醒了过来。

沈心在她身边，看上去很憔悴："嘿。"从病床的角度看沈心好像高大了很多。沈心穿的是工作服，那么她是被送入了自己工作的医院了？

秦主任进来了，沈心借故出去了，他趋前一步，像父亲那样摸摸她的头："好险。"大概意思是差点这个头就不在身体上了。

"你的脑部有个血肿，逾期不好的话本来预备明天开颅的，目前看，这个血肿已经开始自行吸收。"

高飞这才明白"好险"是个什么概念，被钢钻打开头骨可不是什么好玩的事。她想起黄成是和她在一起的，脱口而出："我老公……"她意识到自己失言了，赶紧改口："黄先生呢？"

秦主任看了她一眼，停顿了很久，不得已地说："他伤得非常严重，送来的途中就去世了。"

高飞的嘴巴张得老大，秦主任以为她会哭，她茫然抬起头，四处找寻着什么，有点不知所措。她再也无法向他解释那些照片的事了，哪怕是谎言也好！

梦里，她努力穿过黑暗的长廊，某处有一点点微光，一个人影闪现，她想追上去，想解释，想说明，脚却沉重无法挪动。那人只说：我会报答你的——

他瞬间不见。

欧阳进来时高飞还在熟睡，她睡觉时眉头微皱，好像心事重重。他记得第一次见到她的时候，她也这么皱着眉。

高飞睁开眼，他正想抚平她的眉头。看到她睁眼，他忙缩回了手。知道她出事后他立刻从北京飞回，连行李都没顾得上收拾。

他的手机铃声响起，那个特定铃声让高飞条件反射地一皱眉，欧阳解释："夏天的电话。"他当她面接了，听他的口吻是夏天找着了原来那家医院的老人，夏天约了人家这周面谈。

"找着了？"高飞问，那个"神秘人"原来是夏天，如今他们距离远了，才能开诚布公谈自己的秘密。

欧阳说："不确定，岁数大了，都九十的人了，不知道还记得不。"

王健带来了一大束花来探望高飞，高飞估摸着他女友是开花店的，一问，还真是。他上月结婚了，人忽然胖了一圈，那个曾经腼腆的小男孩不复存在。

王健来本是想告诉她，黄成车祸处理现场他在，刹车印是 S 形。

几乎每一起车祸的车辙印都会表现出不同寻常的形状，因为司机遇到车祸都会下意识地自我保护，所以一般出车祸最危险的就是副驾位置。从长长的车辙印来分析，黄成发现前面出现危险，下意识向左急打方向盘以避让前方汽车，但他紧接着反打方向盘，由此推断，作为司机的他是想保护副驾驶座上的高飞。

这时欧阳进来询问高飞复查结果，王健改了主意，什么都没说就离开了。

他想，有些事情说破了只会带来痛苦，如同他自己，爱的是一个，结婚的是另一个。

一周后高飞出院了。高国庆将饭菜摆上桌，高飞贪婪地闻着，排骨藕汤、清炒红菜薹，吃了好几天病号饭舌头都吃木了。

高飞大口吃的时候门被敲响了，高国庆起身开门，高飞一抬头发现进来的是欧阳，吃惊不小。

高国庆热情地说："坐，她马上就吃完了。"

欧阳说："行，我等她。"他这次是正式地与她道别了。

这时高母走出来，见来客人了主动给欧阳端了杯热茶，欧阳第一次见到高母的笑脸，像是处于赤道的乞力马扎罗山的积雪，让人万分惊奇。

高母一脸慈爱地问欧阳："多大了？"

　　欧阳不自在得像坐在仙人球上："三十三。"

　　高母上下打量着他，越看越喜欢："做什么工作的？"

　　欧阳紧张地回答："医生。"

　　高母精神一振："医生好啊，你……叫什么名字来着？"

　　欧阳擦了把瀑布汗："我复姓欧阳，欧阳锦程。"

　　高母温和地说："我姓姜，姜惠茹，我也是医生，"她回想着，"我是什么科来着？"

　　高国庆忙接话："妇产科医生。"

　　欧阳想笑终究没敢，看到他的窘迫，高飞偷乐了片刻。

　　上海的医院来电希望高飞再次前去进修，但这次她要去的却是外科了。走前欧阳发来短信，"妹妹，一路顺风。"她始终没加他微信，他们永远保持比陌生人近一点，比朋友远一点，只有这样才能不受伤害。

　　同一时刻，在另一辆飞驰往北方的高铁上，欧阳的手机骤然响起。

　　电话里传出夏天兴奋的声音："欧阳，告诉你一个好消息！当初收养你的那个女大夫……"

　　火车过隧道，电话里安静了片刻，欧阳对着电话大叫："我没听清，你再重复一遍！"

　　这时，夏天的声音清晰地传了过来："那个大夫的资料我终于找到了！他们叫她小惠，但她不姓惠，她姓姜！"

　　"她的名字叫——姜惠茹。"

　　列车风驰电掣般朝着远方行进。

　　同时，去上海进修的火车上，高飞用一副牌认识了上下铺的游客，玩得不亦乐乎。沈心发来微信：等你回来喝我的喜酒！

　　她展示出一张存折图片。

　　高飞回了个大笑的表情表示认可。

图书在版编目（ＣＩＰ）数据

再婚进行时 / 李榕著. -- 北京 ： 中国文史出版社，
2018.8

（实力榜·中国当代作家长篇小说文库）

ISBN 978-7-5205-0427-0

Ⅰ．①再… Ⅱ．①李… Ⅲ．①长篇小说－中国－当代

Ⅳ．①I247.5

中国版本图书馆 CIP 数据核字(2018)第 166563 号

责任编辑：全秋生
封面设计：杨飞羊

出版发行：中国文史出版社
地　　址：北京市西城区太平桥大街 23 号　　邮编：100811
电　　话：010－66173572　　66168268　　66192736 （发行部）
传　　真：010－66192703
印　　装：北京温林源印刷有限公司
经　　销：全国新华书店
开　　本：787×1092　　　1/16
印　　张：16　　　字数：248 千字
版　　次：2018 年 9 月北京第 1 版
印　　次：2018 年 9 月第 1 次印刷
定　　价：49.80 元